雨花忠魂 雨花英烈系列纪实文学

红云漫天

蒋云烈士传

徐向林 著

江苏凤凰文艺出版社

图书在版编目（CIP）数据

红云漫天：蒋云烈士传 / 徐向林著. —— 南京：江苏凤凰文艺出版社，2020.11
（雨花忠魂. 雨花英烈系列纪实文学）
ISBN 978-7-5594-5102-6

Ⅰ.①红… Ⅱ.①徐… Ⅲ.①纪实文学–中国–当代 Ⅳ.① I25

中国版本图书馆 CIP 数据核字 (2020) 第 153699 号

红云漫天：蒋云烈士传

徐向林 著

出 版 人	张在健
责任编辑	万馥蕾　傅一岑
封面设计	马海云
责任印制	刘　巍
出版发行	江苏凤凰文艺出版社
	南京市中央路 165 号，邮编：210009
网　　址	http://www.jswenyi.com
印　　刷	南京新洲印刷有限公司
开　　本	880 毫米 ×1230 毫米　1/32
印　　张	7.375
字　　数	198 千字
版　　次	2020 年 11 月第 1 版
印　　次	2020 年 11 月第 1 次印刷
书　　号	ISBN 978-7-5594-5102-6
定　　价	32.00 元

江苏凤凰文艺版图书凡印刷、装订错误，可向出版社调换，联系电话 025-83280257

"雨花忠魂·雨花英烈系列纪实文学"
丛书编委会名单

张爱军　徐　宁　邢光龙

万建清　范小青　汪兴国

贾梦玮　高　民　邵峰科

万里长空且为忠魂舞

中共江苏省委书记　娄勤俭

天地英雄气，千秋尚凛然。雨花台，这片深深浸染着英烈鲜血的山岗，曾见证了几代仁人志士信仰至上、慨然担当的英雄壮举，也铭记着无数革命先烈舍身为民、矢志兴邦的不朽事迹。在这里，彪炳日月、名垂青史的革命烈士就有1519人；也是在这里，还有更多鲜为人知的英烈故事，无法铭刻于碑文，没有见诸史册，像一粒粒晶莹的雨花石，深埋在雨花台殷红的泥土里。理想之光不灭，信念之光不灭。英烈们的背影虽然早已远逝，但他们的集体"影像"已定格在永恒的瞬间，那就是义无反顾、慷慨赴死，前赴后继、为国捐躯，用热血和生命铸就了信仰丰碑，在血与火的洗礼中撑起了民族脊梁，谱写出一部又一部壮怀激烈、气吞山河的"英雄交响曲"。

英雄是旗帜，革命英雄是民族的共同记忆。习近平总书记指出："对中华民族的英雄，要心怀崇敬，浓墨重彩记录英雄、塑造英雄，让英雄在文艺作品中得到传扬，引导人民树立正确的历史观、民族观、国家观、文化观。"为缅怀英烈伟绩、弘扬崇高风范，培育和践行社会主义核心价值观，培养爱国主义、集体主义精神和社会主义道德风尚，江苏省委宣传部、江苏省作家协会组织创作了《雨花忠魂·雨花英烈系列纪实文学》丛书，以文字、文学、文化的形式，讲述英烈的感人故事，表现英烈的高尚情操，诠释英烈的不朽精神。这一个个闪亮耀眼的名字，如同一座座高耸入云的丰碑，始终矗立在一代代共产党人的灵魂深处。这套丛书，为更好地传承弘扬"雨花英烈精神"提供了生动教材，也为教育党员干部走进历史、追寻英烈，激励党员干部不忘初心、牢记使命，永葆革命本色提供了精神之"钙"。

英烈风骨犹存、感召后人；历史启迪心灵、照亮未来。牺牲在雨花台的我党早期领导人恽代英曾说："我们吃尽苦中苦，而我们的后一代则可以享到福中福。为了最崇高的理想——共产主义，我们是舍得付出一切代价的。"可以告慰雨花英烈的是，经过七十余年的不懈奋斗，近代以后久经磨难的中华民族，迎来了从站起来、富起来到强起来的伟大飞跃，一幅国家富强、人民幸福、民族复兴的壮美图景正在祖国大地上全面展开。

与伟大祖国历史进程同步伐，江苏发展站到了新的起点上。深入贯彻习近平新时代中国特色社会主义思想，努力把习近平总书记为我们描绘的"强富美高"新江苏蓝图化为美好现实，推动高质量发展走在前列，迫切需要我们传承红色基因，用好红色资源，学习雨花英烈的崇高理想信念、高尚道德情操和为民牺牲的大无畏精神，不忘初心，砥砺前行。我们缅怀革命先烈，就要从前辈先贤身上汲取养分和力量，让他们曾经的牺牲和付出，成为今天前进的动力源泉，砥砺我们以永不懈怠的精神状态推进改革再深入、实践再创新、工作再抓实；我们讴歌革命先烈，就要用"雨花英烈精神"，激励全省人民更加主动担当新使命，意气风发创造新未来，不断开辟新时代中国特色社会主义在江苏实践的新境界。这，正是我们对革命先烈最好的礼敬与告慰。

沧海横流，英雄显本色；落花如雨，正气贯长虹。"万里长空且为忠魂舞"，"雨花英烈精神"必将长留在时光的长河和人民的记忆中。

是为序。

目 录

001　第一章　瘴雨蛮云
029　第二章　壮志凌云
067　第三章　拏风跃云
104　第四章　裂石穿云
138　第五章　高遏行云
168　第六章　白鹤啸云
193　第七章　漫天红云

第一章
瘴雨蛮云

秋日，云淡风轻。

阳光洒落在广袤的田野上，金色的稻穗以丰盈的姿态，勾画着沉甸甸的丰收长卷；

阳光洒落在奔跑的河流里，河水以波光粼粼的淼淼娇姿，折射着金色绰约的光影；

阳光洒落在葱郁的树丛中，穿过树叶罅隙的斑斑光线，呈现着大自然的静谧与安宁……

这是 2017 年的江南，这是 2017 年的江南秋季。

汽车沿着盐靖宁高速，自北向南驶过雄伟壮丽的江阴长江大桥。

桥南,即是名闻天下的全国经济强县(市)——江阴市。

汽车还未驶过大桥,一座充满现代气息的江南城市,已如同一幅宏阔的画卷,徐徐展开:长江南岸塔架高耸,江面上一艘艘满载的货轮鸣笛启航;城市里风格各异的高楼鳞次栉比,不断升高着楼群的天际线;环绕城市的高架路,又将城市的地平线高高举起。

中国最佳经济活力城市、中国全面小康示范县(市),全国县城经济基本竞争力排名连续十四年蝉联榜首……一块块金字招牌,彰显着今日江阴的富庶繁华。

然而,谁曾想到,九十二年前,一场波及江南的"沙洲大饥荒",曾让这处江南鱼米之乡在青黄不接时,数万人饥饿而死!

在历史的长河中,中国是个多灾多难的国家。但是,每当中国的历史被掩上灾难的黑幕之时,每当中华民族处于危急存亡的关口,总会有气吞山河的英雄们挺身而出。他们,如同一颗又一颗启明星,用星辉拉开东方破晓的天幕。

"近代中国的历史,就是中国人民不屈不挠,不断奋起抗争,终于掌握自己命运,开始建设自己国家,为实现民族复兴而奋斗的历史。"

诚哉斯言!

当回望历史的目光再度聚焦到1925年的"沙洲大饥荒"时,一颗闪亮的启明星,高悬于黑暗的天幕,帮助人们渡过灾难,找到了新生的方向,看到了新生的希望。从那一刻起,革命的星星之火,开始在江阴这方热土上升腾、升腾。

这颗启明星,就是中国共产党。

革命先烈蒋云,正是当年托举起这颗闪亮启明星的众手之一。他的革命生涯,也以这场刻骨铭心的大饥荒为起点……

1. "五卅惨案"

1925年,注定是不平静的一年。

风起于青蘋之末,浪成于微澜之间。一场大革命的风潮,蓄满广大人民群众推波助澜的势能,即将全面爆发。

——这年的1月11日至22日,中国共产党第四次全国代表大会在上海召开。

陈独秀、蔡和森、瞿秋白、周恩来等20人,代表全国各地994名中共党员出席会议。

大会第一次明确提出了无产阶级在民主革命中的领导权和工农联盟问题。并对中国民主革命的内容做了较为完整的规定,指出在"反对国际帝国主义"的同时,既要"反对封建的军阀政治",又要"反对封建的经济关系"。

这表明,此时的中国共产党,已把新民主主义革命基本思想的要点提了出来,中国共产党早期提出的"反帝反封建反军阀"的口号,亦由此发轫。

——这年的3月2日,孙中山在北京逝世。

在孙中山去世的前一年,1924年,他在广州主持召开的国民党第一次全国代表大会上,明确提出了"联俄、联共、扶助农工"的三大政策。第一次国共合作,由此开启。

而在他去世之后不久,他所倡导的第一次国共合作就走向了分裂。

——这年的5月14日,上海日本纱厂工人为抗议日本资方无理开除工人,组织了声势浩大的大罢工。

这是当年"二月罢工"风潮的延续。在"二月罢工"中,22个日本纱厂的4万多名工人涌上街头,反对日本纱厂无理开除中国工人。在中国共产党的组织领导下,罢工的工人组成了工人纠察队,与日本资方展开了有力的对抗,来自苏北的工人顾正红,在斗争中表现突出,被吸收为中国共产党党员。

"二月罢工"虽然取得了胜利,但工人们还未品尝到胜利的果实,就受到了日本资方的血腥碾压——在日本人的胁迫下,北洋政府屈从于日本人的压力,掉转枪口,对中国同胞进行无情的镇压和打击。

北洋政府的助纣为虐，更让日本资方有恃无恐。

这年5月，日本资方撕毁协议、解散工会、关厂停工，以此来威逼工人就范。

同时，日方还在上海提出有损中国主权、打击中国民族工商业的增订印刷附律、增加码头捐、交易所注册及所谓取缔重工法案的"四个提案"，引起了包括民族资产阶级在内的上海各阶层人士的强烈反对。

在此背景下，日本纱厂工人再度罢工。5月14日，穷凶极恶的日本资本家，开枪打死罢工的组织者领导者之一顾正红，并打伤10余名工人。

一石激起千重浪！

这一事件激起了上海工人、学生和市民的强烈愤怒。5月28日，中共中央根据运动发展形势，及时决定进一步动员群众开展反对帝国主义的政治斗争。

5月30日，在中共中央的直接领导下，上海近2000名学生在英租界散发传单、发表演说，抗议日本纱厂资本家镇压工人大罢工，打死工人顾正红等人，并号召收回租界。

学生的革命活动，遭到租界内英国巡捕的镇压，当日上午逮捕100多名学生。

这成了一根点燃人们愤怒情绪的导火索——当日下午，上万名上海群众聚集在英租界南京路老闸巡捕房门前游行示威。

"上海是中国人的上海！"

"打倒帝国主义！"

"收回外国租界！"

"释放爱国学生！"

游行示威队伍发出了怒吼。口号声，轰天震地，响彻大上海。

英国巡捕在愤怒的人群面前慌了神。但为了维护他们所谓的利益，他们将枪口对准了游行示威的人群。捕头爱伏生调集通班巡捕，公然开枪屠杀手无寸铁的群众,当场打死13名游行示威者,重伤数十人,轻伤者不计其数,还有150多人被逮捕。

一场震惊中外的"五卅惨案",就此酿成!

开枪者没想到,他们的血腥镇压,非但没有恫吓住中国人,反而激起了中国人民反帝反封建的滚滚浪潮。

腐朽没落的北洋政府也没想到,"五卅惨案"如一泻汪洋,掀起了大革命的高潮,加速了将腐朽政权推进坟墓的进程!

这样的历史背景,驱动着革命青年的成长。一个名叫陈叔文(蒋云原名)的青年,与许多热血青年一样,在这一年,投身进了革命的滚滚洪流。

2. 勇斗"活阎罗"

哪里有压迫和血腥的镇压,哪里就会有愤怒的反抗!

"五卅运动"的导火索迅速从上海点燃至全国各地:紧随其后,爆发了声势浩大的汉口工人大罢工、省港工人大罢工。

"五卅惨案"后援会,更是在全国各地蓬勃展开。

在声援上海的工人运动中,邻近上海的苏州,首当其冲。5月31日,苏州800多名各校代表召开紧急会议,决定举行罢课游行示威,唤起民众,声援"五卅运动"。

6月3日,3000多名苏州学生集体罢课,拉出"打倒帝国主义""取消不平等条约""撤退外国驻华队伍""收回租界"的横幅走上街头,声援上海学生及工人运动,呼吁当局严惩凶手、收回租界。

然而,占据江苏的北洋政府奉系军阀,正忙着军阀之间争夺地盘的"直奉大战",他们屈从于英、日等帝国主义势力,非但不接受国人的革命主张,反而为虎作伥,出动军队镇压学生运动。

当"五卅运动"后援会的学生,游行到人流汇聚的苏州观前街时,荷枪实弹的奉系保安团挡住了游行队伍。

领头的是保安团的一个连长,满是横肉的黑脸上长满了凌乱的络腮胡,看上去就像一个"活阎罗"。他见学生要强行通过封锁线,就扬着盒子炮走过来耀武扬威地说:"你们从哪儿来,就给老子滚回哪儿去,要不然老子对你们不客气了!"

学生不理他,准备继续往前游行。

"活阎罗"见状,扬起盒子炮"啪啪"地朝天上鸣了两枪。

枪声惊动了人群,人群中一阵骚动。

毕竟,他们还是一群手无寸铁的学生。"秀才遇到兵,有理说不清。"假如这"活阎罗"真对他们开枪咋办?

前面稍一停留,后面的队伍就被阻住了,游行被迫停顿下来。

这时,一个中等身材、宽额浓眉的年轻人,毫无惧色地从游行队伍中走出来,迎着"活阎罗"的枪口,走到他面前站定,正义凛然地问:"你是中国人吗?"

"老子……当然是中国人。""活阎罗"回答的语气里带着一丝慌乱。

"你不配做中国人!"年轻人厉声喝道,"日本资本家贪婪吸榨着中国人的血汗,英国巡捕在租界内任意朝中国人开枪,任何一个有良知的中国人都不会咽下这口气。可你,却拿着枪口对着我们,对着伸张正义的青年学生,你配做中国人吗?我看你就是洋人的狗!"

"你,你,你……""活阎罗"理屈词穷,黑脸涨得通红,却无法反驳。

人群中,有人重又高呼起口号:

"打倒帝国主义!"

"惩办凶手,收回租界!"

"取消不平等条约!"

口号震天,群情激奋。

"活阎罗"不甘心失败,他将盒子炮对准跟他较量的年轻人,咬牙切齿地问:"你们真不怕死,不怕老子开枪?"

年轻人用右手拍了拍胸脯,轻蔑地笑道:"来啊,有种就朝这儿开,我以我血荐轩辕,当你罪恶的子弹穿过我的胸膛,所有人都会看到,我的鲜血绝不会白流!"

"活阎罗"犹豫了,他的手哆嗦起来。他搞不明白,他们作为军人,在战场上尚且偷生怕死,为何这帮青年学生,却个顶个地不要命?

年轻人见他在犹豫,谅他在愤怒的人群面前,没有开枪的胆。要不然,仅仅人群中人们眼中冒出的熊熊怒火,都能把他烧死多少回!

他将"活阎罗"对准他的盒子炮往高处一抬,喝道:"请你让路!"

正义迸发出的力量,常有惊天动地的巨大能量。

"活阎罗"身不由己地往后退了退。他这一退不打紧,他手下的士兵见长官都后退了,赶紧四散开,让出了一条通道。

示威游行的学生队伍抓住时机,从这条让出的通道中穿过去,继续游行示威。

"活阎罗"恨得咬牙切齿,却又拿游行示威的学生毫无办法。这帮人,没有信仰,给军阀当兵,就是为了混几个军饷,有几个会去拼命?

游行示威队伍往前走时,年轻人怕"活阎罗"暗施毒手,他暂时没有走开,仍然与"活阎罗"对峙着。

"你……你叫什么名字?"

"活阎罗"问出的这句话,中气不足。也许,问清这年轻人的名字,只是为了对他的长官有个交代。

"我叫陈叔文,工校学生!"年轻人报出了自己的名字。很显然,这是他第一次与敌人面对面斗争,正值青春少年、热血沸腾,他或许是没有想到用假名来保护自己,或许是"大丈夫行不更名,坐不更姓"的英雄情结使然,根本不屑于用假名。

这时,游行示威的队伍已经全部通过了封锁线。陈叔文报完名字后,就转身追着游行示威的队伍,扬长而去。

"陈叔文。""活阎罗"反复将这个名字念叨了好几遍,这才记牢。

然而,他记住名字又有什么用呢!

当"活阎罗"向他的长官报告时,长官语气淡淡地说:"青年学生闹事能闹出个啥名堂,让他们闹去吧,当前我们最要紧的是与直系军队作战,孙传芳就要打过来了。"

事实上,时隔也仅三个多月,也就是1925年10月,直系军阀孙传芳挥军南下,驱走了占据南京、上海、浙江等地的奉系军阀。同年11月,孙传芳在南京宣布成立浙闽苏皖赣五省联军总司令部,孙传芳自任五省联军总司令。

一个军阀被驱走了,又一个军阀接踵而至。

从奉系军阀到直系军阀,再到后来的国民党反动军阀,短短数十年时间,大小军阀竞相粉墨登场,你方唱罢我登台。

他们带给南京、带给江苏的,从来没有福音,只有压榨,只有索取,只有盘剥,使得鱼米之乡,灾荒连连。

民国时期,多灾多难的江苏,只是灾难深重中国的一个缩影!

3. 应天河畔

应天河,江阴境内三大主干河之一。西起锡澄运河,东至张家港境内,全长17.73公里。

应天河畔,坐落着一个典型江南风格的自然村落——陈家仓。

民国年间,陈家仓隶属于江阴县云亭镇九保。中华人民共和国成立后,历经几次区划调整,云亭现已划属于江阴市周庄镇,改称周庄镇云亭街道。

云亭是一个千年古镇,云亭之名得于"四面环山出白云,十里长亭居其中",境内低山丘陵环抱,内河港汊纵横密布。云亭西接江阴城,距江阴县城约6公里。

这方热土,有山,有水,有故事。

1903年,陈叔文就出生在应天河畔的陈家仓。陈叔文,字宇中,出生后,他还用过一个名字——陈流,估计与家门前流淌的应天河有关。

陈家仓,顾名思义,这个自然村落里的户主大多姓陈。

陈叔文出生于一个书香门第，父亲陈继轩是当地有名的中医。提起江阴的中医文化，可谓源远流长。早在魏晋时期，江阴就有中医治病救人的记载。尤其是从江阴起源的龙砂医派，更在中医学界独树一帜。

龙砂医派是以元代著名学者陆方圭奠定文化基础，经明、清两代医家的积累，不断向周边地区发展而形成的在苏南地区有较大影响的学术流派。它重视和善于运用《黄帝内经》的运气学说及《伤寒论》经方，研究和阐发温病的病机治则，从而丰富和发展了中医学。

龙砂医派名医辈出，姜礼、曹颖甫、柳宝诒、朱少鸿等，包括现代的国医大师何任、周仲瑛、朱良春都出自或师承于龙砂医派。陈继轩得龙砂医派的厚养，医治水平颇高，再加上他性格温和，富有"悬壶济世"的医者仁心，因而在当地颇有声望。

陈继轩的祖辈曾在清朝为官，后回归乡里，耕读传家。陈叔文出生时，其家中有良田两百余亩，家境虽不算大富大贵，倒也相对殷实。

陈继轩熟读诗书，深明大义。辛亥革命前，曾暗中为革命党人治过病。1912年10月19日，辞去民国临时大总统职务的孙中山，从上海乘鲸号军舰到江阴视察，在视察了江阴要塞炮台后，又在江阴城隍庙桐梓堂发表演讲，陈继轩也前往听过演讲，他对孙中山提出的"叫全国的文明从江阴发起"，印象非常深刻。因此，他特别重视子女的教育，既开明又严格。

陈叔文在家中排行老六，值得一提的是比他大三岁的五哥陈叔璇，他是陈叔文走上革命道路最为重要的引路人。陈叔璇先后就读于云亭小学、上海东亚体操学校。本来，按照父亲陈继轩的想法，待他读书有成后回乡任教，好延续陈家书香门第的家风。不想，陈叔璇在上海读书期间，中国发生了一起具有划时代意义的重大事件，就此改写了陈叔璇的人生轨迹。

1919年，第一次世界大战的战胜国（协约国）和战败国（同盟国）等27国，在巴黎凡尔赛宫召开所谓的"和平会议"，名义上是拟定对德和约、建立战后世界和平秩序,实际上却是帝国主义宰割战败国、重新瓜分势力范围的"豪强会"。

大会无视中国人民的意愿和要求,悍然决定将德国在山东的权益交给日本继承,而北洋军阀政府参加该会的代表,竟屈从于日本帝国主义的压力,准备在这个"和约"上签字。

消息传出,举国震惊!

一场声势浩大的反帝反封建的群众运动,似滚滚春雷,在神州大地上炸响。

5月4日,北京学生举行反帝反封建爱国示威游行,受到北洋军阀的残酷镇压。

血腥,吓不倒饱含血性的中国人!"五四运动"的洪流汹涌澎湃,迅速遍及全国。"五四运动"所勃发出的不畏强暴,挑战黑暗政治以及为真理和正义而战的爱国精神,深深影响了一代代青年,也成为精神推手,将陈叔璇推向了探索革命真理的道路。

"五四运动"发生的这一年,陈叔文16岁,风华正茂。

"五四运动"掀起的风潮,同样让陈叔文接受了深刻的思想洗礼。

那时,陈叔璇每次从上海的学校放假回来,总会带《新青年》《赤光》《先驱》等一批进步书籍回家阅读。陈叔文见五哥捧读这些书,都到了废寝忘食的地步。

这些书,到底有什么样的魔力,能让五哥如痴如醉?陈叔文对此十分好奇。

他主动向五哥借书看。陈叔璇很乐意地将《新青年》等进步书籍推荐给陈叔文。

这一看,陈叔文就被吸引进去了。书上充满激情的文章,总让他热血沸腾。

很快,五哥拿给他的书都被他看完了,他继续向五哥借书。

五哥问他:"读了这些书,你有什么收获?"

陈叔文答:"未看这些书之前,我不知道什么是信仰,也不知道读书的目的是什么。 在学校所学的都是之乎者也的那一套，虽然儒家提出了修身、齐家、治国、平天下的思想，可是当下正逢战火频仍的乱世，儒生哪有治国平天下的条件？ 读书不能给别人带来价值，这样的书读了有何益？ 而看了你带来的这些书，我明白了，我们读书的目的就是要打破和改变这个乱世，给天下人谋利益，这就是信仰，有了这个信仰，读书也就有了更大的意义。"

"对，老六，这些书你没有白读。"陈叔璇的眼睛亮了，他高兴地说，"我把书借你看时，还以为你看不懂。 现在听你讲的这些话，五哥真是小看你了，以后，你要看什么书，五哥都给带回来。"

后来，陈叔璇又带回了《马克思主义学说》《庶民的胜利》等进步书籍，他看完后就推荐给陈叔文看，对于陈叔文理解不到位的地方，陈叔璇就当起他的老师，给他耐心解释。

这天上午，陈叔文正在看李大钊的文章《庶民的胜利》，原文中有一句话是"民主主义战胜，就是庶民的胜利"。 他对这句话颇费思量，"庶民"也就是身处最基层的平民，他们手中没有武器，凭什么能够打败黑暗势力，取得胜利？

他在这句话下面用笔打了杠，碰巧被陈叔璇看到了。

陈叔璇问他："老六，有什么问题吗？"

"平民阶层没有武力装备，也缺少组织起来反抗的思想觉悟，虽然不断有工人罢工、学生罢课、商人罢市的游行示威，逼迫帝国主义势力、军阀势力和资本家势力做了一些让步，但治标不治本，离打破乱世取得太平天下的盛世还很远呢。 在这样的背景下，我感觉到要让平民取得最终胜利，可能很难。"

"这个问题问得好，走，咱们到外面好好聊聊。"陈叔璇从书案前掩卷起身，拉着陈叔文来到应天河畔，此时暮色四合，夏日夕阳的余晖照在应天河上，给河面镀上了一层金色。

陈叔璇边走边说："叔文，你觉得咱们中国最辛苦的是哪一类人？"

"农民，当然是农民。"陈叔文说。

在云亭，陈叔文曾随父亲多次出诊，目睹了贫苦农民衣不蔽体、食不果腹、无地可种的惨状，更看到贪官污吏腐败不堪，一味欺压百姓、鱼肉乡民。他还看到军阀毫无道理地抓丁派粮，捐税不断增加，一些原本殷实的人家也经不住军阀的肆意搜刮，就在陈家仓，已经有不少农户陷入吃了上顿愁下顿的困境。

富户尚且如此，更不要说那些原本没有家底的穷苦百姓了，因为捐税的繁杂，有些人家常年揭不开锅，他不断听到饿死人的消息。

"是啊，农民们辛苦劳作，一年到头日出而作，日落而息。你看看咱们眼前的这山这水，是个多好的地方啊，可为什么大伙穷得连饭都吃不上了？"陈叔璇问。

"钱粮都被军阀搜刮去了。这些年，帝国主义势力在我国耀武扬威，军阀混战，官吏腐败，地主豪绅欺压盘剥百姓，民不聊生，老百姓怨声载道，却无处诉理。"

"老六，你看到的是农民们的惨状，我在上海还看到了工人们的惨状，他们累死累活地上班，挣的钱却混不饱肚子，更不要说养家糊口，而资本家跟地主豪绅一样坐享其成，所以说，最辛苦的应该是工人和农民，他们是平民中最基础的阶层，也被称为无产阶级。"

说到这儿，陈叔璇情绪激动，他脸色铁青，牙齿咬得咯咯响，继续说道："这些可恶的军阀，对内穷兵黩武，置劳苦大众的死活不顾，他们醉生梦死，整天盘算着抢地盘、搜刮老百姓，可对外呢，他们又软弱无能、崇洋媚外，帝国主义列强的魔爪已经越伸越长，在上海、天津，建了许多租界。国家，还有什么尊严可言？劳苦大众，还有什么尊严可言？"

"这样的军阀，一定要打倒，还要把帝国主义赶出中国，把地主豪绅和剥削工人的资本家彻底打倒，劳苦大众才有活路。"陈叔文沉思片刻后说。

"对，可靠谁打倒？靠军阀打倒军阀，换汤不换药。咱们劳苦大众要团结起来，勇敢地站起来打倒军阀，打倒帝国主义，打倒地主豪绅、打倒资本家，劳苦大众才能当家做主，才能过上人人平等的日子，这才是庶民的胜利！"

"五哥，你说得太对了，就应该这么办。"

陈叔璇微微一笑，说道："老六，其实这不是我说的，马克思的共产主义学说中就是这么倡导的。"

陈叔文若有所思，一抹斜阳照着他宽宽的额头，浓眉下的那双眸子，在夕阳的余晖下熠熠生光。

从那一天起，"共产主义"深刻地印在了他的心底！

此后，兄弟俩经常在应天河畔散步，他们聊中国形势、聊阅读进步书籍的心得体会。应天河水缓缓流淌，共产主义的思想，正如这应天河水，汩汩流淌进陈叔文的心间。

有一段时间，风声骤紧，军阀当局到处搜捕进步青年，焚毁搜来的进步书籍。

陈继轩知道他的儿子老五和老六，正是当局严查的进步青年。爱子心切，他苦劝陈叔璇好好念书，将来谋一份差事过好自己的小日子，解救中国，与他这个小知识分子何干？

陈叔璇性子急、脾气暴，对于父亲的好心相劝，他当即高声反驳："而今国已不国，读书人如果不奋起抗争，读书还有何用？"

一句话，将陈继轩噎得无话可说。

他转而劝老六："老五脾气倔强，你别跟着起哄。"

相对于老五而言，陈叔文要稳重一些，他沉稳地说："父亲，您不是经常教育我们，要心怀天下、情系苍生吗？想当年，您也曾经热血沸腾地为推翻封建统治的革命党人治病。而现在，虽然推翻了清朝政府，但军阀混战，民不聊生，我们岂能甘作无关的旁观者！您别担心，对的，孩儿会去做，不对的，孩儿绝不为之。"

陈叔文的态度虽然谦和，但谦和中却透着固执。

知子莫如父。陈继轩从老六的话语中听出了弦外之音，他知道，他的劝说已无法让这两个儿子更改主张了。他也明白，儿子都已长大了，他已经不能左右他们的思想了。看着他们离去的背影，陈继轩复杂的眼神里，既有欣慰和期待，也有焦虑和担忧。

4. 恩师叶天底

  1922年秋，陈叔文以优异的成绩考入设在苏州的江苏省立第二工业学校。

  这所学校是苏南创办最早的培养工业人才的学校。建校史可追溯到1907年，学校的前身是苟延残喘的清政府在苏州创办的江苏省铁路学堂及官立中等工业学堂。辛亥革命后，两所学校合二为一，合并为江苏省立第二工业学校，次年，更名为江苏公立苏州工业专门学校。新中国建立后，该校参与组建西安动力学院，后来又整体并入西安交通大学。

  陈叔文就读该校时，学校设立了土木科、纺织科、建筑科、应用化学科等学科，陈叔文就读的是应用化学科。在这里，陈叔文遇到了进步教师、共产党员叶天底，叶天底成了继五哥陈叔璇之后，又一个将他引向革命道路的恩师。

  严格来讲，叶天底并没有正式做过陈叔文的任课老师。1898年出生的叶天底是浙江上虞人，出身于书香门第的他，自小就富有艺术才华，善绘画，能篆刻，尤其爱好西洋画，曾是大画家李叔同的得意门生。

  1916年，叶天底考入浙江省立第一师范学校。其时的"一师"被进步学生视为民主自由的天堂，校长经亨颐是开明开放、思想包容之人，他积极倡导新文化运动，"一师"的学生可自由阅看《新青年》《新潮》等进步书籍，各类新思想可自由争鸣。

  可这引起了军阀当局的不满，1920年2月，军阀当局欲撤换校长经亨颐。"一师"的学生以巩固和维护新文化运动为目的，开展了"挽经护校"运动，此运动被称为"一师风潮"，参与的学生与反动当局展开抗衡与较量，叶天底就是"一师风潮"中的骨干成员。

经过抗争，学生取得了胜利。

"一师风潮"过后，叶天底来到上海，担任《新青年》的文稿校阅工作。在此期间，他加入了中国共产党，成为中国共产党的早期党员之一。1924年，叶天底受党组织之命，从上海来到苏州，以担任苏州乐益女中教师的身份做掩护，秘密开展党的群众工作。

陈叔文就读的省立第二工业学校，是叶天底经常活动的地方，他利用节假日来学校交友办讲座，身边很快团结了一批进步青年。为了不引起军阀当局的注意，他将这些进步青年邀请到他的宿舍或是临时借用的民房，给他们系统讲授新思想。

这批被邀请的进步青年中，就有陈叔文。

他在与叶天底的接触中，系统地阅读了《马克思主义浅说》《资本主义浅说》等进步书籍，由于此前有五哥陈叔璇的引导，他对这些书籍的理解，快于其他进步青年。

当时，国民党也被青年认为是进步力量之一，但叶天底向陈叔文提供了《共产党宣言》《国家与革命》等进步书籍后，经过阅读比较，他认定共产主义要比三民主义更好，为此还经常与同学展开辩论，他的思想觉悟和理论水平突飞猛进。

叶天底见他很有悟性，故意考他："我听说你经常与同学辩论，认定共产主义比三民主义更好，能说说你的理由吗？"

"孙中山提出民族、民权、民生的三民主义，与马克思、恩格斯提出的共产主义，两者有相同之处：都赋予人民权利，同时规定了义务，也都采用民主制。但是它们之间也有不同之处，体现在两个方面：首先是阶级基础不同，三民主义是资产阶级民主革命纲领，共产主义是无产阶级革命纲领。其次是革命的最终任务不同，三民主义的最终任务是推翻封建制度，建立资本主义制度，发展资本主义；共产主义的最终任务是消除阶级差别，实现共产主义。"陈叔文侃侃而谈，叶天底脸上浮现出满意的笑容。

"三民主义与共产主义确有异同点，你为何认为共产主义比三民主义更为先进呢?"叶天底一副打破砂锅问到底的样子追问。

"共产主义的宗旨是实现人民当家做主的社会,以公有制社会取代私有制社会,从这个层面来说,共产主义代表的是劳苦大众的利益,这是大多数人的利益。而三民主义代表的是资产阶级的利益,资产阶级包括资本家和地主豪绅,他们和人民是剥削与被剥削的关系。两者相较,共产主义较三民主义更为先进,因为它在赋予人民权利这方面做得更彻底,民主程度更高,同时不存在剥削与被剥削的关系。"

"说得好!"叶天底不由得击掌赞叹。

其时国共两党正处于第一次合作期,很多青年对三民主义与共产主义的区别认识不足。当陈叔文条分缕析地讲出两个主义之间的区别后,叶天底不由得好奇地问:"叔文,你是不是早就接触过共产主义思想?"

"是的,我五哥在上海读书,他常带些共产主义的书给我看,还与我进行探讨。"

"原来如此,难怪你有这么好的思想基础。"

"叶老师,我有个问题也想问您。"

"问吧,我知无不言。"

"既然您也认为共产主义优于三民主义,叶老师为何还要发动进步青年加入国民党?"

叶天底在苏州活动期间,发展了一批进步青年加入了中国共产主义青年团,也发展了一批进步青年加入了国民党,陈叔文对此颇为不解。

叶天底背负着手,在室内来回踱了几圈,他陷入了沉思之中:国共间的第一次合作,有着极其复杂的背景。1922年6月,中国共产党发表《中共中央第一次对于时局的主张》,明确提出了建立各民主阶级联合战线的主张。7月,党的第二次全国代表大会制定了反帝反封建的民主革命纲领,讨论了同国民党建立革命统一战线的问题,正式确立了建立民主联合战线的方针。同年8月,中共中央召开西湖特别会议，根据共产国际的指示，经过充分讨论决定，在孙中山改组国民党，使国民党成为资产阶级、小资产阶级和无产阶级的民主革命统一战线的条件下，共产党员可以个人名义加入国民党，实现两党的合作。

次年6月，党的第三次全国代表大会接受共产国际执委会《关于中国共产党和国民党关系的决议》，决定全体共产党员以个人名义加入国民党，以建立各民主阶级的统一战线。孙中山接受了中共代表和共产国际代表的建议，同意国共合作，并欢迎共产党员和社会主义青年团员以个人身份参加国民党。

有了这些铺垫，1924年1月，在广州召开的国民党第一次全国代表大会通过了"联俄、联共、扶助农工"的三大政策，标志着国共两党第一次合作正式形成。

从积极意义来讲，第一次国共两党合作，促进了民主革命的发展，广泛地动员了工农群众，开创了民主革命的新局面，促进了后来的北伐战争的顺利推进。

但任何事物都有其两面性，国共两党间的第一次合作，也带有极大的局限性，即其时的中共中央还没有认识到军队的重要性，忽视了革命的领导权。同时，共产党员以个人身份加入国民党，因要执行国民党党纲，遵守国民党的党章及纪律，而被困住了手脚。在国民党的各个机构中，共产党员受到国民党各种规章的制约，很难保持自己的独立性，而这种领导与被领导的方式也不利于中共对革命领导权的把握，从而丧失了革命的主动权。

叶天底对这些情况心里是有数的，但身为共产党员，必须服从组织的决定，不能对此擅做评论。因此，经过一番思考后，他终于站定，化繁就简地对陈叔文说道："中国共产党刚刚诞生，力量还很弱小，全国的党员总数还不过千，在这种形势下，我们还要借助于国民党的力量，才有可能凝聚成改变中国之磅礴力量。今后一段时期，国共两党的合作，还是主流。"

叶天底的解释，同样引起了陈叔文的深思，他担忧共产党会成为国民党的附庸。

叶天底见陈叔文沉默不语，猜出了他的心思。他问道："《三国演义》你看过没有？"

"当然看过，四大古典名著嘛。"

"《三国演义》开篇的话是怎么讲的？"

"天下大势，分久必合，合久必分。"陈叔文流利地答道。

"假如有一天，国共两党分裂了，你会站在哪一边？"

"当然是共产党这边！"陈叔文毫不犹豫地回答，声音铿锵有力。

叶天底脸上浮现出满意的笑容。他想了想又说："你的进步，我都看在眼里。革命，不是一下子就能成功的。可能要受到很大的挫折，你要坚定信念，艰苦奋斗，不怕牺牲，你有这个思想准备吗？"

"有！"陈叔文响亮地回答，"为了革命，我会献出我的一切甚至生命，这个信念任何时候都不会改变！"

"好！"叶天底为陈叔文喝起彩来。他走到陈叔文的近前，亲昵地拍着他的肩膀道："我敢断言，你一定会成为一名出色的革命者。"

就在这对师生这次对话后不久，"五卅惨案"爆发，叶天底积极组织"五卅惨案"苏州后援会，进行示威游行，并向社会各界开展募捐，募捐所得送给了上海罢工的工人组织。陈叔文也发动工校的学生举行示威游行，与恩师叶天底的后援会相互呼应，一时产生了较大的社会影响。

陈叔文在苏州的革命活动，传到了五哥陈叔璇耳里，他极为欣喜。

当时，陈叔璇已经走出校门，回到江阴县，在艺芳小学任教员，并于1925年加入了中国共产党。他与当地共产党员周水平、孙逊群等人紧密合作，在江阴成立了声势浩大的"五卅惨案"后援会。

他特地去信给陈叔文："闻吾弟在苏州组织五卅运动后援会，声势颇大，余倍感振奋，深感鼓舞。期吾弟结束学业，回江阴共谋大计。"

陈叔文接信后大喜，当即回信："弟毕业之后，即回江阴，与吾兄共同革命。"

是年7月，陈叔文从苏州工校毕业。因他品学兼优，被上海马庆康糖果公司相中，欲出月薪45元的高薪，聘请他去就职。但已受进步思想洗礼的陈叔文放弃了这一机会，毫不犹豫地回到江阴投身革命。

临行前，他特意向叶天底辞行，叶天底鼓励他："好男儿风鹏正举，愿再逢于胜利之时。"

5. 星星之火

1921年，中国共产党在上海成立后，与上海相距300余里的江阴县，成为最早接受共产主义光芒照耀的地区之一。

1925年，江阴县就有了共产党员和党组织的活动轨迹，他们如同持微火者，在江阴大地上四处播下红色的火种。

孙逊群就是江阴县早期的共产党员之一。孙逊群1897年出生于江阴县中兴乡大德村（今属张家港港区镇），1915年7月毕业于江阴县乙种师范学校，后到南沙乡三甲里小学任教。1924年7月，孙逊群在参加国民党江苏省临时党部举办的小学教员暑期学习班期间，结识了共产党员侯绍裘，接受了共产主义思想教育，其后积极投身于革命的洪流之中。1925年5月16日，孙逊群在上海上沙渡加入了中国共产党。

随后，孙逊群奉党组织之命，在江阴秘密成立由他担任支部书记的中共江阴支部，属中共上海地方执行委员会外埠10个支部之一。中共江阴支部在江阴县点起了红色革命的"星星之火"。

江阴支部成立后的第一件大事，就是组织"五卅惨案"后援会。1925年6月，孙逊群与辞去上海平民学校校长回乡的张庆孚等人一道，组织了江阴各界5000多人，在公共体育场举行公祭"五卅惨案"烈士大会，抗议帝国主义的暴行，募捐救济死难工人家属，激发了江阴各界群众声援上海工人反帝爱国斗争的热潮。

陈叔文一回到江阴，就经五哥陈叔璇的积极引见，与孙逊群、周水平等优秀共产党员相识，有了他们的同行，陈叔文心里的革命烈火越燃越烈。

其时，为了号召更多的工农投身革命，孙逊群与张庆孚、周水平等人在江阴县澄南小学创办了进步刊物、江阴建党初期的第一张党报——《星光报》，由张庆孚担任首任社长。周水平在《星光报》第一期上发表《敬祝世界无产阶级万岁》的文章，向基层群众灌输共产主义的思想。那段时间，每逢《星光报》出版，他就带着报纸到江阴县东乡的农村中广为散发，还给不识字的群众读报纸，让广大贫苦农民得到共产主义思想的教育。

除了思想宣传外，周水平还身体力行，在顾山镇创立了"佃户合作自救会"，号召佃户参加，发动群众团结一致，进行抗租斗争，抗拒地主豪绅压迫。陈叔文又积极配合周水平宣传"佃户合作自救会"，发动群众加入。"佃户合作自救会"是江阴农民运动的肇启，得到了广大农民的强烈拥护，以顾山镇为中心，迅速波及江阴、无锡、常熟三县。

"佃户合作自救会"引起了地主豪绅们的恐慌，以沙炳元为首的33名地主豪绅勾结军阀政权江阴县署，集体控告周水平"宣传赤化，鼓吹共产"，1925年11月，周水平被江阴县署逮捕。

周水平被捕后，江阴支部立即组织营救，国民党左派元老柳亚子等人闻悉后，也多方斡旋，努力营救周水平。就在僵持时，主政江苏的旧军阀孙传芳因军饷短缺，向地主豪绅预借冬漕，借此机会，江阴县的地主豪绅沙炳元等人托言"因周水平等人宣传赤化，无法预借冬漕"，其实是向孙传芳提出条件，即你孙传芳不严惩周水平，我们就不借款。

孙传芳当即下令江阴县署斩决周水平。他在电令中大放厥词："当此军事粗定之际，该周水平竟敢托词鼓吹，意图扰乱治安，潜谋不轨，应即依照军法从严枭首示众，以昭炯戒。"

1926年1月26日，周水平英勇就义。临刑前他向周围群众高呼：“我叫周水平，非盗非匪，为了多数贫民而死，死而无憾！”

周水平烈士的鲜血没有白流，他牺牲后，当地农民自发地前往吊唁。1926年11月25日，时任中共中央农民运动委员会书记的毛泽东，写了一篇题为《江浙农民的痛苦及其反抗运动》的文章，以"润之"的笔名发表在第179期《向导》周报上，文中写道："当周水平灵柩回到顾山安置在他家里时，农民们每日成群到他灵前磕头，他们说：'周先生是为我们死的，我们要给他报仇！'"

周水平是毛泽东亲笔撰文赞扬的为数不多的烈士之一，也是为数不多的被共产党和国民党都追认为烈士的革命者。2009年9月，周水平烈士被选为"50位为新中国成立做出突出贡献的江苏英雄模范人物"之一。

周水平之死，为江阴县党组织的活动敲响了警钟。陈叔文耳闻目睹了周水平从事革命活动以及被捕被害的全过程，旧军阀对革命者的血腥镇压手段，让他意识到革命的残酷性。那天，他悲痛地对陈叔璇说："军阀血腥屠杀革命者，刀俎之下，我等切不可无所作为。"

陈叔璇深以为然，他安慰六弟："仅凭我们这些书生的力量，不足以与军阀对抗，但我们把千万个农民组织起来，那就是势不可挡的革命力量。"

发动和组织农民运动，成为江阴党组织活动的头等大事。

周水平牺牲后，《星光报》由孙逊群、陈叔璇接办。但在办报中，孙逊群等人不得不正视一个事实——农民大多不识字，如何向他们灌输革命思想？

孙逊群与陈叔璇等人商量后，决定在江阴农村创办贫民夜校，并将贫民夜校命名为"晨光夜校"，经过几个月的努力，江阴支部先后在江阴东乡香山周围、袁家桥、镇山、顾山等地办起了涉及8个镇50多个村的"晨光夜校"。江阴县内的共产党员、进步青年就近担任了夜校的主讲老师，一方面免费教农民识字，另一方面向农民传播共产主义思想。

陈叔文主动请缨，担任了"晨光夜校"的老师。为了躲避旧军阀当局的耳目,"晨光夜校"没有固定的地点,有时在农民家中,有时就在农村田头,还有时流动到荒僻河湾,再加上农民自发地站岗放哨、抢先通风报信,军阀当局虽然对"晨光夜校"的活动有所耳闻,出动了几次查封行动,但都无功而返。

"晨光夜校"禁而不绝,让陈叔文深有感触。他认为革命事业要充分发动农民、依靠农民,才能保存力量,与反动势力做斗争。

"晨光夜校"的办校经验,为他后来在农村开展农民运动积累了宝贵的经验。

6. 沙洲大饥荒

暮色四合,天渐渐黑了下来。

村庄里,袅袅炊烟不见了,万家灯火不见了,觅食的鸡鸭不见了,甚至调皮得不知道归家的孩子们也不见了,村头再也听不到母亲唤儿的声音……

一切,都失去了生气;一切,都被黑暗所吞噬!

1925年底至1926年初,冬春之交,又是一年青黄不接之时,江阴县的沙洲地区,爆发了前所未见的大饥荒。

鱼米之乡,竟然爆发大饥荒,让人难以置信!

但饥荒的确是发生了。据《江阴县志》记载,这次大饥荒,饿死了数万人。虽然史料很是简洁,但是不难想象,几万条被饿死的人命啊,那是何等的凄惨!

至于饥荒发生的原因,大多资料只有一句话:农民秋季颗粒无收。

江南水土,肥沃富饶。江阴水网密集,干旱不会造成如此严重的后果,内涝也不至于让农田颗粒无收。到底是什么原因导致当地农民地无收成、家无余粮,活活饿死呢?

史料中给出了答案,大致有三大成因:

——毁田。民国初期是军阀割据的混乱时代,各省督军就是各省的土皇帝，为了筹措军费，他们在各地的小天地里强制老百姓毁田种植收益更快的鸦片。一省推出，全国各地军阀纷纷效仿，造成大量的良田被毁，粮食产量急剧下降。而每当军阀混战之时，军阀们又向老百姓派捐征粮，老百姓仅有的口粮都充了军粮，没人会管老百姓的死活。

——天灾。军阀混战的乱世，似乎老天爷也对他们发泄不满，极端的天气不时出现。传统农业抵抗天灾的能力极为有限，军阀们也不顾上组织抗灾，那段时期，因干旱、水灾造成大饥荒的人间惨剧反复上演：1920年至1921年，华北四省发生大饥荒，受灾人口近5000万人，其中饿死的灾民高达1000多万人。1925年，四川、贵州、湖南、湖北、江西五省爆发严重饥荒，5000多万人受灾。

——人祸。这年的秋冬季，直系军阀与奉系军阀爆发了大战，孙传芳的直系军阀渡过长江，与奉系军阀展开恶战。军阀恶战，殃及百姓。旧军阀部队哪有组织性和纪律性可言，他们每到一地，抢钱抢粮、强暴妇女，简直无恶不作。江阴是渡过长江的要塞之一，两股军阀力量先后经过江阴时，简直比蝗虫还厉害，沿途将百姓家中的余粮，能抢的都抢走，而且部队所过之处，任意踩踏农田，毁坏庄稼。

军阀混战、大肆毁田、天灾连连，再加人祸加剧，无疑是这场大饥荒的主因。

此外，地主豪绅压榨百姓，高利放债，巧夺民田，加租加息。农民青黄不接时，地主豪绅粮仓丰盈，宁可自身"朱门酒肉臭"，哪管农民"路有冻死骨"。

贫苦农民没有出路，只能在怨愤中活活饿死！

沙洲大饥荒发生后，走投无路的饥民纷纷涌向县衙求助。孙传芳任命的江阴县长束手无策，江阴的粮仓供应军粮都难以周继，早已空空如也。他变不出粮食救济灾民，急忙给孙传芳刚在南京成立的"五省联军司令部"打电报求援。

此时的孙传芳，哪顾得上灾民的死活，他的头脑里只考虑怎么调集兵力往北打，早早地打回他的山东老家，将直奉大战中从江苏、江西等地回撤到山东并盘踞下来的奉系军阀统统赶出山东，好让直系军阀扩充更大的势力范围。

当副官敲门而入，轻轻走进孙传芳的大办公室时，孙传芳肥硕的脑袋正埋在一张军事地图前看地图，他让副官将电文念了念后，头也不抬地说："回电，让他们自行想办法。"

按照孙传芳指令拟就的电文很快就传到了江阴县，县长捧着电文愁眉不展，心道："孙大帅啊孙大帅，你就给了我一个空印章，我此刻要钱没钱，要粮没粮，我哪想到办法啊！"

他只有一个字——拖！

可受灾的灾民哪能拖，天天有成批的人饿死啊！他们聚集到县衙门前讨粮。面对饥民围门，这位县长大人冥思苦想，又想出了一条"妙计"——闭门不出。谁叫门他也不应。同时，还让手下的军警将机枪架在高墙上，谁胆敢靠近，就开枪射击。

沙洲的灾民，此刻真正体会到什么是孤立无援，什么是叫天天不应，叫地地不灵！

7. 救星，救星！

饥民，命垂一线！

拯救饥民，刻不容缓！

正当孙传芳军阀当局弃灾民于不顾时，中共江阴支部展开了救灾行动。

支部书记孙逊群召集了陈叔璇、徐鸿英等几名党员秘密开会。会开得很简短，孙逊群直奔主题："反动军阀不管农民死活，我们不能不管，必须立即行动起来，展开救灾行动。"

"对，我们要赶紧筹款买粮，一刻也不能等。"被邀列席会议的陈叔文发话道。

此刻，陈叔文还不是共产党员。陈叔璇瞪了他一眼，意思是党的会议，他还没有发言的资格，而且是抢着发言。

孙逊群看在眼里，对陈叔璇道："陈老五，你六弟的建议很好，他既然被邀请列席会议，可以有发言权，这个建议我们接受。"

孙逊群为陈叔文说了话，陈叔璇也不好再说什么了。随后，孙逊群按照筹款买粮的思路做了分工。按照分工，孙逊群、陈叔璇、陈叔文等人负责向社会各界筹集善款，徐鸿英负责组织船只，带着募捐来的钱前往无锡购粮，用于赈灾。

布置了任务后，孙逊群又给陈叔璇加了一项任务："陈老五，你负责联络沙洲沿线各乡镇的同志，在镇上开设平价米市米店，地主豪绅将米价抬高到20文一市斤，我们就卖2文一市斤，对于拿不出钱的平民，不要收钱，直接给米。"

领受了任务后，各人分头行动。陈叔文在江阴县东乡一带活动，那些天，他日夜不休，走集镇、奔乡村，找商户、富户筹款，他口才好，宣传发动很有号召力，再加上父亲陈继轩在当地的影响，筹款进行得相对顺利。

很快，分头筹集的款项，交到了徐鸿英手中。徐鸿英不负重托，两天后，他带去的13条船只，从无锡米市满载粮食返回江阴。

粮食分到了平价米店，再从平价米店分到了饥民手中，饥民有救了。

"你们真是活菩萨啊！"

"你是我们的大救星啊！"

……

发自饥民心底的声音，既让陈叔文等人听得暖心，又让他们唏嘘不已。

当地灾民听说粮食是徐鸿英从无锡买回来的后，感恩之情溢于言表，他们在家里供起了写有徐鸿英名字的长生牌，每日上香敬奉。尽管这是极其迷信的活动，但是纯朴的老百姓，除了用长生牌来铭记恩人的恩情外，他们还能怎么做啊！

　　然而灾民太多了，仅靠 13 条小船拉回来的粮食，无异于杯水车薪！

　　在赈灾中，陈叔文面对着饥肠辘辘的灾民，心痛万分。可苦于当时交通不方便，从江阴到无锡的官道上遍布反动军阀布设的哨卡，如果从官道走，这些粮食很可能运不回江阴，半道就被反动军阀给截了。只能走水路，但来回太慢，救不了饥民的急啊！

　　在米店派发赈灾粮时，陈叔文亲眼看到一个又一个饥民在他面前倒下，他只能眼含悲怆的泪水，尽最大努力派发赈灾粮。

　　可是，平价米店挡住了地主豪绅囤积居奇的发财路。他们纠集家丁、民团力量，一面到平价米店挑衅滋事，一面在路口设伏恫吓前往平价米店的饥民。

　　"这样可不行！"陈叔文干脆扛着粮食往饥民家中送。筹款、发粮，陈叔文已经几天几夜没合眼了。而且，为救助饥民，他绝不动一粒赈灾粮，常是自己饿着肚子去送粮。实在饿得慌了，就吃身上仅有的两块干粮，那干粮是老馒头，饿极了他才会啃上一口，遇到路边的饥民，他索性将仅有的干粮都送出去，没有干粮，他就到河边掬把河水，用河水来充饥。

　　这天傍晚，陈叔文在周庄完成送粮任务，步行回陈家仓。

　　他已经好多天没回家了。在筹款发粮前，他曾回过一次家，劝告自己的父亲开仓赈粮，陈继轩虽然深明大义，但他很担忧地说："饥民太多了，我们哪管得过来。"

　　"父亲，您是德高望重的医生，您常跟我们讲，救人一命胜造七级浮屠，要我们行善积德。如今，饥民一个接一个饿死，您就忍心旁观而不施救？"

　　陈叔文的一席话，说动了陈继轩。他决定开仓赈粮，他家的粮仓赈出的粮食，救活了陈家仓的饥民。在陈叔文离家时，陈继轩还塞给了陈叔文一百块大洋，用作购粮的善款。

陈叔文一边回忆着这些往事,一边走进了云亭的一个村子。 刚进村子不久,突然听到路边的一户人家传出孩子悲伤的哭声,他循着声音走进这户人家的土墙茅草屋,只见一个十二三岁的孩子正伏在父母的遗体上痛哭。

陈叔文清楚地记得,这户人家他昨天刚刚送过粮食,粮食少,虽管不了几天,但至少暂时不会让人饿死啊。 他一问,那个叫小田的孩子边抹泪边说:"粮食太少了,不够吃,爸妈舍不得吃,他们饿着肚子,说是留着粮食给我吃。"说到这儿,小田又号啕大哭。

可怜天下父母心啊!

陈叔文心如刀绞,这个家,失去了年轻的父母,小田成了孤儿,如果放任不管,不久他也会死去啊。 想到这儿,陈叔文下定决心道:"小田,以后你就跟着哥哥,有哥哥吃的就有你吃的。"

小田听到这话,突然"扑通"一声跪倒在陈叔文面前道:"我这条命就是你给的,以后你叫我干啥就干啥!"

陈叔文急忙扶起小田。 当天晚上,他没有带着小田回陈家仓,而是转道去了五哥陈叔璇所在的艺文小学。 他没想到,小学内,已经聚集了几十个孩子,大的十四五岁,小的才五六岁。

陈叔璇一看到陈叔文领着的小田,他立即明白了,他把陈叔文拉到一边说:"我们在送粮食时,发现了很多父母宁可自己饿死,也要保住孩子,这些孩子都成了孤儿,以后我们要想办法收养起他们,将他们培养成人。"

陈叔文看了一院子的孩子,轻叹了一口气道:"这么多可怜的孤儿,我们得想个周全之策才行。"

"这我已经想好了,一部分孤儿留在星光夜校,一部分孤儿寄养到有善心的大户人家,还有一些大的孤儿,可以介绍他们到厂里做点事,先混个饭碗再说。"

也只能这么办了!

其实,不单是陈叔文兄弟俩在这场救灾中收留了很多孤儿,孙逊群、徐鸿英等人也在救灾中收留了不少孤儿。

当这场救灾行动结束后,经过统计,被中共江阴支部收留下来的孤儿有近200人,而这些孤儿,深感于共产党的救命之恩,成为江阴红色革命最坚定的追随者。

第二章
壮志凌云

送走了金秋,江南跨进了温暖的初冬。

江阴市周庄镇何家庄耿家住基的一处普通民宅,历经近百年风雨的洗礼,如今依然以伟岸的姿态,矗立在这方土地上。

1928年1月,中共江阴县第一次代表大会就在这个住宅里召开,掀开了江阴党史上崭新的一页!

冬日的暖阳下,"中共江阴一大会址纪念馆"几个大字熠熠生辉;庭院里,植满苍松翠柏,一条新修的青砖小路,从院门通向纪念馆的正门。当年,当30余名江阴"一大"代表走进这个大门时，他们可能没有想到，他们的足迹，会成为后人纪念的丰碑！

1. 策应北伐

第一次国内革命高潮到来之前的北洋政府，已是一个腐朽透顶、人心背弃的政府。

当初，在推翻清朝的封建统治时，人们曾对北洋政府满怀希望。

然而，当北洋政府丑闻迭出，甚至闹出袁世凯"登基"的政治笑话后，人们对北洋政府的希望，立即转化为失望。

当北洋政府屈从于帝国主义的压力，置处于水深火热中的人民群众生死于不顾，将国家折腾得四分五裂时，这失望，又转化为深深的绝望！

绝望的处境中，人们的怒火在积蓄，在蓄势待发！

谁能点燃这怒火的"火药桶"，进而推翻北洋政府？人们将目光投向了1925年7月成立的广州国民政府，包括中国共产党也对其寄予厚望。

1925年8月18日，广州国民政府将辖下的各地方军队名目取消，统一更名为国民革命军，下辖8个军，总兵力约10万人。

迎接北伐，共产党人以领导发动工人罢工、农民暴动来积极策应。

1926年4月，党组织根据江阴县蓬勃发展的革命态势，将江阴支部改建为江阴独立支部，属中共上海区委领导的15个特支之一。

"国民革命军即将北伐，我们要有所行动，做好迎接国民革命军北伐的准备。"当中共江阴县独立支部书记孙逊群将这一消息传播开来后，陈叔文深受鼓舞。兴奋之余，陈叔文取了一个"蒋云"的化名，其时，革命者为不连累亲属、便于开展革命工作，大多取了化名，有的人还取了好几个化名。

陈叔文取名为蒋云，这"云"，是豪气干云的云，是漫天红云的云！

国民革命军即将北伐的消息，使江阴共产党的活动更加活跃。蒋云对沙洲大饥荒中幸存的孤儿们说："等到革命成功，你们都会走进学堂，有饭吃、有衣穿、有房住，过上天下太平、人人平等的好日子。"

孤儿们个个摩拳擦掌："你救了我们的命，我们听你的，要我们干吗就干吗！"

这些年纪不大的孩子们，他们虽不懂得深奥的革命道理，但他们只认准一条：谁能让他们不挨饿不受冻，有好日子过，他们就跟定谁。

盼望已久的北伐，终于来了！

1926 年 7 月 9 日，蒋介石就任国民革命军总司令，指挥 8 个军誓师北伐。

北伐军兵分三路，分别与北洋政府的直系军阀吴佩孚、奉系军阀张作霖，以及从直系军阀中分化出来自成一派的军阀孙传芳等人展开决战。

由于有中国共产党的支持，有亿万民众的响应，北伐军一路凯歌频传。在不到半年的时间里，北伐军从珠江流域打到长江流域，先后消灭了大军阀吴佩孚、孙传芳的主力部队，人数也从 10 万增加到 25 万。

1926 年 10 月，北伐军进军湘、鄂后，为动员农民支援北伐，国民党在广州召开有大量左派参加的中央和各省区代表联席会议，通过《最近政纲》，提出"减轻佃农田租百分之二十五"的决议，统称为"二五减租"，为北伐赢得了民心。

1927 年 3 月，中共江阴独立支部领导成立了江阴县农民协会，选举化名高启根的共产党员徐鸿英担任首任会长，江阴县轰轰烈烈的农民运动，也自此正式揭幕。

在北伐军取得节节胜利、江阴县农民运动蓄势待发之时，蒋云也迎来了他人生中最重要也是最荣光的时刻——正式宣誓加入中国共产党。

那天，在江阴县的一个简易农舍里，一面鲜红的中国共产党党旗悬于土墙上，蒋云的五哥陈叔璇作为入党介绍人，带着蒋云面对镰刀与斧头组成的党旗，举起右臂庄严领誓：

严守秘密，遵守党纪，努力革命，牺牲个人，永不叛党！

陈叔璇每领说一句，蒋云就跟誓一句。

那每一个字，都如一把铁锤，深深地锤击进蒋云的心底。

宣誓完毕后，孙逊群热情地伸出手，与蒋云的手紧紧相握："蒋云同志，欢迎你加入中国共产党，希望你永不忘记誓词，为党奋斗终生！"

蒋云郑重地点点头，一双明亮的眼睛里，迸射出充满激情与希望的目光。

蒋云入党后不久，共产党员赵体贤奉国民党江苏省党部中共党团书记侯绍裘之命，以省党部特派员的名义来江阴从事革命活动。一次，赵体贤召集了江阴县的共产党员秘密开会后，与蒋云单独有了一番谈话：

"蒋云同志，我听你五哥陈叔璇同志介绍过你，说你很有思想，北伐军进驻江阴赶跑反动军阀是迟早的事，你有什么想法？"

"特派员，我有一个困惑，想向你请教。"蒋云没有正面回答赵体贤的提问，他反而抛出了一个问题，请教赵体贤。

"有什么困惑，说出来听听？"赵体贤充满期待地问。

蒋云略做沉吟后说："国共合作是中共中央做出的决定，作为一名共产党员，我完全支持也必须无条件服从，但是在江阴县，我接触过一些国民党员，他们的素质良莠不齐，且大多是代表资产阶级利益的，而我们共产党代表的是最广大的工农等无产阶级的利益，工人、农民都深受着资产阶级的盘剥，这两个阶级本就是矛盾的对立体，将来北伐军打进江阴，驱赶走反动的北洋政府势力后，两个阶级之间的矛盾就会爆发，到时候怎么协调好这种矛盾呢？"

"你的困惑也是我们共同的困惑。"赵体贤沉思片刻后，认真地说道,"我们加入了党组织,就得拥护和服从上级的命令,现阶段国共两党合作的矛盾还没有爆发出来,将来嘛可能正如你所言,迟早会爆发,我相信,矛盾爆发时,中央会有所考虑并会采取必要措施的。"

赵体贤的话,并没有解开蒋云心中的困惑,这也怪不得赵体贤,在当时的情境之下,谁又能准确地预料革命的未来走向呢?

不过,通过这次谈话,赵体贤充分地认识到蒋云不仅是一个有着革命热情的年轻共产党员,他还是一个遇事能够冷静、理性分析的革命者。蒋云给他留下了很好的印象。

不久,赵体贤根据侯绍裘的指令,在江阴筹备国民党江苏省党部特派员办公室。

谁来当这个主任? 江阴县的国民党与共产党展开了激烈的争夺战。特派员办公室主要负责党务工作,国民党员当然不愿意将这个重要职位拱手相让给共产党员,而共产党员也绝不会放过这个职位。

在争位之初,赵体贤召集了中共江阴独立支部的共产党员开会,先从共产党员中推选一个主任人选,与国民党推选出的主任人选进行竞争。

经过讨论,从内部产生了包括蒋云在内的两名人选。

在表决时,孙逊群、陈叔璇等人投了蒋云的赞成票,也有人投了反对票。投反对票者认为蒋云刚入党不久,资历较浅,尚需历练。

赵体贤是特派员,特派员办公室主任就是在他的直接领导下开展工作,因此,他的这一票分量最重。

所有人的目光都投向了赵体贤。

赵体贤经过反复权衡,将这一票投给了蒋云,他对与会同志解释道:"就入党时间而言,蒋云同志入党时间较短,但他参与革命的时间却较长,很早就接触了进步书籍,经受了进步思想的洗礼,所以从资历上来说,无甚问题。而且,我发现蒋云同志有很高的警惕意识,遇事自有主张,能够冷静理性地分析问题。特派员办公室主任这个位置,起着协调平衡国共两党关系的作用,在当前的形势下,国共两党之间的关系错综复杂，在这样的风口浪尖上，我们更需要发挥蒋云同志的长处，来开展工作。"

赵体贤一番有理有据的分析，得到了大家的赞同。

陈叔璇主动站起身走到蒋云的身边，拍了拍蒋云的肩头，道："老六，好好干，不要辜负组织上对你的厚望。"

蒋云应声道："五哥，放心吧，我一定干好这项工作。"

其时，国民党也推选出一个竞争的人选。对于国民党而言，他们争夺这个职位，更多的是考虑自身利益，而对于共产党来说，争夺这个职位是为更多的人民群众办事。

两个持不同政见的竞争者，孰优孰劣，早已一目了然。

最终，蒋云胜出，成为国民党江苏省党部江阴县特派员办公室主任。而他，也不负党组织的重望，在此后不久发生的"四一二"反革命政变中，以敏锐的嗅觉和迅速有力的执行力，最大限度地保护了江阴县的共产党组织，保存了革命的火种。

2. 在激流中

北伐军在人们热切的盼望中，终于来了！他们打退了盘踞江阴的军阀孙传芳所属部队，胜利进驻江阴县。

饱受旧军阀蹂躏的江阴，百废待兴。

可是，接管江阴的国民党右派势力，非但没有迅速开展恢复经济、稳定治安、扶助农工等一系列有利于人民群众的整顿，而是处处制造与共产党员的摩擦，忙于所谓的"治党戡乱"。

国民党右派势力钩心斗角，尔虞我诈，恶意中伤共产党人。身为国民党特派员办公室主任的蒋云，一直被他们视为"眼中钉""肉中刺"。

一次，一名国民党右派负责人走进蒋云的办公室串门，一进门，他就堆起满脸的奸笑道："蒋主任，革命成功了，你不去参加庆祝的宴请，还在忙什么啊？"

蒋云知道他心怀不轨,板着脸没好气地说:"革命成功? 只不过是赶跑了旧军阀而已,工农大众还身陷苦海,不让他们得解放,何言成功?"

"蒋主任,你多虑了。 你们共产党人开口工农、闭口工农,工农算什么? 他们一没钱二没势,能对革命起什么作用,我们掌握了政权,他们就得做顺民。"

一听这话,蒋云气不打一处来,他放下手头正在处理的公文,正色道:"孙中山提出了民族、民权、民生的三民主义,你刚才所讲的话,已经违背了三民主义,工农不是人民吗? 他们的权益得不到保障,你们满口的三民主义,体现在何处? 江阴的人民又从新政权中得到了什么?"

蒋云的反问,让那人一惊。 他正待发作,转念想到国共两党还处于合作期间,还没有公开撕破脸,他这是来策动蒋云"反水"的,所以他压住了心中的怒气,转换了话题说道:"蒋主任,我们抛开三民主义和共产主义不谈,那也不是我们这些基层人物所能决定的,我可不管他什么主义不主义,我是来劝蒋主任抛开主义之争,投入到我们的阵营,这样,对你的仕途也大有好处啊!"

蒋云冷冷一笑道:"谢谢老兄的好意,不过,我对仕途还真不感兴趣。"

"那你对什么感兴趣? 谁不想升官发财啊?"那人一脸惊讶地问。

"我心里只装着你们所看不起的工农,他们的日子好过起来,我宁可做平民。"蒋云淡淡地说。

"你啊,拿我的好心当成驴肝肺,迟早会栽进去。"那人拂袖而去。

看着他离去的背影,蒋云出了会儿神。 他有种不祥的预感,他过去一直担忧着的国共两党合作的裂痕,说不定马上就会被撕开! 为此,他提醒过孙逊群还有他的五哥陈叔璇:"大家要做好准备,提防国民党的叛变!"

隔天，几名国民革命军的士兵在一名连长的带领下，冲进特派员办公室搜查。

蒋云厉声喝道："这里是特派员办公室，你们未经允许，进来搜查什么？"

"搜查什么？ 自然是搜查乱党。"领头的连长蛮不讲理道。

"乱党？ 谁是乱党？"蒋云冷笑一声道，"请你们立即出去，不要妨碍我们办公。"

"有人举报，孙传芳的旧部中，就有人藏在这儿。"那个连长推开蒋云，他用枪管将帽檐一顶，原本戴得端正的大盖帽被顶歪了，然后他手一挥："弟兄们，给我搜！"

他手下的几名士兵得到命令，端着步枪就在办公室乱窜，将办公桌上的公文纸翻得"哗哗"乱响，文件撒了一地。

蒋云心下明白，这哪是搜查所谓的"乱党"啊，完全是借口，这架势完全就是冲着共产党来的。 但在蛮横的士兵面前，蒋云无法据理力争，只能眼睁睁地看着他们在办公室捣乱一阵后，大摇大摆地离开。

他们走后，蒋云心里像打翻了五味瓶子，各种滋味杂陈于心。

"这事得向特派员汇报！"蒋云拿定主意，立即将这一情况向赵体贤汇报，赵体贤想了想后说："中央现在还没有明确的指示，但我们要做好思想准备，以防国民党撕破脸皮。 你通知江阴的党组织，要做好积极的防范，以防不测。"

"我已经告诉他们了。"蒋云说。

赵体贤赞许地看了蒋云一眼，他心下欣慰，这个特派员办公室主任选对了！

赵体贤走到办公桌前，拉开抽屉，翻出了两本小册子，递给蒋云道："蒋云同志，这是国民党右派戴季陶组织反动文人炮制出的《孙文主义的哲学之基础》《国民革命与中国国民党》两本小册子，宣扬所谓的'孔孙道统'，妄图用孔孟之道歪曲孙中山的思想，曲解孙中山提出来的联俄、联共、扶助农工的三大政策，阉割革命内容。"

蒋云拿起小册子翻了翻，里面完全是歪曲事实，对共产党人造谣诬蔑的语句很多。 蒋云生气地说："国民党右派真是不要脸，没有共产党人发动工农运动襄助，他们能取得北伐胜利？"

"蒋云同志，我们是这么想的，国民党右派势力可没这么想啊。 江山打下来了，他们生怕共产党人夺他们的权，必欲除之而后快啊，我们面临的形势很严峻啊。"

"岂有此理！"蒋云气愤地说，"我们应该组织反抗。"

"蒋云同志，你我都是党在基层工作的同志，中央会对此有所决定的，我们等中央的决定再说吧。"

蒋云无语。 那天，他心情沉重地走出了赵体贤的办公室，出门后抬头看了看天气，虽是江南初春的季节，但天空中阴云密布，让人有种透不出气来的感觉⋯⋯

其实，蒋云的担忧和预感是极其准确的。

早在1926年11月9日，抵达南昌的蒋介石就召集了戴季陶、吴铁城、黄郛、张静江、陈果夫等一大批国民党右派分子到庐山秘密开会，会议的议题只有一个——清党反共。

经过一番密谋后，国民党右派的反共丑恶嘴脸，渐渐掀开了面纱：1927年1月25日，蒋介石等人在庐山仙岩旅馆达成了会议的四点决议：一、明示"离俄清党"政策；二、北伐军"底定东南，联系绅商"，争取财阀支持；三、外交上"弃俄联日"；四、军事上联合阎锡山和冯玉祥。

这场密谋，完全背叛了孙中山提出的"三民主义"，一场面向共产党人掀起的血雨腥风，就此揭幕——

1927年4月12日凌晨，国民党军队停泊在上海高昌庙的军舰上空升起了信号，早已准备好的全副武装的青红帮、特务约数百人，身着蓝色短裤，臂缠白布黑"工"字袖标，从法租界分乘多辆汽车分散四出，赶至闸北、南市、沪西、吴淞、虹口等地，袭击毫无防备的工人纠察队。

被袭击的工人纠察队先是一阵懵然,清醒后仓促组织反抗,双方斗得难解难分。

当日,被蒋介石控制的国民革命军第二十六军(蒋介石收编的原孙传芳旧部)得到指令,以调解"工人内讧"为名,强行收缴工人纠察队的枪械。工人纠察队发觉势头不对,再次组织反抗,结果被当场打死120余人,180余人受伤,2700名武装工人纠察队被解除武装。

与此同时,与蒋介石早已达成默契的上海各租界外国军警在租界内搜捕共产党员和工人1000多人,交给蒋介石控制的军警处置。

蒋介石发动的"四一二"反革命政变,震惊世人!

情急之下,中共中央仓促组织应对。接受中共领导的上海总工会对国民党当局提出了六项决议:一、返还收缴的工人武装;二、严办破坏工会的军政长官;三、抚恤死难烈士的家属;四、向租界帝国主义者提出严重的抗议;五、通电中央政府及全国全世界起而援助;六、军事当局负责保护上海总工会。

然而,这六项决议对反共已决的蒋介石来说,无疑是"与虎谋皮"!

4月13日,中共中央组织上海烟厂、电车厂、丝厂和市政、邮务、海员及各业工人举行大罢工,参加罢工的工人达20多万人。罢工的游行队伍高呼"打倒新军阀"等口号,冒雨游行至宝山路三德里附近时,埋伏在里弄内的国民党第二师士兵突然奔出,向游行队伍开枪扫射,当场打死100多人,伤者数千人。

宝山路,一时血流成河!

随后,军警不满足于街头抓人,他们出动队伍,展开四处搜捕,被搜出的共产党员、工人领袖,在街头就地枪决。

上海街头,被枪决的尸体随处可见!

4月12日至15日,短短3天时间,就有300多人被杀,500多人被捕,5000多人失踪!

"四一二"反革命政变的浪潮,很快波及离上海不远的江阴县。

国民党江阴驻军呼应着上海的反革命政变，大肆搜捕共产党员和进步工人、学生。然而，他们只搜出了极少数共产党员和工人领袖，大部分人，已经提前转移。

"四一二"反革命政变，突如其来。江阴党组织何以免遭重大损失？

这与蒋云的敏锐预感和果断行动分不开——

原来，早在4月10日，曾任国民党江苏省党部执行委员会常委、中共党团书记的侯绍裘以工作之便，提前获取了蒋介石即将叛变革命的情报，他立即发电报通知赵体贤，要他早做准备。

发完电报后，侯绍裘连夜主持召开江苏省党部及各革命团体主要负责干部紧急会议，研究应变措施。开会时，被国民党反动派武装包围，侯绍裘被捕后，蒋介石以"江苏省政府主席"的高位相诱，被他严词拒绝，蒋介石见劝降不成，痛下杀手，侯绍裘在南京遇害。

赵体贤得到消息后，丝毫不敢怠慢，他将这一情报传递给蒋云，要他速速通知江阴党组织隐蔽。4月11日凌晨，蒋云通知江阴县的共产党员秘密开会，商讨应对之策。

有人不相信蒋介石会叛变革命。蒋云着急了，他吼道："我是国民党特派员办公室的主任，我以性命担保，我得到的情报绝对准确！"

他这一吼，让那些不信者信服了。但怎么应对？

有人提出，立即组织工人农民游行示威，与国民党驻军硬拼。

蒋云果断地反对："国民党驻军人数众多，武器装备充足，他们即将发动的政变有组织有预谋，与他们硬拼，除了无谓的牺牲，没有任何实质意义。"

"那怎么办？"提议硬拼的人急红了眼。

"立即将党员和进步青年疏散到农村。"蒋云提议道。

这个提议，不是他临时遇到事情时的信口开河，而是他在此前预感到国民党将采取分裂行动时，就提前考虑好的退路。

"老六这个方法行得通，我也建议这么做。"陈叔璇支持了蒋云。

那些想硬拼的人，此刻也已明白：现在情势紧急，除了到农村外，别无第二条路可走！

正因为蒋云果断地做出了正确的提议，江阴党组织未雨绸缪，在风雨欲来之前，抓住短暂的时间，保护了江阴更多的共产党员和进步青年免遭敌人的杀害！

3. 章周兵工厂

1927年10月，江阴县东乡章周村。

天气阴沉，黑云低垂。猎猎江风，穿过破旧的民房，闷热潮湿的空气，四处弥漫。

蒋云坐在一张低矮的木桌前，正专心画着一张草图。一个十一二岁的少年，好奇地挨近着看，但看了半天，他都没看懂蒋云哥哥画的是什么。

的确，蒋云伏案画的不是人物、不是山水，而是一只类似圆柱形状的"怪东西"，上面还密密麻麻地标注着各种数字，这么专业的图纸，他怎能看得懂呢！

"蒋云哥哥，这画的是什么呀？"少年好奇地问。

少年名叫小雨，江南黄梅雨季节出生的，父母就以此给他取了个名字。小雨的父母在沙洲大饥荒中饿死，蒋云救助并收留了他，秘密转移到江阴东乡农村时，小雨也一直跟着他。类似小雨这样的孤儿，蒋云的身边有十多个。

"这是松树炮的制造图纸。"蒋云解释道。

"我们要做大炮？"

"是的，我们不光要做大炮，还要造枪、造炮弹。"

"蒋云哥哥，我们是要打仗吗？跟谁打？"小雨撸起了袖子，这些孩子，以前经常玩打土仗的游戏，此刻，他好斗的情绪被勾引了出来，脸色因激动而显得潮红。

"当然是跟我们的敌人打。"蒋云放下图纸，他觉得很有必要跟这些孩子做些革命的启蒙教育。

"我们的敌人是谁?"小雨追问。

蒋云没有直接揭晓答案,而是耐心地问:"小雨,你的父母是怎么死的?"

"饿死的。"说到这儿,小雨的眼眶红了,眼泪顺颊而下。

"他们为什么会饿死?"蒋云继续启迪。

"我们没有田种,租地主老财的田种,粮食都被他们收租收走了。"小雨年龄虽小,但却少年老成,这是穷人的孩子当家早啊!

"是啊,地主老财借高利贷,利滚利,把农民抵押的田都收走了,他们不劳动,像你父母那样的佃农租他的田种,收的粮食只够交田租,而地主老财呢,啥也不用动,在家里吃香喝辣,坐享其成,你说他们可不可恨?"

"我恨死他们了。"小雨咬牙切齿地说,"我们村有一个地主老财的儿子,总是欺负我们,骂我们是穷鬼,有一次我跟他干了一架,这小子没打得过我,哭着回去到他地主老子那儿告状,那个地主可凶了,带了几个人,把我捆起来就打,要不是我父母跪在地上求他,就把我给活活打死了!"

"地主老财算不算敌人?"

"当然是敌人!"小雨用手一抹流在脸上的眼泪,眼光里冒出了仇恨的火光,"要是有枪,我第一个就要崩了他们。"

经过蒋云的启发,小雨分清了敌我。蒋云伸出手,抚了抚小雨头发凌乱的脑袋,深重地叹了一口气道:"小雨,光打死一个地主老财解决不了问题,你看看我们身边的孤儿,哪一个没受过地主老财的压迫,所以我们要团结起来,把天下的地主老财给打倒,这世上没有了地主老财,农民才有田种,才有饭吃,才能过上人人平等的日子啊。"

"蒋云哥哥,你就带着我们干,我们都听你的,你指到哪儿我们就打到哪儿,绝不怕死!"小雨把胸脯拍得砰砰响。

"小雨,你别激动。"蒋云将小雨按坐在凳子上,接着说,"如果我们的敌人只是地主老财那就好办多了，可是我们面临的还有比地主老财凶残十倍、百倍的敌人。"

"啊？地主老财已经够凶残的了，他们简直是吃人不吐骨头，还有比他们更凶残的敌人啊？"小雨不解地望着蒋云。

蒋云的脸上布满了乌云，他语气沉重地说："是的，这些人就是国民党的反动军警，我们赶跑了旧军阀，他们就是新军阀，他们有部队有武器，与地主老财串通一气，是地主老财们的大靠山，不把这些新军阀打倒，地主老财也扳不倒啊。"

小雨倒吸了一口凉气，问道："蒋云哥哥，那怎么才能打倒这些新军阀？"

"打倒新军阀，打倒地主老财，就是一场震天动地的革命。领导这场穷苦百姓闹革命的就是共产党，革命不是一天两天就能成功的，我们要讲组织领导、讲策略，需要团结，也需要分工。我们要跟他们斗争，手中就得有武器。党组织把造武器的任务交给了我们，我们就要造出好武器，装备穷苦百姓，这样我们才能斗得过他们。"

"蒋云哥哥，我明白了，难怪你画了这张图，咱们这里就是兵工厂，是不是？"

"是的。"蒋云的眉头舒展开来，他深入浅出的一番讲解，终于使小雨明白了什么是革命，为什么要进行革命，怎么进行革命。对于其他孤儿，他也是这么宣讲的。这些孤儿，由此懂得了革命的道理，并成为革命最为坚定的追随者。

蒋云建立地下兵工厂，是遵循了江阴县委的指示。

蒋介石发动"四一二"反革命政变后不久，新成立的中共江苏省委指示江阴县在独立支部的基础上组建了中共江阴县委。1927年9月初，中共江阴县委成立，陈叔璇任县委负责人。10月，省委任命蒋云为江阴县委书记，钱振标以省委特派员身份回江阴指导农民暴动。钱振标到任不久，就秘密与隐蔽在农村的蒋云接头，向他通报了当前的形势：

"四一二"反革命政变后，中共中央所在地上海，白色恐怖深深笼罩，空气中都弥漫着血腥味。中共中央在上海已无法立足，情急之下，将希望寄托到了以汪精卫为首的武汉国民政府，这年5月，中央机关转移到武汉胜利街附近办公。然而，被视为"救命稻草"的汪精卫却给了共产党人致命一击——1927年7月15日，汪精卫突然发动反革命政变，公开驱逐并屠杀共产党人，武汉，也进入了白色恐怖时代。

南京国民政府与武汉国民政府的东西呼应的"清共"，史称"宁汉合流"。

白色恐怖中，国民党特务警探同公共租界巡捕、包探勾结起来，联合缉捕共产党的负责人和党团员、工人领袖，每天都有人被捕被杀。当时还有一些人变节投敌，这些出卖灵魂的叛徒也同反动派勾结在一起，出卖革命者和党的秘密，一度非常猖狂。

1927年8月1日，周恩来、贺龙、叶挺、朱德、刘伯承领导的八一南昌起义，打响了武装夺取革命政权的第一枪。8月7日，中共中央在湖北汉口召开紧急会议，会议撤销了陈独秀中共中央总书记的职务，选举出以瞿秋白为首的中共中央临时政治局。会议做出写入党史的"八七会议"决议：组织军事力量对抗国民党。

钱振标向蒋云传达了"八七会议"精神后，蒋云眼前亮堂了起来。自从转移到了农村，他心里异常苦闷，常常在心里自问：

为什么打倒了腐朽的北洋政府后，被视为进步力量的国民革命军会蜕变到反动立场？

为什么共产党人全力支持的国民党会向盟友共产党人举起屠刀？

当蒋云说出了心里的烦恼，钱振标说："蒋云同志，江阴党组织现在的公开活动陷入了暂时的沉寂。而这沉寂，不是偃旗息鼓，更不是消沉没落。转移至农村的共产党员就如播撒到农村的星星之火，我们发动群众，积极做群众的思想工作，正在暗中积蓄着巨大的革命能量，只待春风一吹，立马星火燎原般爆发。"

"可这春风什么时候吹过来啊？老是这么等着，我心里着急啊。"

蒋云焦虑地问。

"蒋云同志,你别着急,县委为贯彻'八七会议'精神和省委指示,准备在江阴农村发动秋收起义,县委决定将制造土制炸弹的任务交给你,你要尽快生产出来,武装农民,为起义做好准备。"钱振标道。

"没问题,我保证完成好任务。"蒋云打起了包票。制造土制炸弹,他在学校所学的专业特长,正好发挥了作用。

领受了任务后,蒋云先是在自家的后院里秘密研制。钱振标特地安排由陈叔璇介绍入党的共产党员朱松寿做他的助手。蒋云安排朱松寿去收装香烟的铁皮罐头,朱松寿不解地问:"蒋云同志,收香烟罐头干吗?我们要的是炸弹,不是香烟啊。"

蒋云神秘地一笑道:"我让你收,你就去收,收回来你就知道了。"

朱松寿虽然摸不着头脑,但他还是按照蒋云的布置,化装成货郎,挑着糖担走乡串户收集铁皮香烟罐头。很快就收集了一大堆。有了铁皮罐头后,蒋云将事先研制好的火药装入铁皮罐头,又将旧犁头、旧铁锅砸碎,一起倒进去。然后他拉着朱松寿到一个小山头上试爆。

刚开始,朱松寿对这铁皮罐头究竟有没有威力持怀疑态度。可是当他们放好铁皮罐头,点燃引线后,随着"轰"的一声巨响,铁皮罐头炸开了,在小山上炸出了一个土坑,蒋云的土制炸弹研制成功了!

钱振标闻讯后,十分高兴。立即要求蒋云尽快批量生产。考虑到保密,蒋云将地下兵工厂建在章周村。章周是江阴东乡的一个偏僻乡村,蒋云秘密转移到章周后,选定了较为隐蔽的村民常阿根的家建立了地下兵工厂,兵工厂的工人就是跟随他的十多个孤儿。

建起了兵工厂后,蒋云闭门不出,一门心思地投入生产,他绘图纸,造土炉,发动孤儿去收集残铁、石子粒儿,指导孤儿们学会读图,按照图纸制造武器。

这些聪明伶俐的孤儿，蒋云爱之至切。他向江阴党组织推荐，批准他们加入江阴少年先锋队，并发挥自己的音乐特长，教会他们学唱《少年先锋队队歌》。蒋云还编词编曲，让他们学唱革命歌曲，其中有一首为：

革命，大家向前进。
工农兵联合，万众同一心，
共产主义样，自由制度明，
大家团结紧，犹如亲兄弟，
除军阀、杀贪污、土豪要灭尽。
打倒国民党，消灭反动军，
地主资本家，丝毫不留情，
反动分子一齐铲除，革命方可成。

蒋云组织起来的"童声合唱团"，既让孤儿们快速接受并懂得革命道理，同时在以后对农民的宣传发动中，他们配合演讲宣传，用农民喜闻乐见的歌曲，鼓舞了人心、激昂了斗志！

孩子们轻哼着革命歌曲，工作中充满了激情。

蒋云所造的土制武器，威力最大的要数"松树炮"。所谓"松树炮"，就是将结实的松树木材从中间剖开，各掏出半截炮膛，然后用铁圈加以箍紧，就成了一个可扛起来使用的前装膛土炮。

土炮易制，炮弹难做。但做炮弹对学化工专业的蒋云来说并不难，没有硝酸，他就将腐朽的木头磨成粉末，他父亲陈纪轩是老中医，家中有的是白药，他将白药与木头粉末按比例搅和在一起，就配成火药。然后将收集来的残铁用土炉炼化，铸成弹壳，将火药及碎铁片往弹壳里一填装，土制炮弹就制成了。

章周地下兵工厂创建后，钱振标曾秘密到访兵工厂，对蒋云所造的"松树炮"大加赞赏，并鼓励蒋云多造枪炮。他对蒋云说："高启根

（徐鸿英）同志的身份没有暴露，现在还担任国民党江阴县总商会的会长，如需经费，你可找他协调。"

"那咱们什么时候动手？"蒋云问。

"我们正在等上级的通知，通知一到，我们就立即组织武装暴动。不过，在等待的期间，你要做好兵工厂的隐蔽工作，切不能走漏任何风声，你这可是咱们武装暴动的命根子啊！"

"放心吧，咱这兵工厂的工人都是我们挽救下来的孤儿，他们在外面没有亲人，吃住都在兵工厂，绝不会走漏任何风声。"蒋云对兵工厂的保密工作充满了自信。

"好！ 你这儿我绝对放心，我与其他同志再去发动群众，咱们的首战一定要旗开得胜！"

钱振标起身告辞时，他走到门口，突然又回过身来，握住了蒋云的手，郑重地说："蒋云同志，你要保护好自己啊！"

"我没事，你也要保护好自己。"

俩人的手，握了又握，才不舍地分开。

4. 野火秋风斗古镇

蒋云在等待武装暴动的指示，这一等，就是一个多月。

然而，武装暴动的指示没有等来，却等来了一个悲痛的消息！

这天，被蒋云安排进城探听消息的房东常阿根，从江阴县城带回了一个噩耗："几个共产党员在无锡南校场被杀害了，其中有一个姓王的，听说是我们江阴人，被杀之后，头颅被军警悬城示众。"

正在专心画图纸的蒋云一惊，手中的铅笔掉到了地上，他浑然不觉，忙问："是不是叫王津民？"

"对，就叫王什么民。 布告都贴出来了。"常阿根不识字，他是看布告时，听别人念的。

一听此话，蒋云打了一个冷战，脸色极其难看。 这王津民就是孙逊群同志的化名啊！

这年7月,孙逊群调任中共无锡县委组织委员后,同年10月,被任命为中共无锡县委书记。谁知,刚任新职不久,10月23日晚8时,无锡县委在县城北门惠农桥73号地下工会机关召开工人干部会议时,遭到国民党当局反动警察的突然包围,孙逊群等7人不幸被捕。

就在常阿根看到布告的前一天,宁死不屈的孙逊群等7人被杀害。

常阿根见蒋云沉默不语,他私下揣度,这蒋云是不是听到这个消息害怕啊?于是他长叹一口气劝道:"你们这些年轻人有文化,做个教书先生混个饱肚子没问题,何苦干这脑袋别在裤腰带上的革命呢?"

"不,天下不太平,谁能安身立命!"蒋云语气坚定地说,"北洋政府的旧军阀统治时,咱们农民没好日子过,现在国民党反动派统治下,只是城头换了大王旗,农民同样没好日子过,我们不革命不推翻他们,天下永远不会太平,咱们就永远没有好日子过。"

"好日子谁不想啊,可是……"常阿根皱起了眉头,欲言又止。

"大叔,我暂时住在你这儿,我绝不会连累你。如果你为难,我就立马搬走。"

"不不不,"常阿根知道蒋云误会了他,一连说出了几个"不"字,他诚恳地说,"我没文化不识字,但我心里有杆秤,你们是为了老百姓好的,我记得大饥荒时,要不是你们相救,我早就没命了。我不怕你们连累,你们干革命,连命都不要,我还怕啥呢!我只是担心着你们,别革命没成,把命丢了。我这儿虽然寒酸,你想住多久就住多久。"

多么好的农民啊!

蒋云眼里饱含着泪水,他伸出手去,主动握住了常阿根粗糙的大手,一字一顿地说:"大叔,我们革命者的热血不会白洒,请你相信,我们的革命一定会成功。"

"我信,我信!"常阿根说,"你们这些年轻人,为我们穷苦人去拼命,我不会说话,好听的话说不出来,我只说一句话,只要你有用得着大叔的地方,我也会豁命去干!"

孙逊群同志牺牲后不久,一名地下交通员来到章周,通知蒋云参加县委的秘密会议。 会不会是暴动工作准备好了,准备暴动了? 蒋云猜测着。 果然,正如他的猜测,在这次秘密会议上,钱振标开门见山地传达了省委于11月9日做出的"关于组织全省暴动计划的紧急决议案",蒋云听后,顿时兴奋起来,他负责的章周兵工厂,早就做好了准备,等待这一天了!

参加会议的其他同志,也是个个摩拳擦掌,准备真刀真枪地与国民党反动军警大战一场,给他们厉害瞧瞧,"四一二"反革命政变以来,他们隐蔽在农村大半年时间,心里早就憋了一肚子火,如今,正是火山喷发的时刻!

"武装反抗是正确的决定,但我们要正视江阴的事实。"一名急性子的共产党员,此刻却显得很冷静,他问了两个问题:一是武器从哪里来? 二是武装暴动的队伍在哪里?

这一问,犹如一盆冷水,把与会者浇得默不作声了。

陈叔璇这时发话了,他指了指蒋云道:"有蒋云同志在,我们不用愁武器。"

所有的目光都盯向了蒋云。

那名提问题的共产党员问:"蒋云同志,你从哪儿搞的武器?"

蒋云这才不慌不忙地站起身来说:"同志们,武器的事大家不用担心,自转移到农村后,我就秘密创建了地下兵工厂,试着制造了一批武器,可以武装百十来人的队伍。"

其时,为了保密起见,蒋云筹建地下兵工厂的事,只有极少数人知道,大多数党员不知情,因此,蒋云话音刚落刚刚还安静的会场气氛立即活跃起来。

"太好了!"

"蒋云同志,你可真是及时雨啊。"

解决了武器的后顾之忧,会议的激情重又点燃。 在这次秘密会议上，经过反复讨论，决定将暴动的地点定在江阴东乡的后塍。

塍，在《说文解字》中，为"大岸"之意。这里原是长江的江水后退后，淤积的泥沙形成的沙地，约形成于明朝早期。在明朝中期，有人来此开垦兴农，并逐渐形成集市，时为江阴东乡的古镇之一。

后塍与周庄、云亭、长寿等地相邻，在这片区域内，有一个被当地人称为"十里长山"的石头山，盛产牌石，当地的地主豪绅与资本家将"十里长山"当成了他们的私有资产，在"十里长山"建了多个采石场，周边乡镇有几百个农民在此做采石工。

采石工上山人力采石，再挑石下山，工作辛苦还伴有生命危险。然而开发采石场的地主豪绅、资本家还层层盘剥着他们，经常克扣他们的工饷，这些采石工一年辛苦到头，连饱肚子都混不上。吃不饱，哪能干得动重活，监工可不管他们的死活，遇有走路摇晃活儿干得慢的，皮鞭就劈头盖脸地抽下去。

这些劳苦大众，是江阴的共产党员最为同情也是积极争取的对象。早在蒋介石发动"四一二"反革命政变之前，共产党员和进步青年就经常深入采石场工人群体中做思想工作，并为他们积极与采石场的工头出面较量，努力争取提高他们的经济待遇，遇有民愤极大的监工，他们坚决斗争，直到将其驱逐出采石场。

因此，共产党在采石场极有群众基础，组织他们起来反抗，把握很大。

有了武器，明确了暴动地点，确定了暴动队伍，后塍暴动万事俱备。

会议结束前，钱振标制订了周密的暴动计划，蒋云继续隐蔽在章周负责兵工厂，为前方提供土制武器。钱振标、茅学勤、陈叔璇等人负责发动采石场工人，并具体负责后塍暴动的军事指挥。

会议一结束，钱振标就按照分工来到后塍，秘密联系上在当地小有名气的进步青年茅学勤。这茅学勤可不是个一般人物，他出生于后塍乡学田圩的一个中农家庭。1920年考入江阴乙种师范学校，1922

年考入苏州工业专门学校，是蒋云的同校师兄弟。1923年，茅学勤意外中了彩票3000元，遂弃学回乡用这笔钱办了一所小学。1925年冬，沙洲大饥荒发生时，茅学勤又做了一件惊人的大事——他带着100多个饥民到妻子李祁妹的继父、大地主朱孔阳家"吃大户"，开仓分粮，在当地群众中赢得了口碑。

当钱振标联系上茅学勤后，急公好义的茅学勤袖子一撸道："这反动透顶的军阀当局，我早就想跟他们干一场了！"

见茅学勤革命热情高涨，钱振标当即介绍他加入中国共产党。

随后，他们分头行动，在采石场工人中四处发动，一呼百应，100多名采石工主动要求加入暴动队伍。钱振标将这些采石工经过一番整合，并进行了简单的军事训练后，编组成江阴农民革命军，钱振标化名高大鹏，担任总指挥，茅学勤任副总指挥。

农民革命军剑指后塍。其时，后塍驻有国民党江阴县公安局第三分局，分局有20多名警察，10多支毛瑟枪，驻扎在后塍建于清乾隆年间的法水庵内。

按照暴动计划，这个第三分局，成为农民革命军的首个攻击对象。

1927年11月15日深夜，正是晚秋，月光掩于浮云之中，田野上秋风劲吹。

江阴农民革命军的队伍秘密集合于离法水庵不远的田埂之上，参与暴动的蒋云，向整装待发的队伍分发着由章周地下兵工厂制出的长矛、大刀，以及土铳、土制炸弹等武器。

分发完毕后，蒋云借着暗淡的月光，给农民革命军做示范，告诉他们如何使用土铳，如何引爆土制炸弹。

这时，有一个战士跑到钱振标的身边，耳语了几句。

钱振标听完汇报后，大声宣布："我们刚刚派出的人员，已经成功剪断了分局与县城联系的电话线。"

这个消息让革命队伍群情振奋。参与暴动的共产党员徐鸿英（化名高启根)站在田埂上喊话鼓舞士气："参加敢死队的队员都可加入中国共产党，我做入党介绍人。"

队伍的士气更是大振，齐声呼喊起"打倒新军阀""打倒地主豪绅"的口号。

钱振标高呼一声："出发！"

江阴农民革命军的队伍迅速向法水庵冲去，蒋云也随着队伍冲锋。钱振标将他往身后一推，低声吼道："蒋云同志，你是兵工厂负责人，你给我退回去，坚守你自己的岗位！"

这一吼，让蒋云冷静了下来。是啊，这次农民暴动还只是一个开端，将来还得面临更多的战斗，需要更多的枪支弹药，自己可不能被热血冲昏头脑！

农民军的队伍接近法水庵时，被值哨的一名警察发现了。他看到黑压压的一支队伍冲了过来，一时吓慌了神，赶紧开枪示警。

然而，这一声枪声虽然惊动了正在睡大觉的警察，可他们还没反应过来，农民革命军的队伍已经如潮水般涌了进来，他们虽然武器装备不及警察，但人多势众，警察们没见过这等阵势，吓得连枪都不敢开了。

有两名反动警察胆子稍大点，他们正准备负隅顽抗，农民革命军的战士发现他们的企图后，举着长矛、大刀，上前就将他们刺伤在地，不能动弹。

胜利，比预想中的来得容易！

不到半个小时，20多名警察举手投降，农民革命军就占领了法水庵，缴获了8支毛瑟枪。随后，农民革命军火烧法水庵。当法水庵火光冲天时，附近被惊醒的农民，走出家门看到熊熊燃起的大火，无不拍手称快。

平时，这些反动警察就如土匪般扰民，他们抢钱抢粮无恶不作，遇有胆敢说"不"字的农民，二话不说，就捆绑到法水庵吊打。如今，这帮恶人得到了惩治，他们怎能不额手相庆呢！

首战告捷，茅学勤对钱振标说："后塍有一个为非作歹的恶霸地主，名叫俞道聘，他是乡行政委员，平时给农民放高利贷，利滚利，害得许多农民家破人亡，当地农民对他恨之入骨，可他的势力大，又与当局勾结，拿他毫无办法，乘这个机会，我们要一鼓作气将他缉拿惩治。"

钱振标大手一挥道："我同意，你去执行吧。"

茅学勤于是带着一支队伍杀奔到俞道聘的家。不料，这家伙当天真是走运，他恰好到县城去办事，没回家。茅学勤寻不到恶霸地主俞道聘，遂组织队伍搜出了俞家收藏的田契、债簿、租簿等，一把火烧得干干净净，而后又是一把火，将俞家的12间房屋烧得干干净净。

这一把火，让那些被高利贷逼得几乎没有活路的农民兴高采烈。有围观的农民说："这真是苍天有眼，让恶人得到恶报啊。"

后塍烧出的两把大火，大快民心。

部队快要撤退时，蒋云夹着一捆写好的标语走到队伍前面说："我还需要几名同志帮忙，把这些标语贴出来。"

蒋云打开了卷着的标语，钱振标走过来，借着火光，看到标语上的字体遒劲有力，几条标语分别写着："抗租抗税抗债""打倒地主豪绅""打倒新军阀"。还有一个横幅，上书："工农兵夺取政权"。

钱振标高兴得一拍蒋云的肩膀，笑道："蒋云同志，你的考虑太周到了，不光给我们造了能打仗的武器，还给我们造了精神武器啊。还有纸吗？我建议再写一条标语。"

"不用纸，我就在墙上写，笔墨都带着呢。你说，写啥内容？"

"就写打倒孙揆均！"

这孙揆均是国民党江阴县县长。

蒋云一拍脑袋道："哎呀，我真疏忽，应该早想到写这条标语，警告警告他。"

说着，蒋云就着青砖墙泼墨挥毫。"打倒孙揆均！"几个大字写好后，人群中鼓起了掌，众人扬眉吐气地说："我们这一暴动，这孙揆均要吓得尿裤子了。"

"何止尿裤子啊,能自杀谢罪更好!"

人群中,又是一阵哄笑。

5. 警察搜捕

后塍农民暴动的消息,天亮后才传到江阴县城。

后塍至江阴县城虽然只有30多里路,但那时的后塍地理位置偏僻,不通汽车,往返只能靠脚走。

当日一大早,国民党江阴县公安局第三分局局长徐振声连爬带滚地赶到县城,向他的上司国民党江阴县公安局长张品泉求援。张品泉刚从热被窝里被叫起来,还没完全睡醒,他一边伸着懒腰打着哈欠一边问徐振声:"何事这么惊慌啊?"

"张……张局长,大……大事不好了,农民暴动了。"徐振声惶惶如丧家之犬,说话都结巴了。

"什么? 农民暴动?"张品泉被吓醒了。

"是的,我们的枪被抢了,法水庵也被烧了。"

"你们干什么吃的? 那些农民能有什么武器,你们手中有枪,还怕他们不成?"

"张局长,暴动的农民手中有武器啊,他们有100多号人,还扛着土制的大炮过来,我们打不过……"

"武器? 还有土制大炮?"张品泉从太师椅上跳了起来,指着徐振声的鼻子厉声呵斥道,"你这是在夸大其词,长农民的威风,灭咱们的锐气,农民手中的武器,了不得是改制的长矛和锄头,在我们眼里不过就是烧火棍而已,还能干得过咱们的枪杆子?"

"不,他们真有枪,还有炸弹,那个土制大炮被人扛着,炮口就对着我们啊。"徐振声一想到被炮口对着,到现在还吓得浑身如筛糠,为让张品泉相信,他指天发誓道,"这是我亲眼所见,要不是我跑得快,说不定就被他们的土炮给轰了。"

听到这话，张品泉又在太师椅上坐了下来。

他喝了一口茶，徐振声讨好地取过水壶，往他的杯子里续水。张品泉瞟了一眼徐振声，眼珠骨碌碌一转，一副老谋深算的样子道："看来这批暴动的农民是有组织有预谋的，背后一定有共产党的指使，共产党很可能在我们的眼皮底下建起了兵工厂，武装了这些农民，看来我们不光要镇压暴动的农民，还要找出兵工厂，端掉它，永绝后患！"

"对对对，张局长，您说得太对了！咱们赶紧行动，可不能让他们坐大了。"徐振声见张品泉的口气和缓了，他也松了一口气。至少，张品泉不会处罚他这个吃了败仗的分局长了。

"走，你跟我去见孙县长。"

张品泉所说的孙县长，正是时任国民党江阴县县长孙揆均。

说起这个孙揆均，曾是当地颇有名望的文人，他于光绪二十年（1894年）考得举人，历任清廷的内阁中书、军机章京。1902年春，孙揆均与国民党元老吴稚晖一起赴日留学。当时日本东京有所专为中国学生设立的成城学校，系士官学校的预备班。日本政府规定外国人入士官学校须由其本国公使保送，唯独成城学校无须保送。时任中国公使蔡钧认为此预备班带有军事教育性质，故请求日政府凡入成城学校者应由他保送，得到日方同意。

是年6月，孙揆均、吴稚晖、蔡锷等人同往使馆，面请蔡钧保送9名同学入成城学校。蔡钧以自费留学生不得学军事为由，拒绝保送，学生围噪使馆，蔡钧怒而挟持吴稚晖、孙揆均至东京警视厅。东京警视厅以妨碍治安罪将吴、孙驱除出境，史称"吴孙事件"。

孙揆均离日时，梁启超亲自到码头送行，蔡元培恐二人途中有意外，特意改变行程，陪同二人同船归国。孙揆均回国后，就任甘肃兰州道台衙门文案，后辞职回乡赋闲。

国民革命军进驻江阴后，国民党为笼络人心，任命在家赋闲的孙揆均出任江阴县县长。

孙揆均身上带有旧儒气息，为人虽然清高，却瞧不起工农贫民。因此，孙揆均出任县长后，江阴的地主豪绅很欢迎他，贫困的工农却对他没有好感。这也是钱振标让蒋云现场书写"打倒孙揆均"的主要原因。

当日清晨，张品泉带着徐振声来面见孙县长，讨教平息农民暴动之策，这也是走过堂的形式而已。

孙揆均捻着胡须，沉吟半晌后道："农民暴动当以安抚为上策，不宜刀兵相见。"

张品泉当面唯唯诺诺，表示谨遵孙县长的指示。但出了门，他就咬牙切齿地说："这孙县长太迂腐了，文人跟咱们军警的想法不一样，这农民暴动不镇压，必会养虎成患。"

"可是孙县长已经说了，不宜刀兵相见啊。"张品泉是徐振声的上司，孙县长又是张品泉的上司，为了自己的所谓仕途计，这两个上司，一个他都不敢得罪。

张品泉眼珠又是骨碌碌转了几圈，想出一条两全其美的"妙计"，他对徐振声说："农民竟敢烧毁分局，这仇必须报。但咱们不宜搞大，就抓领头的，逼他交出兵工厂，然后一举端掉兵工厂，没有武器，谅他们也没有胆量再闹事。"

"妙计啊妙计，张局长，您真是当世雄才啊！"徐振声拍足了张品泉的马屁，让张品泉笑得更加得意。

事不宜迟，说干就干。回到办公室后，张品泉立即调动警察，指派侦缉队长黄秉忠在徐振声的带领下直扑后塍。

去往后塍的路，全是狭小的土路，通不了汽车，警察只得东倒西歪地步行，一出城，他们就像斗败了的公鸡，一副无精打采的样子。黄秉忠对徐振声说："徐局长，弟兄们可是为你操劳奔波啊。"

"黄队长，话可不能这样讲啊，咱们这不都是为国民政府服务吗？"

"哟，徐局长的觉悟真高啊。"黄秉忠挖苦着徐振声，"我可告诉你啊,咱们弟兄们可是冒着风险来助你一臂之力的,你怎么着也得表示表示吧。"

徐振声脸上露出无奈的苦笑,这苦笑比哭还难看。他平时在后塍作威作福惯了,没想到现在还被黄秉忠变相敲起了竹杠,可分局的毛瑟枪都被暴动的农民收缴了,分局的警察吓破了胆,哪有什么战斗力,一切还得仰仗黄秉忠帮忙。

为了宽慰黄秉忠,他只得说:"黄队长对兄弟的帮助,我一定感恩铭记,到了后塍,咱们先摆酒席,弟兄们吃饱了喝足了,再去抓暴乱分子。"

说到这儿,徐振声的声音一低,附着黄秉忠的耳朵低声说:"黄队长,这趟辛苦费,兄弟自会安排好。"

"徐局长真是个聪明人啊,够爽快!咱弟兄们一定卖力。"黄秉忠见徐振声"懂了事",一阵狂笑。

警察们一路上磨磨蹭蹭,总算在中午时到了后塍。徐振声立即张罗开,将这些警察带到后塍的一个大地主家饱餐一顿,等他们吃饱喝足了,徐振声又朝那个招待的地主一使眼色,那人会意,从账房里支出了100块大洋,分发给县城下来的警察。

搜捕行动开始了。徐振声不认识农民暴动的总指挥钱振标,但他认识本乡本土的副总指挥茅学勤,他当下带人直奔茅学勤家。孰料扑了个空,暴动后,茅学勤已离开后塍出去避风头了。

徐振声抓不到茅学勤,就逮捕了茅学勤的父母和哥哥茅学友,并一把火烧毁了茅家的房屋。茅学友被投进大牢后,饱受折磨。审讯的警察反复向他逼供,一要他交出茅学勤在哪儿,二要他交出兵工厂在哪儿。茅学友老实巴交,对弟弟所做的事,并不知情,茅学友交不出来,被刑具反复折磨,没几天,就被折磨得不成人形,最终惨死在狱中。

茅学勤的家人被捕的被捕,惨死的惨死。消息传出,蒋云心里极为痛苦。他真想冲出去,为茅学勤的家人报仇,但他重任在肩,敌人正在四处搜寻兵工厂，他告诫自己，千万别轻举妄动。俗话说：留得青山在，不怕没柴烧。这地下兵工厂就是"青山"，必须保护周全，如被端掉，再进行武装革命，那就成了"无米之炊"。

这天，被蒋云派出去刺探消息的常阿根从外面回来，告诉蒋云，这几天章周村来了几个素不相识的外地人，他们在村子里四处打探。

蒋云立即警觉起来，这些人来者不善，一定是密探。于是，他做了紧急安排：一边安排人挖坑将兵工厂内的武器、弹药，包括设备全部埋入地下，一边叮嘱在兵工厂做事的孤儿们，谁也别外出。

这些孤儿外面没有亲属关系，再加上蒋云救过他们的命，他们对蒋云很忠心，蒋云说什么，他们就严格执行什么。正因如此，章周兵工厂虽然建在敌人的眼皮底下，但始终未曾泄密。那几个进村的密探，没打听到任何消息，不几天，就撤走了。

6. 解救朱松寿

1927年12月20日，地下交通员秘密通知蒋云到周庄开会。

此次周庄的秘密会议，仍由钱振标召集主持。第一次后塍暴动的成功，使得蒋云对钱振标的组织能力与果敢刚毅肃然起敬。

钱振标1895年出生于江阴县西郊能家村的农民家庭，1914年考入无锡市立第三师范学校，读书期间接触并阅读了大量的进步书籍，成为进步青年。五四运动后，他积极带领学生参加爱国宣传活动，是有名的学生运动骨干。

1925年4月，钱振标在丹阳县经共产党员恽代英介绍，加入中国共产党。

同年5月，受中共北方区委书记李大钊派遣，钱振标去西北冯玉祥的国民军中做政治工作，在宣传孙中山三大政策的同时，积极宣传马列主义思想。蒋介石发动"四一二"反革命政变后，钱振标奉命回到江阴开展革命活动。

这次秘密会议的主要议程是传达中共江苏省委刚刚做出的"组织

江阴、无锡、常州和宜兴四县总暴动的决定"。钱振标传达完毕后，让大家发言讨论。

参会的共产党员朱松寿第一个发言："第一次后塍农民暴动很成功，火烧法水庵与火烧地主豪绅家，这两把火让农民解了心头之恨，思想觉悟有所提高，我建议咱们还是从后塍开始，组织第二次后塍农民暴动。"

"能否组织第二次后塍农民暴动，我认为大家还需要进一步商量。"蒋云接过话茬道，"正因为第一次是在后塍暴动，引起了敌人的警觉，敌人增加了驻守警察，增加了农民暴动一举成功的难度。"

蒋云的话引起了钱振标的深思，现实正如蒋云所言，国民党江阴县公安局三分局原驻地法水庵被烧毁后，敌人又进行了修建，增派的警察是原来的两倍多，如果此时再次组织暴动，会造成不可估量的伤亡。

这次会议，暴动地点悬而未决。钱振标担心会议时间拖得太久，会暴露目标，就让大家回去考虑一番，再择期召开会议确定暴动地点。

陈叔璇也参加了这次会议，蒋云看到五哥瘦了，而且一副心事重重的样子。蒋云找了个机会，问陈叔璇："省委这个时候作出四县总暴动的决议，是不是有点冒进啊？"

陈叔璇欲言又止："省委的决定，我们必须执行。"然后，他迅速转换了话题问："暴动离不开武器，怎么样，兵工厂能保证武器装备吗？"

提到兵工厂，蒋云皱起了眉头，苦着脸说："做武器的人手没问题，就是铁器、铜器等材料不好找，现有的武器装备几十个人没什么问题，但要装备成百上千人，肯定不行。"

"以后……会有办法的。"陈叔璇拍了拍蒋云的肩膀，临分别时，又叮嘱一句："现在形势很复杂，要注意保护好兵工厂的安全。"

"五哥，你放心，兵工厂万无一失。"

"这就好。"陈叔璇满意地点点头。

兄弟俩洒泪话别,各自回到隐蔽点。

树欲静,而风却不止!

就在周庄秘密会议召开的当天晚上,发生了一起突发事件:被朱松寿视为进步青年的钱松林却成了革命的叛徒。当天晚上,钱松林向国民党反动当局告密,并由他带路,领着驻守后塍的反动军警抓捕了朱松寿等三名革命同志。

为了从他们嘴里审出情报,反动军警将朱松寿等三人关押在后塍的电灯厂。

三名同志被捕,必须尽快营救!钱振标连夜再次召开紧急会议。

这回,钱振标没再让大伙儿讨论,而是一锤定音道:"朱松寿等三名同志被捕,我们必须尽快营救,我的意见是立即组织农民暴动,分头攻打三分局和电灯厂,务求出战必胜,让敌人看看人民群众有着坚不可摧的力量!"

箭已上弦,不得不发。

这次暴动,仍然以第一次参与暴动的长山采石厂工人为基本骨干,同时由共产党员分头发动一些思想觉悟较高的农民参与进来。

按照分工,蒋云负责给暴动队伍分发武器,并培训他们学会使用武器。但因暴动的时间紧急,培训工作进展得并不顺利,不少新加入的农民第一次接触铁铳、土制炸弹,前面蒋云刚教会他们操作要领,后面他们就忘了,有的枪拿反了,有的不会装弹。蒋云所制的土制炸弹,为不给敌人处置时间,导火线布排得很短且较隐秘,一些参与暴动的人都要反复翻看好几遍,才能找到导火线……

蒋云急得团团转,这时有几个兵工厂的孤儿主动请战:"这些武器是我们亲手造的,我们会用,让我们上吧!"

可他们还是孩子啊,蒋云怎么忍心把他们推上战场,见蒋云犹豫不决,那些孩子也不待蒋云同意,抱着炸弹就加入了暴动队伍。

12月22日凌晨3点,后塍第二次农民暴动的战斗打响。

钱振标与茅学勤兵分两路，一路攻打三分局，武力解除反动警察的武装，一路攻打电灯厂，解救朱松寿等同志。

在攻打三分局时，由于反动警察力量增强，农民暴动队伍久攻不下。而天就快亮了，天一亮，县城的反动警察就会闻讯增援后撤。

情急之中，从兵工厂走上前线的几名孤儿，勇敢地迎着枪林弹雨冲到最前面，由于他们的力气小，土制炸弹扔不远，伤不了敌人。有几个孤儿干脆冲进反动警察的队伍中，再引爆土制炸弹，当土制炸弹"轰"的一声巨响，炸死炸伤反动警察时，孤儿们也不能幸免，有两个孤儿与敌人同归于尽。

这些兵工厂孤儿们的冲锋陷阵，使得反动警察队伍大乱，农民暴动队伍抓住时机，冲杀上去，还在顽抗的反动警察见势不妙，保命要紧，他们跪举着枪缴械投降。三分局被成功攻下，共打死6名反动警察，缴获了一批枪支弹药。

出卖朱松寿等三名同志的叛徒钱松林，本以为躲在三分局会得到保护，没想到被农民暴动队伍活捉，愤怒的人群立即将钱松林枪决，用一颗子弹结束了他罪恶的生命。

可惜的是，三分局的局长徐振声跑得快，再次逃过了一难。

就在暴动队伍欢庆胜利时，蒋云抱着牺牲的兵工厂孤儿的尸体放声痛哭。这些孩子，被他视为弟弟，如今牺牲在战斗中，他怎能不悲痛欲绝！

这边大捷时，进攻电灯厂的队伍也取得了大捷。他们很快就解决了驻守电灯厂的反动警察，成功占领了电灯厂。可是，他们搜遍电灯厂，却没见到朱松寿等三名同志。茅学勤怀疑情报有误，立即安排一名战士来向钱振标报告。

"情报应该不会有误，走，我们去看看。"钱振标说着，大踏步地赶往电灯厂。

此刻，蒋云安排了几名战士，掩埋了两名牺牲孤儿的尸体。他也跟着钱振标赶往电灯厂。

进得厂内，只见厂内的空地上堆满了倒扣的水缸。茅学勤带人搜遍了厂房，不见朱松寿等人，他正急得直跳脚。

"别急，同志们，将水缸翻过来看看。"蒋云提议道。

对啊，水缸下面没查呢。茅学勤立即指挥几十名战士合力抬起大水缸，一个一个查找。

第一个水缸抬了起来，下面没有人。

第二个水缸抬了起来，下面还是没有人。

"他们会不会被反动警察押送到县城啊？"茅学勤焦急起来。

蒋云冷静地说："先别忙下定论，把水缸全翻找一遍再说。"

接着，第三个、第四个、第五个水缸被抬了起来，下面还是没人。

等抬到第六个时，一名抬水缸的战士高呼："快来看，人在这儿。"

果然，第六个水缸下面扣的正是朱松寿，他被反绑着，嘴里还被塞着破布。

由于被水缸扣得太久，水缸里空气稀薄，他被解救出来时，脸色青紫，狠狠地喘了几口气，才恢复了常态。

接着，战士们抬开了第七个、第八个水缸，分别解救出另两名被捕的同志。

随着朱松寿等人的被解救，第二次后塍农民暴动取得大捷，当地农民深受鼓舞。更重要的是通过两次成功的暴动，发现和培养了一批农民暴动骨干，为今后的武装革命，积蓄了革命力量。

天亮后，闻知后塍暴动消息的国民党江阴县长孙揆均大惊失色，他对不听他指令的反动军警极其失望，可又无力回天。他正想派人去将张品泉叫过来训斥一通，不想，派出去的人刚走出县衙就回了头，手里还拿着一封写明由孙揆均亲启的信。

孙揆均展信一看，差点吓晕过去，这是一封警告信，警告孙揆均如再助纣为虐，必没有好下场。信中还夹着一颗子弹。

写信的人是活跃在江阴县城的地下党员。这封信，显然是借着后塍两次农民暴动的革命风潮,给孙揆均的当头一击。孙揆均瘫坐在太师椅上,那名手下还在小心地问他:"孙县长,还要请张局长吗?"

"不必了。"孙揆均无力地摆了摆手。然后钻进书房,经过一番前思后想,写下了一纸辞呈,辞去了县长之职。

7. 江阴"一大"

孙揆均被吓得辞了职,接任国民党江阴县县长的申炳炎是军人出身,与孙揆均不同,他是个极度嗜血的铁腕人物,他积极参与过蒋介石发动的"四一二"反革命政变,手上沾满了共产党人的鲜血。

他上任后,立即电请国民政府授权他调度军队来镇压农民暴动。江阴其时有国民党的第三师驻军,这批军棍不买地方上的账,过去孙揆均是根本调度不动的。如今,申炳炎当了县长,因两次后塍暴动惊动了南京的国民政府,所以他们接到申炳炎的求助电文后,当即给第三师下令,要他们划出一个团的兵力,供申炳炎调度。

申炳炎手中有了军权,更加恃无恐。他立即调令第三师派军队进驻后塍,这些军人的武器装备及战斗力远高于反动警察,给江阴县党组织和农民暴动队伍带来了极大的威胁。

与正规军斗争,仅凭地下兵工厂制造出来的土武器已然不行。为组织有力的反抗,增强农民暴动队伍的战斗力,经中共江苏省委协调,原上海工人纠察队转入地下后,他们原有的武器被藏了起来,为了武装农民,他们愿意拿出这批武器,但必须由当地的同志到上海运输。

得到省委的指示,钱振标立即动身去上海接运武器。不料,出师不利,1928年1月初,钱振标刚在上海接运了一批武器,正准备返回江阴,却被上海租界的巡捕房截获,以钱振标"身带子弹"为由关押。

钱振标被关押后,党组织积极组织营救。但营救需要一段过程,江阴县委的工作遂陷于乏人指导的不利局面。

蒋云知道,江阴的红色革命风潮刚刚刮起,一天也不能失去"掌舵人"，否则很快就会"一盘散沙"。危急关头，蒋云受江阴县委其他同志之托，前往上海与设在上海的江苏省委秘密联系，接受省委对江阴县委下一步的工作指示。

省委向蒋云详细了解江阴农民运动的情况，对两次成功的后塍暴动加以肯定，并明确指示：鉴于钱振标同志被关押，建议江阴县委召开第一次党员代表大会，由大会选举产生县委负责人。

省委一名负责同志还对蒋云说："蒋云同志，你在农民运动中创办兵工厂，武装农民，表现很出色，经省委慎重研究，决定由你来负责牵头召集这次会议。"

蒋云知道，牵头召集人是一项分量很重的工作，在非常时期，如无特殊情况，一般党的上级组织明确的牵头召集人，就是下级党组织的主要负责人。想到这儿，他为难地说："江阴有一大批优秀的共产党员，他们在农民运动中表现都很出色，我建议还是从他们中间挑选一名同志来牵头召集比较妥当。"

"蒋云同志，你说这话有严重的思想问题。"与他谈话的省委负责同志脸色一板，严肃地说道，"现在处于白色恐怖时期，省委明确你为江阴县委的牵头召集人，可不是让你做官，而是让你承担更重要的责任，革命同志流血牺牲都不怕，你竟然还有畏难情绪？"

这一问，让蒋云僵住了。省委的这名负责同志显然误解了他的意思，他急忙辩解："我蒋云自从立志投身革命，早就做好流血牺牲的准备，哪能怕死呢！让我做炸弹可以，但让我担任县委负责人，担心干不好啊！"

省委负责同志见蒋云的情绪比较激动，看他还要往下说，就朝蒋云摆了摆手，打断了他的话，心情沉重地说道："蒋云同志，你不要辩解了，你的想法我明白。省委让你作为江阴县委的牵头召集人，你要有思想准备啊，省委从成立到现在，已经有很多负责同志被捕牺牲了，省委尚且如此，何况县委呢。"

从省委负责同志的口中，蒋云这才得知，从事革命的危险性到底有多大！就以中共江苏省委为例，1927年6月上旬，中共江苏省委刚在上海成立，6月26日，就遭到反动军警的严重破坏。第一任省委书记陈延年、组织部长郭伯和、秘书长韩步先等四人就因叛徒出卖而被捕，陈延年被捕不久就被敌人残忍杀害。时隔不久，7月2日，第二任省委书记赵世炎等十余人又被捕，江苏省委再次遭到严重破坏。

听到这些，蒋云汗颜了，在白色恐怖时代，担任中共党的地方组织负责人，那可真是命悬一线，需要极大的勇气和魅力！他想起了在后塍第二次农民暴动中牺牲的两名孤儿，他们还不是共产党员，但他们为了党的事业，为了报答党对他们的恩情，都能置自己的性命于不顾，与他们相比，自己还有什么理由退缩呢！

想想刚刚因"谦虚"而唐突的回复，他羞愧难当。他立即立正回答："我蒋云坚决服从组织决定！"

为了崇高的革命事业，为了未竟的革命理想，蒋云豁出去了！

从上海回到江阴后，蒋云立即秘密联络了五哥陈叔璇、徐鸿英、茅学勤、朱松寿等共产党员，广泛听取筹备江阴县委第一次党员代表大会的意见，并商讨了出席会议的代表名单。为保密起见，党员代表进行了编号及化名处理，并制定了严密的会议纪律，即党员代表在会议期间，不得擅自离开会场，相互之间不得私下讨论，也不许相互打探党的秘密。

这是白色恐怖时期中共地下党组织召集会议时，正常采取的措施。

会议时间定在1928年1月上旬，会址定在周庄的耿家住基的喉科医生何瑞金家中。

何瑞金为人正派，是一名思想进步的医生，与徐鸿英相交甚厚。他的房子新建不久，有青砖黑瓦正屋三间，左首与正屋相连建起了一间偏房，右首建有独立的偏房，正屋门前堆着高高的稻草垛，就如一道围墙，中间夹成了一个院子。房子的正前方是一条小河，隔河就是袁家桥小学的大门。周边民居分散，十分隐蔽。

会议召开前，蒋云跟着徐鸿英秘密看过会址，十分满意。何瑞金听说要在他家中秘密召开中共江阴"一大"，非常欢迎。对蒋云说："你们从事革命活动，连命都不要，我对这个黑暗的社会痛恨到极点，让出自家的房屋供你们开会，我发自心底的支持。"

对于党员如何抵达会场，蒋云亦做了周密的安排。考虑到何瑞金是当地小有名气的喉科医生，常有四乡八邻的病人到何家来求治，他灵机一动，让出席会议的党员代表化装成"病人"，分批抵达何家。并在何瑞金身边安排了一名联络员，与何瑞金共同守在通往何家的必经之路上，遇有对上暗号的党员代表，则指引他走进何家，如果遇上真的病人，何瑞金则装作路上巧遇的样子，打发病人先回家，以防病人打扰会场。

同时，蒋云还在会场的远处和近处，布置了多名暗哨，以防不测。

会议开幕这天，30多名党员代表分批抵达会场，代表着江阴县内的100多名共产党员出席"一大"，江阴的党史，自此也将掀开崭新的一页。

按照中共江苏省委的指示，此次召开的江阴"一大"要正式宣布成立中共江阴县委。

由于蒋云计划周详、布置得当，中共江阴"一大"得以顺利召开，大会选举出蒋云、陈叔璇、张一声、茅学勤、朱松寿、朱杏南、陈宗全、倪培青、徐江萍、王永根等12名县委委员，蒋云正式当选为中共江阴县委书记。

蒋云当选后，随即做了政治报告，宣布以两次后塍农民暴动的骨干力量为主体，成立江阴县委领导下的第一支武装力量——江阴县红军游击队。

江阴"一大"闭幕后，在蒋云、徐鸿英等人的精密部署下，立即干出了一件大事——惩治了出卖孙逊群的叛徒。

原来，蒋云刚当选县委书记不久，就得到了地下交通员提供的一个情报，出卖孙逊群的叛徒是无锡花纱布巷印染厂工会的一个工会干部。

"这个叛徒藏匿在工人队伍中，如果不将他除去，必会后患无穷。"蒋云的提议得到了徐鸿英的积极响应，他对蒋云说："这个任务交给我去执行吧。"

其时，徐鸿英的公开身份是国民党员、国民党江阴县总商会会长。他从事革命活动的化名是高启根，他的真实身份仅有蒋云等少数几个人知晓。

当天，两人秘密研究了"锄奸"计划。第二天，徐鸿英就依计行事，他凭借江阴县总商会会长的身份，以去无锡印染厂洽谈土布的印染加工生意为由，带着50个人，这些人，全是刚成立的红军游击队战士，归随船的共产党员陆掌林、陈楚书两人指挥。

一行人分乘10艘装满土布的木船，从江阴码头出发，一路张开风帆驶往无锡。为了麻痹叛徒，徐鸿英让战士们藏在土布中间空的地方。

船到无锡后，徐鸿英安排人到印染厂邀请该厂工会的人到船上来看货谈生意。果然，那个叛徒不知是计，跟着工会的其他几人来到印染厂码头，徐鸿英在寒暄中确认了叛徒的身份后，他一挥手，船上的土布堆中立即跳出了早有准备的陆掌林、陈楚书等人，他们得到徐鸿英的明示，对着叛徒猛开几枪，叛徒当即倒地而亡。

突然的变故，让印染厂出面谈判的人猝不及防，待他们回过神来，徐鸿英早已乘着一艘快船，离开了码头，火速返回了江阴。

徐鸿英回来后，抢先到国民党江阴县县长申炳炎那儿告状，称带到无锡的土布遭到强抢，在自卫还击时打死了一个人。

徐鸿英的话说得滴水不漏，让反动县长申炳炎深信不疑。平时，徐鸿英为便于秘密开展工作，以总商会的名义没少给申炳炎油水，他对徐鸿英当然是颇为器重。此事发生后，无锡方面虽与江阴县几次交涉，但都被那个被蒙蔽的反动县长给搪塞了过去，此事最终不了了之。

第三章
挈风跃云

江阴素有"江尾海头"之称，古代的江海门户便是江阴的巫子门。

巫子门，出自巫山。

此处的"巫山"，不是唐朝诗人元稹那脍炙人口的诗句"曾经沧海难为水，除却巫山不是云"中的"巫山"。

这里的"巫山"，海拔并不高，数十米而已。它有个来历：明代之前，也就是500多年前，巫山还在滔滔江海之中。四周皆是滚滚波涛，远望之，好像浮在江海之上一样，故宋时称其为浮山，江阴方言中"巫"字与"浮"同音,故又称作"巫山"。

宋代开始,长江逐渐北移,巫山四面山脚泥沙淤积一年比一年多,日积月涨遂成岛,称"巫山沙"。四五百年前,长江口在"巫山沙",因而历来以巫子门为界,其西称扬子江,其东称东海。因为巫山四周没有暗礁,水深岸固,东来西往的船只多选择紧靠巫山沙南北两侧航行。

巫山的昔日雄姿,可从元代浙江宁波籍诗人俞远所写《巫门夜雨》一诗中窥见一斑:

巫子门前沙拥波,泊舟黑夜雨滂沱。
龙呼匣剑辞人去,鸟作飞车送鬼过。
剪烛频昏抄细字,看天未旦起狂歌。
玉关何处头如雪,明月长竿还挂蓑。

俞远还另作《扬子秋涛》一诗:

大江日日潮流地,八月飞涛半天来。
高蹴一门危立海,散驰千道殷崩雷。
鸟惊断碛都相失,鲸挂横山不及回。
寄语北来能赋客,江南奇观迟登台。

这两首诗,一首咏巫门夜雨,一首咏巫门秋涛,其翻江倒海之气势,委实惊心动魄。

沧海桑田、海潮东去,这里早已不见了当年的翻江倒海之势,但是,巫山却依然在巨浪如潮中。

一重巨浪涌起于 1949 年 4 月,中国人民解放军第三野战军第 10 兵团第 29 军第 85 师第 253 团、第 255 团在此南渡、登陆作战,撕开国民党自认为固若金汤的长江防线,成为百万雄师过大江中的一支劲旅。

另一重巨浪则涌起于 1928 年 3 月，当年参加第四次后塍暴动失败的"江阴红军"，在此短暂避难后，率师过江北上，到达江北的靖江，从而躲过了敌人的重重围剿，保存了"江阴红军"的有生力量……

1. 攻打冬防局

中共江阴"一大"的胜利召开，凝聚了合力，鼓舞了斗志，开启了江阴党史的崭新篇章。

为便于开展工作，在徐鸿英的精心安排下，县委机关秘密设立在江阴县城的一幢小洋楼内，县委下设的城区区委也在此秘密办公。

小洋楼远离闹市区，极为僻静。洋楼的前面，有一个两米多高的院墙从三面合围起来的小天井，天井里植满花草树木。无论是远看还是近看，都是一个士绅的住宅，不会引起外人的怀疑和关注。

即使这样，蒋云还是不敢掉以轻心。县委机关的安全，牵一发而动全身，丝毫大意不得！

蒋云在街巷的两边入口处安排了望风的暗哨，并在院内的树上系了一个小铜铃，铜铃的拉线与外接的电话线混在一起，外人不易察觉。当望风者遇有紧急情况时，就拉铃报警，以通知机关内的人员从后门撤退。

县委机关的工作时间是昼伏夜出，夜里进出的同志比较多。蒋云特意买来玻璃条，在上面各钻了小眼，用细麻绳串上，这些玻璃条就变成了一个长长的风铃，到了晚上，蒋云就将"长风铃"沿着天井墙壁的里沿挂出来，这样院墙外面稍有较大的动静，就会震动串挂起来的玻璃条，玻璃条随即发出叮叮当当的响声，给院内的人报警。

蒋云还在院门外面挂起了美孚灯（一种马灯），平时不点，遇有情况时就点上。这样外来的同志如果看到没点灯，就知道平安无事，按事先约好的敲门暗号，敲门而入，如远远看到美孚灯亮了起来，就知道机关里出了情况，然后装成过路行人匆匆而过。

外围布置好了，蒋云又对室内进行了精心布置。进门的客厅维持原状，客厅的里墙建出一个夹墙，夹墙后面是一个没有窗户的暗室，暗室的后墙，开设一个隐蔽的后门。当前面遇到突发情况，就可通过这道后门及时撤退到外巷。这个暗室，就是县委的会议室。

这天深夜，县委机关的门被敲开了，徐鸿英闪身进门。

蒋云将他迎到密室后，问道："鸿英同志，省委最近有什么指示？"

有一段时期，徐鸿英负责省委与县委的情报联络。

徐鸿英说："江南各地的农民运动风起云涌，江阴又胜利召开了'一大'，省委对江阴的农民运动很满意，指示我们尽快组织起大的暴动，最好能一举攻下县城，以呼应风雷涌动的革命形势。"

"攻打县城？"蒋云以为自己的耳朵听错了，他又重问了一遍。

"是的。省委是按照中央的指示进行布置的。"

"鸿英同志啊，省委对江阴的情况了解不够透彻，但你是江阴人，你对江阴的情况应该是了如指掌，我们组织了两次后塍暴动，你也参加了，暴动虽然取得了成功，对地主豪绅产生了震慑作用，后塍的地主豪绅纷纷逃进了江阴县城，被压迫的农民暂时不再受到地主豪绅的压迫，这是积极的一面。但我们不能不正视另一个事实，我们队伍的人还很少，新成立的游击队，农民骨干只有二三百人，枪支弹药更少，就凭这支队伍、这些土制的武器，你认为能打下县城？"

蒋云的问话，让徐鸿英的头脑冷静了下来。

蒋云见徐鸿英沉默不语，他又分析起江阴农民运动面临的严峻形势："鸿英同志，你应该清楚，国民党反动派现在有五股力量交缠在一起，联合打压着农民运动。"

蒋云所说的五股力量，徐鸿英当然心里有数。

第一股力量就是国民党驻军，江阴是长江要塞，国民党派出一个整编师在要塞驻守，而且授权县长申炳炎，可调动其中的一个团参与联合"剿共"。

第二股力量即国民党江阴县公安局，除县城的几百号警察外，江阴县的东乡、西乡设立了多个分局，每个分局驻有二三十名警察，全县总警力上千人。

第三股力量是国民党反动派与地主豪绅公然勾结，在各乡成立的保安团。这些保安团从几十人到几百人不等，武器装备不差于反动警察。

第四股力量是国民党反动派新成立的所谓清党委员会，手中也握有一支武装力量，特别是豢养了一大批特务，对革命造成极大的威胁。

第五股力量是冬防局，所谓冬防局，就是发动反动商人派人接受军训，军训后由当局配发枪支弹药。他们白天为商做生意，晚上则持枪组织巡逻。冬防局的组织还延伸到各个乡公所，每个乡公所都设立了冬防局。那些反动商人是土生土长的当地人，地情熟、人头熟，掌握的情报也多，在江阴县活动的一些共产党员或他们的亲属，许多都是被冬防局的人抓捕的。

这五股力量纠结在一处，要人有人、要枪有枪，刚刚成立的红军游击队要是与他们硬碰硬，无疑是以卵击石！

"蒋云同志，如果不攻打县城，那你有什么计划？"徐鸿英问。

"你来看这幅地图。"蒋云打开抽屉，翻出了几张图纸，一拼凑，就是一幅完整的江阴城乡地图。

"蒋云同志，这地图是你手绘的吗？"

"是的，'四一二'反革命政变后，我和一些同志隐蔽到农村，借着这个机会，我跑了很多地方，熟悉了各乡的地情，再结合参考的资料，绘出了这张地图。你看，我在地图上标注了各乡乡公所的所在位置，各乡的冬防局就设在乡公所。"

徐鸿英盯着地图看了一会儿，问道："蒋云同志，你的意思是组织攻打各乡的冬防局？"

"是的。"蒋云肯定地答复道，"冬防局对我们党的地下组织破坏很大,许多同志对冬防局恨之入骨。 最为关键的是,冬防局是临时组建起来的,跟我们刚武装起来的红军游击队一样,刚摸到枪杆子不久,跟他们斗,我们伤亡不会太大。"

"是要教训一下各乡的冬防局。 但是,蒋云同志,省委的指示是组织力量进攻县城,而我们这么做,违背了省委指示精神,怎么向省委交代?"

"鸿英同志,我们的战略思想首先要统一起来,假设我们攻进了县城,国民党反动派势必会疯狂地反扑过来,到时我们守着孤城,前无援兵,后无退路,只能坐以待毙,有何意义? 我做过农村调查,农村是一个广阔的天地,便于隐蔽,农民兄弟深受地主豪绅压迫,我们进入农村开展党的工作,就如干柴遇上烈火,稍稍一点,就会熊熊燃烧,因此,我认为农村是中国革命的最大希望,也是中国革命的最大力量! 有机会,我会向省委汇报。"

徐鸿英真心佩服蒋云的冷静与睿智,他不再死抱着省委的指示不放,转而问道:"蒋云同志,你与县委的其他同志商量过没有?"

"商量过了,大家都同意这么干。"

"钱振标同志的意见呢?"

"我与县委的各位同志商量之前,就与振标同志沟通过了,攻打乡公所的冬防局,是我与振标同志的共识。"

"好,既然县委的意见已经完全统一,我也同意。 那咱们什么时候动手?"徐鸿英迫不及待地问。

"如果没有特别情况,我们后天会动手。"

"那我来领一支队伍。"徐鸿英摩拳擦掌主动请战。

蒋云略一沉吟道:"你来领一支队伍,当然是好,但鸿英同志,你是党安插在国民党心中的一把利剑,不能轻易暴露了你的身份。 一方面,你要利用身份做好与省委的沟通衔接,另一方面,假如有同志不幸被捕,你还可以在敌人的内部组织营救呢。"

"放心吧,蒋云同志,我以高启根的化名参加暴动,不会传出风声的。再说我们第一次组织这么大的行动,我到现场还能助一臂之力呢。"徐鸿英热情高涨、请战心切,蒋云只得同意了他的请求。

蒋云与钱振标等人经过精心谋划,决定攻打江阴13个乡的冬防局。他们将江阴县红军游击队分成了13个小分队,分别由共产党员徐鸿英、高大生、高小生、陆掌林、陈全林、徐江萍、陆尔康、朱松寿、夏汝生等人担任分队长,在县委的统一领导下,分头行动。

行动之前,蒋云与钱振标将队伍里的骨干,秘密集中到江阴县东乡农村,进行了简单的军事培训。蒋云还细细地检查了武器装备,并将地下兵工厂的库存武器,全部分发下去,有些队员分不到枪支,只能持着长矛参加战斗。

拿不到武器的同志不太高兴,蒋云在战前动员时说:"我们现在手中的武器装备的确很差,但同志们不要灰心,只要攻下冬防局,武器装备多的是,可以这么说,冬防局就是我们免费的武器库,可能有同志会说,手中没有好武器,怎么与敌人斗?可我要说,同志们,与冬防局的游兵散勇相比,我们有坚定的革命信仰,有不怕流血牺牲的革命豪情,这一点,他们是没有的!俗话说,人怕狠的,狠的怕不要命的。反动军阀与地主豪绅他们心狠手辣,逼得我们没田种、没饭吃、没衣穿、没有能遮风挡雨的房子住,一句话,他们就是要逼死我们,让他们去享乐,我们与其被他们逼死,不如与他们奋命一搏,即使我们倒在冲锋的路上,也是死得其所!同志们,有信心没有?"

"有!"

"打倒地主豪绅!"

"打倒反动军阀!"

蒋云富有革命激情的战前动员,顿使士气大振。

1928年1月24日深夜,13支小分队犹如下山猛虎,几乎在同一时间,迅猛地扑向13个乡公所的冬防局,发动了总攻。经过几个小时的激战,至天亮时分,13个乡公所的冬防局全部被缴械,部分反抗的人员被当场击毙!

天亮后，得胜的红军游击队员们隐藏了枪支弹药，迅速分散隐蔽，淹没进广阔的农村。

这次行动，正如蒋云所料的那样，国民党反动军警虽然恨得牙痒痒的，但却对来无影去无踪的红军游击队毫无办法。

一夜之间，江阴县 13 个乡公所被攻击，此事震动很大，整个苏南都被震动了。《申报》《锡报》等对此都做了报道，消息传遍大江南北，一时人心大快。

2. 叛徒告密

攻打冬防局，使"江阴红军"声威大振，国民党反动势力惊惶失措，加大了对"江阴红军"的清剿与搜捕力度。

因徐鸿英在几次战斗中都露了面，而且是身先士卒，蒋云担忧他的安危，一再叮嘱他注意隐蔽，防止有叛徒告密。

蒋云的担忧是有道理的，中国共产党成立的早期，由于党的组织工作不够成熟，再加之存在急功冒进的"左"倾思想，让一些伪装的投机分子混了进来。这些人立场极不坚定，稍有风吹草动就会产生动摇。

甚至还有人混进革命队伍，只为刺探情报，好向国民党反动当局邀功请赏。江阴党组织早期领导人孙逊群的遇害，以及朱松寿等人的被捕遇险，都是因为叛徒的告密。

"江阴红军"攻打 13 个乡公所冬防局大捷后，又一个无耻的叛徒跳将出来告密。

此人名叫邢介文，他与徐鸿英熟识。"江阴红军"攻打乡公所冬防局行动后，国民党江阴县发布了重额悬赏缉拿革命者的通告。

重赏之下，必有爱财如命者。

邢介文在"江阴红军"行动的次日，就跑到国民党江阴县公安局告密，称暴动头子之一高启根就是江阴县总商会会长徐鸿英。

公安局长张品泉一听，倒吸一口凉气。他暗自寻思，且不说这徐鸿英是申县长面前的红人，就是他张品泉，也从徐鸿英处得过好处，他视徐鸿英为"财神爷"，如果他真是共产党，抓对了人也就罢了，万一抓错了，徐鸿英与他翻脸，他还好意思再向徐鸿英伸手要钱？

想到这儿，他干咳了一声，打着官腔问："邢介文，你举报徐鸿英有没有证据？"

"在暴动中，我亲眼见过他，他还给我们做过战前动员。"

"这么说，除了目击以外，你提供不出别的证据？"张品泉阴阳怪气地问。

"这……"邢介文见张品泉不信任他，不由得着起急来，他眼睛一翻，拍着胸脯道："我确认徐鸿英就是共产党，如果抓错了，一切后果由我自负！"

邢介文把话说到这个份上，张品泉不得不有所表示。他沉吟片刻后说："好，你给我听好了，你跟我们一块行动，如果确认徐鸿英是共产党，赏金照付。万一抓错了，老子就要你的命！"

张品泉的话带有恫吓的成分，如果邢介文真的拿不准，他肯定不敢拿命赌。岂料，这小子就是一个要钱不要命的亡命之徒，他牙一咬脚一跺道："局长大人，一言为定！"

得，邢介文敢于拿命来赌。张品泉不再多说，立即吩咐手下的侦缉队长黄秉忠到总商会去拿人。

"慢着，局长大人，我还有话要说。"

"有话快说，有屁快放。"张品泉不耐烦起来。

"红军游击队行动后，所有参加行动的队员已经躲到了农村，只有徐鸿英回了城，我建议抓他的时候，要在出城的路上埋伏警察，防止徐鸿英安排人员下乡去报信。"

"你小子行啊，鬼点子还蛮多的。好，就依你！"当下，张品泉果真吩咐下去，让手下分头到各城门外设伏，并且下令，"只要看到有徐鸿英身边的人下乡，立即枪毙！"

张品泉布置妥当后，黄秉忠带着侦缉队的反动警察直扑江阴县总商会办公室。

黄秉忠闯进来时，徐鸿英正与总商会的工作人员王增涛等人商量筹款的事，一见黄秉忠来势汹汹，再看到脸熟的邢介文，他顿感形势不妙。但他脸上的吃惊之色稍纵即逝，随即镇定下来问道："黄队长啊，你是无事不登三宝殿，请问来此有何贵干？"

黄秉忠也得过徐鸿英的好处，他脸上堆着虚伪的笑容说道："徐会长，不好意思，兄弟我公务在身，麻烦徐会长跟我们走一趟。"

"你没见我正忙着吗？13个乡公所受到暴民的攻击，损失不小啊。申县长正为这事犯愁呢！这不，我正在商量发动总商会的会员们筹款重建乡公所，我可没空陪黄队长玩。"

徐鸿英话音刚落，邢介文就抢着说话："你就是共党分子高启根，别装了！"

"谁是高启根？莫名其妙！"徐鸿英没好气地说。

"你就是高启根，我见过你！"邢介文见黄秉忠一直没具体行动，担心快到手的赏金泡汤，情急之下，他赤膊上阵与徐鸿英对质。

徐鸿英气愤地指着邢介文对黄秉忠说："黄队长，请你好好管教你的手下，太没教养了！"

"混账东西，敢跟徐会长这么没礼貌，看老子回去怎么收拾你。"黄秉忠先是假模假样地瞪了邢介文一眼，装腔作势地吼了两嗓子，然后皮笑肉不笑地对徐鸿英说："徐会长，得罪了，兄弟是受上峰之命来请徐会长的，给个面子吧。"

说着，他一使眼色，几名持枪的手下站到了徐鸿英的身后。

徐鸿英哈哈一笑道："既然这样，我也不为难黄会长，我跟你去就是了。"然后他又朝门喊了一声，"顾麻子，你过来。"

顾麻子是徐鸿英的警卫员，黄秉忠闯进来时，顾麻子在门外拦着不让进，被黄秉忠的手下强制下了枪，并被看管起来。此刻，他听得徐鸿英喊他，推开看管的警察，走进了办公室。

徐鸿英吩咐他："你到家里通报一声，中午我不回去吃饭了。"

顾麻子领命而出，两个持枪的警察想拦着他。徐鸿英看在眼里，他冷笑道："怎么？黄队长现在就限制了我的自由？"

黄秉忠说："哪能呢。"说着，他一挥手，警察放了顾麻子。

顾麻子走后，徐鸿英整了整衣衫，这才跟着黄秉忠去了公安局。现在他心里坦然了，顾麻子是他的心腹，跟着他参与了几次农民暴动，他刚刚说给顾麻子的话其实是暗语，意思是让顾麻子出城去找蒋云报信。

让徐鸿英没想到的是，顾麻子刚一出城，设伏在城外的警察认出了他，知道他是徐鸿英的警卫员，按照张品泉格杀勿论的命令，他们一阵乱枪，打死了顾麻子。

徐鸿英被押到公安局后，张品泉亲自审讯。当然，徐鸿英给过他的好处他还记着，审讯时没用刑罚，而是采取诱降计。他装着苦口婆心的样子，对徐鸿英说："鸿英老弟啊，你是个年轻人，犯点错误很正常，只要你承认了，再写个与共党断绝关系的悔过自新书，我保你没事，你还当你的总商会会长。"

徐鸿英冷哼一声道："张局长，这话我怎么听起来刺耳啊！你哪只眼睛看出我是共产党？"

张品泉将邢介文拉出来对质，邢介文一口咬定徐鸿英就是化名高启根的共产党。

徐鸿英对此一口否认！

他还抬出申炳炎来做他的"护身符"，反问张品泉："申县长对我委以重任，跟我无话不谈，如果我是共产党，那申县长岂不也犯有窝藏共党之罪？"

"老弟，这……扯远了吧。"张品泉见徐鸿英不肯就范，他无可奈何，只得对徐鸿英说，"我给你老弟几天时间，你好好反省反省。"

张品泉不听徐鸿英的争辩，将他强行扣押了下来。

若在平常，张品泉不会听信邢介文的一面之词，会睁只眼闭只眼放了徐鸿英这个"财神爷"，但现在13个乡公所被攻打，引起南京国民政府的震怒，他害怕上峰会责怪他工作不力免去他的乌纱帽，出于保乌纱帽的功利心理，他哪敢马虎。

3. 智救徐鸿英

徐鸿英被扣押的当天下午，隐蔽到乡下的蒋云就得知了消息。他派到城里去打探情报的交通员，想与徐鸿英秘密接头，怎料快到徐鸿英的家门前，看到有几个可疑的人影在徐家门前晃悠，他情知不妙，装作路人若无其事地离开后，随即通过总商会的内线得到了情报，徐鸿英被公安局扣押了，他不敢怠慢，立即回乡向蒋云汇报。

"我们必须组织营救，尽快救出鸿英同志。"得到情报后，蒋云当晚就召集了县委紧急会议，主持会议的蒋云一开始就定了调。

"对，我们今天晚上就行动，组织游击队进城攻打县公安局，就像解救朱松寿一样，救出徐鸿英同志。"有人提出了营救计划。

"这不行，县城有大量驻军防守，游击队不要说进城救人，很有可能人没救着，更多的同志会落进敌人设下的埋伏。"有人表示反对。

"能不能走统战路线，找位高权重的人搭救？"

"这条路也行不通。"蒋云接话道，"徐鸿英同志在总商会任职，我相信他的共产党员身份还没有完全暴露，反动军警暂不会对他下毒手，这种情况下，我们不适宜请人搭救。"

"为什么？"有人不解地问。

"道理很简单，鸿英同志的身份没有暴露，也就是说敌人没有抓住把柄，他可以理直气壮地讨得清白。而一有位高权重的人搭救，敌人就会认为徐鸿英同志心虚了，他们会想，你徐鸿英不心虚，为什么要找人搭救？"

"蒋云同志，你说得对。可这也不行，那也不行，你说到底该怎么救？"

蒋云背着手走到窗前，站定。他掀开被当作窗帘用的一条床单的一角，一抹夕阳的余晖从这个角落里射进来。秘密会议是在设在集市上的一个秘密交通站召开的，窗户外面就是街市，此刻街市还没散，街上人声鼎沸，商贸繁盛。

蒋云放下了窗帘的一角，慢慢踱了回来，他的左手抚摸着下巴，这是他思考的习惯。

蒋云边走边说："鸿英同志是县总商会的会长，他侠义为怀，主持公道，为江阴的工商业做了不少实事，大受中小商人们的欢迎，在他们中很有影响力。现在他被扣押，全县的中小商人肯定对反动当局有所不满，我们要发动和释放这些中小商人的情绪，组织他们游行示威，向反动当局要人。"

"对啊，这点子好。"参会的朱寿松两眼放光，"我们不光要组织中小商人，还要组织工人、农民、学生，加入游行队伍，游行的队伍越壮大，对反动当局施加的压力会越大。"

"对，我们游击队的战士也可以化装成商人模样，在游行队伍里推波助澜。"陈叔璇说。

"既然大家都同意，那就这么定了，我来做一下分工。"蒋云一说到分工，众人的目光立即聚焦到他身上。

"茅学勤同志，你负责组织游击队战士装扮商人。"

"行，没问题。"茅学勤响亮地回答。

"朱松寿同志，你秘密进城，联系工厂里的党员，积极发动工人配合。"

"保证完成任务。"朱松寿领命。

"五哥。"蒋云的目光转向了陈叔璇。

陈叔璇笑道："我知道我的任务了，我是教师嘛，当然是发动学生了。"

这兄弟俩，真是心有灵犀一点通。

"我和县委的其他同志，秘密进城发动中小商人。"蒋云也给自己下了任务。

"大家还有什么问题？"

"没问题!"众人异口同声。

"大家即刻行动,给大家一天一夜的时间,不要怕跑断腿、说破嘴,要将该联系的人联系到位,后天上午,各自发动的游行示威队伍,在县衙门口汇合。"

蒋云对游行示威做了细致周到的分工后,众人皆受命而去!

他们如蛟龙潜水,有的奔向农村,有的奔向工厂,有的奔向商户和学校,联系分散在各处的党员,向群众做宣传发动工作,忙得连轴转。

江阴县委的宣传发动很有成效,因为国民党反动当局进驻江阴县后,毫无纪律性的反动军警,派捐派税、敲诈勒索,甚至还抓捕中小商户,故意称他们是暴乱分子,然后向其家属狮子大开口勒索酬金,其行径跟强盗土匪并无区别,中小商户们对反动军警早就深恶痛绝。蒋云在商户中宣传发动时,一听说为他们维权解难事的徐会长被扣押,他们几乎是一点就着,当即表态参与游行示威。

第二日上午,县城内的中小商户罢市,工人罢工,学校罢课,农民从城外涌入城内,他们汇集到县衙门前,游行示威的队伍汇成了数条长龙,人数从数千人扩展至 3 万余人,将县衙围得水泄不通。

游行示威队伍高呼"抗议滥捕滥抓,立即道歉放人"的口号,那声音响彻了整个江阴城。

反动县长申炳炎一看这阵势,吓坏了。张品泉派出军警来驱赶,非但没驱赶走游行示威的人群,几个出头的军警反而被游行示威的人群一阵痛殴。

申炳炎本来就对张品泉没向他报告,就抓了徐鸿英心怀不满。现在县衙被围,他更是急火攻心,将张品泉叫来臭骂一通,然后下令:"立即放人!"

张品泉还想争辩几句,申炳炎骂道:"老子让你放人,你别说屁话,不放人,老子现在就撤了你的职。"

张品泉不敢再说了,立即让侦缉队长黄秉忠放人。

光放人还不行,必须让县长出来道歉。 这是蒋云制定的策略,他要通过县长的公开道歉,为徐鸿英立威,这样他今后在总商会上班,反动军警不敢轻易动他。

人群中喊出了新的口号:"县长道歉,县长道歉!"

申炳炎无奈之下,只得颤巍巍地走出县衙,有气无力地照念着秘书写好的稿子,向市民公开道歉:"余辜负江阴父老厚望,错捕深孚众望之乡贤,现宣布徐鸿英无罪释放,官复原职。 余谨代表江阴县政府向江阴父老致歉……"

申炳炎被迫道歉后,有商户点起了鞭炮庆祝胜利。 徐鸿英刚步出县公安局,市民们蜂拥上前,众手抬着徐鸿英,一路放着鞭炮,从学院路广场出发,绕道东门路,将徐鸿英送至县湾街的家中。

4. 严惩恶霸地主

物华天宝地,江南鱼米乡。

江阴自古以来物阜粮丰,但生活于这方富饶土地上的平民百姓,却鲜有能吃饱肚子的。 1925年发生的沙洲大饥荒并非偶然,在贫民"路有饿死骨"时,地主豪绅的家中却仓廪盈实,朱门酒肉臭。

这是何故?

跟天下所有的地主豪绅一样,江阴当地的地主豪绅对佃农、贫民巧取强夺起来一点也不手软,肥沃的土地大多集中在地主豪绅手中,返租给当地农民种植,丰年收获时,田租高达五六成,若遇歉年时,田租一成不减。 对于手中尚有农田的少数农民,巧立名目,在春播时放"活租",利加利、利滚利,春播时若借一,秋收时则要还二到三。 还不起钱,则拿抵押的农田还债。

农民肚子都吃不饱,没有钱来缴税纳租还债,地主豪绅与反动军警勾结,豢养了一批打手,二话不说捆绑拿人,严刑拷打逼租逼债,地主豪绅由此成了十恶不赦的恶霸。

1927年任江苏省农民运动委员会主任的王若飞,在撰写的《革命

的江苏农民》一文中,对地主豪绅剥削农民的手段,进行了深刻披露:

江苏为中国最富饶之省,然所谓富饶,只江苏地主、江苏之资产阶级,至于江苏工农,仍过其牛马生活。江苏农民所受压迫有以下数列:
甲:租金剥削。(佃农)多数俱缴纳全生产之百分之五十,若将人工肥料剔除,农民年年都有亏本。
乙:活租。(利息)四分额,(利息)多由地主强制决定,丰年时尚勉可支持,遇荒年租息不能通融,农民往往因此负债而被逼返佃(笔者注:即抵押田产被地主没收,农民转为佃农),离开土地。
丙:(佃农)完租时,在成分上、在度量衡上,均受剥削。
丁:有些地方先期交租,不是产出还租(笔者注:地主租田给佃农前,先逼佃农交租)。有包佃的地方,其剥削农民,甚为厉害。
戊:地主联合设立"比租局",豢养大批差役,专用来逼迫农民交租。

关于高利贷问题:农民青黄不接时,其利息之高,往往借一石,产出时还二石……

"天生万民皆平等,耕者有其田,居者有其屋。"蒋云等人的革命宣传,使饱受压迫欺凌的贫民佃农渐渐觉醒,认识到税、租、债的不合理,自觉地追随共产党领导的农民运动进行抗争。

农民革命意识的觉醒,使地主豪绅恐慌万分,他们勾结国民党反动当局对农民运动进行镇压,有实力的地主豪绅买枪招人,在国民党反动当局的扶持下,成立保安团,公然对抗农民运动,实力稍弱的地主豪绅,积极充当国民党反动当局的走狗,暗收情报、通风报信,破坏农民运动。

"四一二"反革命政变后,中国革命进入了第一次土地革命时期。

蒋云按照党的指示精神,在当选县委书记后,他将首要任务定为组织农民起义,打倒地主豪绅,严惩为富不仁、盘剥吸血的恶霸地主。

农民运动矛头所向,恶霸地主噩梦连连。

1928年1月,蒋云精心筹划,指导县委委员茅学勤率部攻进沙洲五节桥,镇压了向国民党反动派告密的当地恶霸地主邹志成、周士金二人,烧田契、毁债券、开粮仓、分田地,得到了当地贫民的拥护。

紧随其后,茅学勤又率部攻打至善桥的反动武装,抓获当地恶霸地主卢士荣。并按照蒋云的部署,组织群众大会,对其进行公审,公审时,几百名群众聚拢在公审会场。蒋云当场宣读了卢士荣强占民田、吸血盘剥、对受灾饥民毫无同情心、捆绑殴打佃农等罪状,会场上的贫民痛哭失声,群情激奋,人群中发出怒吼:

"枪毙卢士荣!"

"打倒土豪劣绅!"

卢士荣吓得面无血色,缩成一团。在宣判完毕后,卢士荣被当场枪决。

天下熙熙,皆为利来;天下攘攘,皆为利往。一些民愤极大的地主豪绅被镇压后,幸存的地主豪绅为保命,与国民党反动当局紧密勾结,他们宁可将大批钱粮花在与反动军警套近乎上,也不愿对农民施舍一分。最典型的当属江阴县顾山周东庄的大地主周士诒,他自恃有反动军警撑腰,公然宣称:"一帮穷鬼闹革命,绝不会掀起大风浪!"

为了严惩周士诒,蒋云与茅学勤等人秘密商量后,制订了周密的行动计划。1928年1月23日夜,蒋云与茅学勤亲自带领红军游击队,攻进了周士诒自认为"固若金汤"的周家大院,对周士诒进行了清算。

周士诒被抓获后,吓得浑身如筛糠,连求饶命。

蒋云厉声喝道:"你的命值钱,穷人的命就不值钱?你的一桩桩血债,我们都一笔笔记着,远的不说,就拿大饥荒来说,你怕灾民来讨食,是不是命令紧闭大门?是不是命令家丁朝胆敢靠近的饥民开枪?那个时候,死在你家附近的饥民有几十人,为什么你视而不见?"

周士诒面如死灰,浑身被冷汗湿透。

"周士诒,我们代表人民跟你清算血债,立即枪决!"随着蒋云的一声令下,两名战士一左一右地拖起周士诒押赴刑场,随着一声清脆的枪响,结束了他罪恶的一生。

严惩恶霸地主吴信畲则颇费了一番周折,吴信畲有20多个武装家丁,当蒋云、茅学勤等人率领红军游击队攻打吴家大院时,他们凭借高墙深院,以及临时修建的工事,与红军游击队展开对抗。

枪声一响,与吴信畲关系密切的当地反动警察也派人前来增援。

攻打了一个多小时,吴家大院久攻不下,而反动警察已越来越近,倘若他们逼近,从后面猛攻游击队,游击队则两面受敌,很可能全军覆没!

幸好,反动警察打仗不敢拼命,在增援时,怕遭遇红军游击队暗算,一路上走得很慢。

蒋云得到情报后,立即对队伍作出紧急调整,安排茅学勤率领部分战士,从小路抄向当地公安分局,攻打驻守的反动警察。当那边枪声大作时,增援吴信畲的反动警察见老巢被攻打,慌忙调头回援。

借此机会,一个勇敢的战士冒着弹雨靠近吴家大门,引爆了蒋云研制的土炸弹,随着"轰"的一声巨响,大门被炸开,游击队战士奋勇冲进,吴信畲最终伏法。

多名恶霸地主被严惩,幸存的恶霸地主为保命,纷纷举家逃向县城。唯有峭岐乡的恶霸地主例外,这是峭岐的独特地貌使然。一条宽阔的风泾河,将峭岐隔分成南、北两个部分,南峭岐三面环水,仅有一座青龙桥通行。恶霸地主集中在南峭岐,他们将此地视为"安乐土",与反动军警勾结,购置枪械、建立民团、私设牢房,依托有利地形,负隅顽抗。

当时,由于农民运动取得节节胜利,茅学勤、陈叔璇等人积极主张攻打峭岐,蒋云化装成普通百姓,秘密到峭岐侦察过地形,觉得南峭岐易守难攻,迟迟下不了攻打的决心。

经过几次秘密开会讨论后，蒋云还是尊重了多数人的意见，决定组织峭岐暴动。他制订的计划是：先攻取无地形优势的北峭岐，然后夺取青龙桥，攻打南峭岐。同时，他交代："如果天亮之前拿不下青龙桥，部队即行撤退，不得有误。"

1928年3月21日深夜，在江阴县委的组织领导下，茅学勤、陈叔璇、朱松寿等人率潜伏在云亭、长寿、周庄的红军游击队战士1000余人，在昆山附近的水墩庵集合。蒋云做了战前动员，并将队伍分成三队，布置任务：第一队由张保华任队长，正面进攻北峭岐东木桥守敌；第二队由那士根任队长，北面袭击北峭岐侧翼之敌；第三队是炸弹队，由蒋云亲自指挥，做机动配合。

"待攻克北峭岐后，三支队伍再合力攻打南峭岐，大家记住，一定要三支队伍集合起来再发动进攻，切不可孤军深入，同志们听清楚没有？"蒋云高声问道。

"听清楚了！"

"出发！"蒋云一声令下，队伍跑步前进，向峭岐进发。

队伍行进中，惊动了沿路的农民，他们一打听，得知这支队伍是农民自己的队伍，要去惩治峭岐的恶霸地主。他们一听大喜，他们早就痛恨这些吃人不吐骨头的恶霸地主了，哪能放过跟恶霸地主清偿血债的机会，这些农民回家拿起扁担、钉耙、锄头等农具充作武器，跟进了队伍。

一路上，参与暴动的人数不断增加，抵达峭岐时，蒋云清点人数，参与暴动起义的，竟达3000多人！

队伍抵达峭岐后，驻守峭岐的反动警察组织反抗，他们火力凶猛，编织出威力强大的火力网，阻滞了队伍的前进，蒋云一看怀表，喝令道："赵德胜，操家伙！"

一个名叫赵德胜的壮汉应声而出，他扛着蒋云亲制的"松树炮"，冲到队伍前面，在战士们的火力掩护下，将炮口对准反动警察，连开数炮，一时间炮声隆隆，吓得反动警察慌忙撤退，逃向南峭岐。北峭岐被一举攻下。

控制北峭岐后，担任总指挥的茅学勤见三路人马已经集结，立即下令总攻南峭岐。

守着青龙桥的是南峭岐大地主成立的保安团，他们在桥上架起了铁丝网，退到南峭岐的反动警察过了铁丝网后，不跑了，掉转枪头，与守着青龙桥的保安团纠结起来，用盒子炮、快枪疯狂扫射，农民队伍四次冲锋都未能过桥，一些农民在冲锋途中中枪倒地。

蒋云掏出怀表，此时已是凌晨四点，东方已露出了鱼肚白。蒋云当机立断，下令撤退。

这次峭岐暴动，虽然未攻下南峭岐，但还是攻下了北峭岐的恶霸地主徐习五的庭院，在破门而入前，徐习五仓皇之中带着家眷从后门逃走，暂时逃过了一劫。

起义农民打开徐家的数十间仓库，将米、麦、豆、棉纱、布匹悉数运走。队伍撤到长寿乡十八亩桥时，蒋云下令将没收来的财物，全部分给了贫苦农民，然后就地解散队伍，安排隐蔽。至此，峭岐暴动告一段落。

5. 虎口脱险

早春时节，草色遥青，柳芽泛绿。

一个戴着金丝眼镜、身着青布长袍的年轻人，脚蹬擦得锃亮的皮鞋，带着一个十三四岁的小跟班，派头十足地坐在从上海开往江阴的长途汽车上。他们的脚前，堆积着从上海采购的大小包裹，看上去就是去上海采购物资的商人。

这个年轻人就是蒋云，充当小跟班的是他的侄子陈和。

此次的上海之行，经江苏省委事先协调，蒋云与"四一二"反革命政变后转入地下的上海工人纠察队秘密接头，接收纠察队隐藏起来的枪支弹药，运回江阴武装农民。

这段时间，江阴的农民运动一日千里，队伍迅速发展壮大，而武器弹药极为缺乏，仅靠章周地下兵工厂生产的土制武器，远远不能满足需要，情势所逼，必须到上海冒险采运。

采运枪支弹药风险极大，上海租界的巡捕房、国民党反动当局严密管控，明岗暗哨密布上海街头，稍有风声泄出，城都出不了。在此之前，共产党员钱振标前往上海采运枪支弹药时，就被巡捕房抓捕，幸亏党组织多方营救，买通巡捕房捕头，被拘捕数日后才被放出。钱振标出狱后，因他在巡捕房留有案底，不宜再出头露面，这一重任，遂由蒋云接替。

蒋云到了上海，在党组织的安排下，与工人纠察队秘密接上了头，领取了枪支弹药，前期工作一切顺利。枪是毛瑟枪，蒋云精通武器，会拆装，他将枪支拆下来分装，但枪架是焊牢的，没办法拆装，只得用一个布包裹给裹得严严实实的。

交付完毕后，与蒋云秘密接头的同志面色凝重地说："蒋云同志，此去一路风险，多保重啊！"还有些话，他没有说，上海附近的各地，也有前来采运枪支弹药的，但十有八九被半路截获，有些同志被捕后即被处决，对于江阴来的同志，他自然也是放心不下。

他不说，蒋云心里也知晓轻重。这一趟行程，就是一次死亡之旅，搞不好，被反动军警抓获，坐牢是最轻的处罚，甚至还会面临着杀头枪决之险。要说心里一点也不害怕，并不现实，但蒋云的心里，装着全县的农民运动，装满了强烈的使命感和责任感，他内心的紧张与恐惧，全被压挤到边缘地带。

携着大小包裹上得车后，他最担心的是侄子陈和，他年纪小，没经历过多少世面，如在通过反动军警设立的检查卡口时，他露出紧张之色，就会引起反动军警的疑心。因此，他上车前，给陈和打气："不管遇到什么情况，有六叔在，你不要害怕，天大的事有六叔顶着。"

谁知，这个少年所表现出的英勇，让蒋云都感到吃惊，他憨厚地一笑道："六叔，我也是大人了，我知道该怎么应付。"

为伪装掩饰，蒋云在车站买了几根长甘蔗，略做截断，塞进了放长枪的包裹,甘蔗头露出外面,如果不打开包裹检查,看上去就以为是整个包裹就是裹着的甘蔗。

到了车上,蒋云将藏枪的包裹放到自己脚下。陈和却将其移到了自己的脚下,悄声对蒋云说:"六叔,放我这儿,不会引起注意。"

说话间,汽车开动了。出城时,果然遇上了反动军警设下的检查卡口。

随着一个急刹车,汽车在检查卡口前停下。几个斜背着枪、歪戴着大盖帽的反动军警上车检查。那时的汽车人货不分,车厢内塞满了人与货,军警从前排开始,逼着乘客一个个打开包裹接受检查。

一个乘车的瘦高汉子不满军警的乱检乱翻,刚嘟哝了两句,一名军警就"哗"地抖开长枪,将黑洞洞的枪口对着瘦高汉子吼道:"你小子叨咕啥呢,不配合检查,老子将你抓起来。"

瘦高汉子不敢言语了。几个军警检查得很仔细,几乎每个人都被逼着打开行李接受检查,蒋云手里捏了一把汗。不一会儿,军警就检查到了蒋云面前,一个满脸络腮胡的军警将枪口朝蒋云一指,粗声粗气地问:"你是哪里人?包裹里装的是什么?"

蒋云赔着笑脸,急忙从青布长衫的口袋里掏出一包纸烟,往络腮胡手里一塞道:"长官们辛苦了,我是江阴人,做小本生意的,这不,到上海进了一批货,长官们行个方便。"

"少废话,打开包裹接受检查。"络腮胡虽然收了香烟,口气仍然很冲。

蒋云为消磨他们的耐心,故意走到过道上,将脚下的几只包裹慢慢地打开,里面有一些他在上海购置的新衣服,还有一些零零碎碎的日用品。蒋云一件件地展示给反动军警看。由于蒋云占着过道,后面的警察走不上前,跟在络腮胡后面的一个胖子警察不耐烦起来:"快点包好,别耽误我们的时间,我们还得到下一趟车上去检查呢。"

蒋云转头一看,可不,又一辆汽车跟了上来,后面车上的司机不耐烦地摁着喇叭。

蒋云心里有底了,他更加不慌不忙,笑着道:"各位长官例行公事,可得检查仔细点。"

他依然慢悠悠地展示着包裹里的物件,然后又一件件地摆放齐整,重新打包。

军警在催:"快点快点。"

蒋云不理他,一边慢慢摆放一边说:"这些物件是回去卖的,可不能弄坏了,我做的是小本生意,坏了可得赔本了。"

这一磨,差不多磨了好几分钟。

好不容易才收拾妥当,军警这才越过蒋云,走到后排检查。

陈和就坐在后排,军警走到陈和的面前时,蒋云的心悬到了嗓子眼,可又不能露出任何声色,他目光虽然朝前方看着,但耳朵却始终竖着,听着后面的动静。

"络腮胡"走到了陈和前面,见陈和是个瘦瘦小小的孩子,放声问道:"小孩,大人呢?"

"就我一个人出来的,没有大人。"

后面的胖军警不信,指着陈和问车里人:"谁是他家的大人?"

结果没人回,蒋云头偏向窗外,装着看外面的风景,心里怦怦直跳。

胖军警见无人应声,就和"络腮胡"嘀咕道:"这小屁孩子估计也整不出啥动静,就不查了吧,后面还有车,别耽误时间。"

"络腮胡"点点头,指着行李问:"里面装的是什么?"

陈和镇定地回道:"甘蔗。"

"甘蔗? 到上海你就买甘蔗?"

"上海的甘蔗甜,要不,你也尝一个?"陈和答着话,从包裹里抽出一支甘蔗,递到"络腮胡"面前。

"络腮胡"一推,没好气地说:"老子牙疼,你想害老子啊。 除了甘蔗,还有没有别的东西?"

"没有了。 我倒是想买点东西,可袋里没钱啊。"

"络腮胡"将信将疑，想拿脚去踩一踩包裹。陈和怕他踩出动静，急忙把包裹往座位下面塞："长官，可怜可怜我吧，我带的一点钱就买了这么点甘蔗，被你踩坏了，还怎么吃啊。"

"臭小子，不让老子踩，就给我打开包裹检查。"

陈和毕竟是个孩子，被"络腮胡"一威逼，不知怎么应对了，就在这千钧一发之时，蒋云急中生智，突然抱着肚子"哎哟"一声倒在过道上，他这一倒，立即把几个军警吸引了过来，"络腮胡"问："咋回事？"

"我……我肚子疼。"说着话，他在过道里直打滚，嘴里还喊道，"长官，求求你们，带我去看医生吧。"

"晦气。"胖军警一拉"络腮胡"，冲蒋云没好气地道，"想得美，挨着吧！"

说着，他拉了"络腮胡"就下了车。

他们下车后，汽车得以通过哨卡。蒋云怕车上有密探，故意挣扎着爬起来，坐到座位上"唉哟唉哟"地叫唤了几声，然后倚着车窗装睡。

这一趟运枪支弹药，有惊无险。

后来去上海的几次购枪，蒋云都带着机灵的陈和，这叔侄俩配合默契，有勇有谋，虽经常遇到风险，但总能化险为夷，圆满地完成任务。

6. 声东击西

杨舍，沙洲重镇。民国初年，隶属江阴县，现为张家港市政府所在地。

1927年，国民党反动当局为对付各地蓬勃兴起的农民运动，在农村以闾邻制替代保甲制。当时的行政体制是实行省管县制，县下设若干区，区下设若干乡镇，每乡镇下设若干个闾邻，每25户为一闾，设闾长一名，每5闾为一邻，设邻长一名。

闾邻制与原先的保甲制相比，网格化管理得更细。每邻农户稍有风吹草动，邻长就会逐层上报，这让许多参加农民运动的农民遭了殃，有的刚回到家中即被抓捕，有的躲在外面的，也被设计诱回抓捕。

国民党反动当局得意洋洋地宣称："闾邻制就是设下的天罗地网，参与暴动的农民一个也跑不了。"

为打击国民党反动当局嚣张的气焰，1928年春，时任江苏省委特派员、江阴县委军委书记的钱振标与蒋云商量，决定以杨舍乡为突破口，组织一场较大规模的农民运动，将江阴县东乡的农民运动连成一片，呈现出星火燎原之势。

钱振标的建议，与蒋云的想法不谋而合。为了组织杨舍暴动，蒋云秘密召集了700多名红军游击队员，给部分队员配发了自制的土铳及从上海采运回来的枪支弹药，蒋云与钱振标分工合作，在周庄的秘密集合点对战士进行军事培训。

在培训的间隙，蒋云与钱振标商量制定了详细的作战计划。

蒋云仔细研究了军事地图后，提出了"声东击西"的攻打策略，即先放出风声，称红军游击队欲再次攻打峭岐，峭岐与杨舍相距不远，敌人听闻风声后，会从杨舍调集军警支援峭岐，如此一来，杨舍的防守力量就空虚了，届时再集结队伍攻打杨舍，定会一举成功。

钱振标对蒋云提出的"声东击西"战略，竖起了大拇指夸道："我们是红军游击队，就应该用好游击战术，你这一招就是典范啊。"

第二天，驻守杨舍、峭岐的反动军警分别得到暗探的报告：红军游击队要攻打峭岐！

峭岐守敌闻讯大惊，赶紧向杨舍守敌求援。杨舍守敌得到求援信后，犹豫不定，他们也怕杨舍遭到袭击，迟疑着不发兵。但这时，峭岐的恶霸地主们心慌意乱，他们给杨舍守敌送来了大洋，苦求杨舍守敌增援峭岐，看在金钱的份上，杨舍守敌不再犹豫，立即分兵去往峭岐，以增强峭岐的防守力量。

杨舍守敌一动，蒋云就得到了密报。他一拍巴掌，高兴地对钱振标说："敌人上当了！事不宜迟，咱们今晚就行动。"

当天夜里，700多名红军游击队员在蒋云、钱振标的带领下，如下山猛虎扑向杨舍乡公安分局，此刻的公安分局警力空虚，在如潮水般涌来的红军游击队面前，公安分局很快被攻占，敌人丢下了七八支毛瑟枪后，仓皇逃离，红军游击队取得了杨舍大捷。

杨舍失守后，国民党反动军警立即组织力量杀回杨舍，等他们到来时，红军游击队早已消失得无影无踪。国民党反动当局怕东部重镇杨舍再有闪失，又从四处将重兵摆布到杨舍镇。

岂料，他们这一愚蠢的举动，又中了蒋云与钱振标预先制定的调虎离山计！

杨舍暴动仅过了两天，茅学勤按照蒋云的指示，带领1000多红军游击队员，扑向防守力量空虚的峭岐，一举攻下设立在北峭岐的公安分局，缴获了一批枪支弹药，并严惩了北峭岐的又一个恶霸地主，烧毁该地主房屋80余间，压榨贫苦农民的租约、田契、借据均被一烧而空。

反动军警赶来驰援时，面对的只是一片废墟……

短短几天内，江阴东乡接连发生两起大规模的农民运动，反动县长申炳炎勃然大怒，他将县公安局长张品泉叫来臭骂一通，并亲自出马，要求国民党驻守江阴县的第16军第1师派出军队下乡清剿，他亲自坐镇指挥。

在沦为反动当局走狗的闾长、邻长的告密下，国民党军队、反动警察、冬防局、地主武装的保安团全部出动，按照"宁可错杀千人，绝不放过一人"的反动逻辑，杀气腾腾地在江阴东乡四处抓捕，先后抓捕了100多名参与暴动的农民，其中有三分之一为共产党员，被枪决的多达数十人。

残酷的现实，让蒋云震惊，也使他清醒地认识到农民运动的得与失：局部的胜利，换取的是更加血腥的报复！然而，他还未来得及调整江阴农民运动的策略，随后而来的又一次后塍农民运动的失利，给了他更为沉重的一击!

7. 再战后塍

1928年3月30日,雨后初霁,天空放晴。

一大早,被蒋云派出去刺探情报的交通员小张,闯进蒋云暂居在周庄的农舍,急急慌慌地说:"蒋云书记,大事不好了,敌人……敌人……"

他一急,说话结巴了起来。

他进来时,蒋云正在收拾简单的行李准备转移,听到小张的话,他放下行李,看着小张。

小张满头大汗、一脸焦急,蒋云心知肯定出了大事。他临危不乱,稳了稳情绪,镇定地对小张说:"别急,喝口水,有话慢慢说。"

小张接过蒋云递过来的水,"咕咚咕咚"地喝了一大口,这才缓过神来,话语不结巴了,急切地说道:"昨天夜里,后塍的反动警察来周庄抓了24个农民,其中有不少是我们红军游击队的战士,今天一早,要从周庄押往后塍,说要公开处决。"

蒋云一惊,着急地问:"出发了没有?"

"出发了,茅司令已带了一些人追上去了。"

小张所称的"茅司令",就是江阴红军游击队副总指挥茅学勤。

"茅司令带了多少人?"

"大约有二三百人。"

"这哪成啊!大白天,敌人有备而来,兵力一定不会少,茅司令这么追上去,有可能要吃大亏。"说到这儿,蒋云赶紧从行李中取出刚收好的地图,在地图上找到周庄通往后塍的大路,然后对小张下令道:"你立即出发,火速通知东北路支队的战士赶紧集合,就沿着通往后塍的大路追上去,支援茅司令,我去集合兵工厂和周边的战士。"

蒋云做了快速而简单的分工后,两人立马出门,各奔东西。

在去章周地下兵工厂的路上,蒋云突然觉得自己下的这个决定非常草率——事先没有组织，没有制订作战计划，又是白天与敌人作战，这一仗能不能打好，他心里没底。但转念一想，如果不紧急支援，茅学勤所带队伍，很可能被敌人包围，将会使更多的同志被捕，火烧眉毛，已经没时间再去考虑后果了！

半个小时后，蒋云带出的队伍与小张通知赶来的队伍在大路口集合。

蒋云在队伍前面做了简短的战前动员："前面，就是通往后塍的路，此刻，敌人正押着我们的同志去刑场，情况万分紧急，茅司令已带人追上去解救，现在，我们甩开脚板子，以最快的速度追上去增援茅司令！"

"是！"

随着蒋云的大手一挥，队伍如急速奔涌的浪潮，向前奔去。

跑出七八里地，突然见到一队人正往这边撤退。蒋云定睛一看，正是茅学勤。

什么情况？蒋云一愣，他们没追上敌人？还是被敌人打败了？

正思忖间，茅学勤已快步走到他面前，一打照面，他看到蒋云带过来的几百人，眼前一亮。他回过身，把手中的枪朝天一举："同志们，蒋云书记带人支援我们了，我们立即打回去，一定要解救出被抓的同志。"

蒋云正待向茅学勤了解前面的情况，茅学勤却已经冲到了最前面去了。蒋云只得带人在后面紧追，一边追，他一边问刚后撤的一位战士："你们追上敌人了吗？怎么又往回撤了？"

那个战士喘着气回答："茅司令带着我们追上了敌人，不料敌人太多，我们往前冲，敌人组织反击，我们的武器跟不上，吃了亏，冲锋时死了好多人，被火力压制着不得不后撤。"

说话间，前方已经听到了震耳欲聋的枪炮声。交火的地方，已属后塍境内。

刚交上火不久，随着一阵阵喊杀声，一支又一支听到消息的游击队,从四面八方赶来支援,而且有不少农民一路追着队伍加入,队伍一下子达到了3000多人。

从人数上讲,农民暴动队伍占据着极大优势。但还是差在武器装备上。敌人架起了几挺重机枪,"突突突"地一阵猛射,压制住冲锋的队伍,不断有人倒下,冲锋队伍被压制进大路两侧的田沟。

更危急的是,敌人从县城调集了大批军警,以急行军的速度紧急赶往后塍,增援的敌人已经与游击队交上了火,后面蜂拥而至的增援敌人撒开了一个包围圈,将游击队包围在里面。

蒋云迅速判断形势,这样强攻肯定不行,搞不好会全军覆没。这可怎么办?

茅学勤在前面打了一阵,敌人的火力太猛,寸步难进。他急红了眼,正准备组织敢死队再来一次冲锋,蒋云一把拉住他道:"茅司令,咱们硬取不行,会造成很大的牺牲,现在这情形,我们只有抓住敌人的包围圈尚未完全合围的时机,突围而出。"

茅学勤朝四处看看,突然皱起了眉头道:"蒋云同志,不行啊,你看包围圈外聚拢了很多农民,我们硬打硬冲往外突围,恐怕要伤及这些无辜的农民啊。"

经茅学勤的提醒,蒋云也朝着四周一看,他的脸色顿时变得煞白。不知何时,离他们不过五六百米距离的田埂上、农田里,站满了黑压压的农民,这些农民可不全是看热闹的,他们是担忧游击队战士的安全,听到枪炮声后,大着胆子从家中走出来,给这支农民武装队伍助威壮胆的,但他们手无寸铁,也没人组织,只能站在四处观望。

就在他们的前面,反动军警有的朝游击队开枪放炮,有的持枪对着围观的农民,防止他们趁机哗变。

硝烟四起的战场上,子弹是不长眼睛的。硬生生地突围,必然会伤及无辜农民!

蒋云急得直转,他对身边的战士道:"你们听我的口令,一齐喊:农民兄弟们,请散开!"

几个战士点头,表示记牢了。

"一,二,三。"随着蒋云的口令,几十个战士放声大喊:"农民兄弟们,请散开!"

"农民兄弟们,请散开!"

然而,战士们的隔空喊话,并没有起到多大的效果。他们一喊话,敌人也听明白了,他们意识到:红军游击队要突围了,怕伤及农民,特意喊话让农民们散开。这哪成!领头的一个反动营长朝空中开了一枪,面对围观的农民叫嚣:"你们谁也不许走,走的人就是私通红军!别怪老子的枪不客气。"

如此一来,本来想退回去的围观农民不敢动弹了,他们仍然站在原地,任蒋云他们喊破嗓子也没用。

"蒋云同志,敌人已经清楚了我们的意图,不会放过围观的农民了。咱们要想突围,必须组织敢死队贴上去,跟敌人干,减少围观农民的伤亡。"茅学勤建议道。

一听说要组织敢死队,战士们群情振奋,个个争着报名。

这些战士,此前都是纯朴善良的农民,饱受着地主豪绅与反动当局的压榨,受进步思想的启发而走上革命道路,他们虽然不懂深奥的革命道理,但他们有一个非常浅显直白的愿望:那就是为了自己和自己的下一代不再过着牛马不如的生活,不再重复着他们饱含辛酸泪水的生活,他们情愿牺牲,用热血为中国农民通向光明之道捐躯开路!

最积极的当属兵工厂的那些孤儿,在几次暴动中,曾牺牲了几名孤儿,他们原本素不相识,是蒋云将他们团结起来,在兵工厂他们情同手足,这次暴动他们主动加入战团,他们的眼睛早就被枪炮声震红了,他们要为牺牲的同志报仇!

敌人凭借着疯狂的火力,一步步往前推进,三百米、二百米、一百米……,敌人离他们越来越近,包围圈越扎越紧。

战场的局势,已容不得蒋云多想,他当机立断,迅速做出部署:"茅司令,我们分兵突围,我往东南方向打,你往东北方向打,敢死队在前面开路,掩护大部队突围。"

"不,蒋云同志,你带大部队往东北突围,我带队往东南方向打。"茅学勤断然否决。

后塍的东北方向,就是浩浩荡荡的长江巫子门,那里有蒋云很早就布置的船只,在江边隐蔽。只要突围出去,就可乘船过江,暂时抛开被围剿的危险,而往东南方向,是国民党反动当局重兵云集的苏州、上海方向,即使跳出眼下的包围圈,也很可能进入下一个包围圈,前途未卜!

而如果只往一个方向打,不分兵突围,国民党的反动军警就会一哄而上,集中于一点加强防备,给突围带来了更大的难度。在这紧急关头,茅学勤和蒋云都想把生的希望留给对方!

"茅司令,你别争了,就这么定!"蒋云以不容置疑的口吻说。

说着,他又指挥敢死队:"同志们,敌人想把我们合围起来包饺子吃,我们绝不能让敌人得逞。现在,跟我往东南方向突围的同志跟我上,其余的同志跟茅司令往东北方向突围。"

军令一下,蒋云身先士卒,跃出田沟,几十个敢死队员紧随而出。他们抱着土制炸弹向前猛攻,敌人一见这些人冒着枪林弹雨飞奔而来,一时没反应过来,就在他们愣怔之时,敢死队员已经冲进了敌人的队伍,随着"轰轰轰"的几声巨响,炸弹在敌人中炸响,重机枪被炸飞了,一些反动军警被炸得血肉横飞。

最为悲壮的是,在冲锋突围的敢死队中,从兵工厂走出来参战的十多个孤儿,不顾蒋云的劝阻,奋勇冲锋,他们高唱蒋云教会他们的《江阴少年先锋队队歌》:

走上前去,曙光在前,同志们奋斗。
用我们的刺刀和枪炮开自己的路!
勇敢向前,稳站脚步,要高举苏维埃的旗帜!
我们是工人和农民的少年先锋队,

我们是工人和农民的少年先锋队!

　　歌声激越高昂,比密集的枪炮声,更为动人心魄!
　　这些孤儿,这些勇敢的少年先锋队队员,他们抱着炸弹冲向敌人,不惜与敌人同归于尽!
　　缺口被炸开了,蒋云率着几百名战士从缺口中突围而出。回过神来的敌人组织追击,但围观的农民让出道,掩护游击队员战士突围后,人流又立即将道合上,追击的国民党反动军警气急败坏,拿枪威逼着围观农民让路,这一拖,就给队伍赢得了撤退的宝贵时间。
　　撤出十几里地后,后面的枪炮声听不到了,蒋云这才组织队伍集合,他带着悲痛的心情对大伙说:"这次暴动因事出仓促,对敌人的兵力估计不够,造成了很大的伤亡,我们现在虽然跳出了包围圈,但我们没有根据地可以依靠,敌人一定会布置重兵围剿我们,为了避免更大的伤亡,保存住我们这支革命力量,我命令部队扔掉枪支,就地解散,隐蔽到农村中。"
　　他的话音刚落,队伍中就有人说:"蒋云书记,我们不想解散,我们就跟着你,哪怕全部牺牲,我们也在所不惜!"
　　"同志们的心情我可以理解。"蒋云眼里涌出了泪花,他又何尝不希望带着这支热血沸腾的队伍继续冲锋陷阵闹革命啊,可是这么多人的队伍,往哪儿转移都是一个很容易就被发现的目标,再加之此次后膛兵败,敌人一定不会让他们有喘气的机会,必要集重兵围剿,想到这儿,他抹去眼里的泪花,对大伙儿说:"有一句俗话说得好,留得青山在,不怕没柴烧。大家只是暂时隐蔽,党组织会跟大伙儿保持联系的,总有一天,我们还会再打回来!"
　　还有一些战士对蒋云的话不理解,战士中有共产党员就做他们的思想工作,给他们分析了形势,使他们理解并接受了蒋云所做出的决定。

8. 巫山港历险记

深夜，天黑得伸手不见五指。

长江上的巫子门，江风猎猎，江水滔滔。一个凹湾里，闪烁着零星的灯光。

这个凹湾，就是巫山港。停泊着几十艘大小不等的船只。

蒋云带着队伍突围后，解散并隐蔽队伍，带着朱松寿、徐江萍等几名县委委员暂避于此。按照蒋云原来的计划，他们突围后是准备往苏州、上海方向撤退的，但派出打探的同志回来汇报，敌人已在沿线的大道小路上，设置了重重哨卡，要想通过，难如登天。

蒋云随即对转移路线做了调整，转向东北方向的巫山港，在此暂避风头。

他们赶到巫山港时，先期突围到此的茅学勤，已在当地渔民的帮助下渡过长江，转战江北的靖江。蒋云得知队伍安全转移，很是欣慰。

下一步该怎么走？蒋云陷入了苦苦的沉思之中。知己知彼，方能百战不殆。要确定下一步的行动，必须要掌握敌人的动向，这时他想到了未参加此次行动的徐鸿英，对，赶快派人将后塍暴动的情况通报给徐鸿英，并请他来巫山港商讨下一步的工作计划。

想到这儿，他立即通知一名交通员连夜步行进城，向徐鸿英传递情报。

第二天上午，已经得知后塍暴动失败的徐鸿英，正在县总商会的办公室里背着手不安地来回踱步，一个警卫员走进来向他报告："徐会长，您有个表弟来找您？"

表弟？徐鸿英警惕起来。

自从两个月前被国民党反动军警抓捕，经县委发动的数万市民抗议游行，反动当局迫于压力释放他后，他虽然还在江阴县总商会上班，可他明显感觉到国民党反动当局并没有对他放弃怀疑，尤其是那个张品泉，几次三番地试探徐鸿英。这次，又冒出个表弟来，会不会又是张品泉设下的圈套？

徐鸿英满腹狐疑，让警卫员将"表弟"带到了他的办公室。

来人是一个二十多岁的壮实汉子，徐鸿英果然不认识。

就在徐鸿英惊讶时，来人上前紧握住徐鸿英的手，大声道："表哥，我是蒋表弟啊。"说着，他握着徐鸿英的手用力捏了捏，徐鸿英当即会意，他应和道："哟，我忙于公务，几年没见过表弟，样子都变了，快看茶。"

"蒋表弟"正是蒋云与徐鸿英秘密接头的暗号。

徐鸿英原先的警卫员顾麻子牺牲后，现在的这个警卫员是张品泉派来监视徐鸿英的，他见徐鸿英与来人寒暄，并没有露出任何破绽，遂放心地到外面去打水倒茶，趁着警卫员外出的机会，来人在徐鸿英耳边悄声道："我是蒋云同志派来的，县委的几个同志都安全转移到了巫山港，他们希望你在方便的时候，去巫山港开个碰头会，商量下一步的行动。"

徐鸿英正准备答话，一抬头，看到警卫员端着茶进了门。徐鸿英果断压住话头，他转身回到自己的办公桌前，打开抽屉，从中取出几块大洋，塞到"表弟"口袋中道："表弟啊，姑父大人生病，我都没时间去看望，这几块大洋，你在城里买点药材和礼物，代我向姑父表表心意，并请转告姑父大人，等我处理完公务，一定前往看望。"

"表弟"心有灵犀，收下了钱。他端着警卫员递过来的茶水，喝了几口，又与徐鸿英寒暄了几句，起身告辞道："表哥公务繁忙，我就不打扰了，我这就告辞。"

徐鸿英安排警卫员将"表弟"送到门外，他独自坐在办公室沉思，蒋云等同志已安全脱险，他悬着的心终于放下了。后塍暴动，太过突然，此刻他也迫切地要与蒋云同志碰头。

事不宜迟。第二天傍晚时分，徐鸿英以下乡看望姑父为名，找了个机会下乡，他包了一辆黄包车出城，刚出县衙，就发现后面跟着几个"尾巴"，他让车夫不动声色往前拉车，到了一个巷口，他塞了两个大洋给车夫，然后悄悄下车，让车夫拉着车继续往前走。他自己则三转两转，从江阴北门出了城，租了一条船，让艄公将他送往巫山港。

小船出河入江后，向东行驶，顺着江流而下，很快就到达巫山港。徐鸿英与蒋云、朱松寿、徐江萍等人汇合时，正是晚上10时许。在他到达之前，陈全林、夏汝生、陆掌林等几名共产党员，在蒋云的秘密通知下，从各地刚陆续赶到巫山港。

一见面，徐鸿英就迫不及待地问蒋云："学勤同志突围了吗？"

蒋云看着徐鸿英一脸担忧的神色，宽慰道："学勤同志带领1000多人成功突围了，就是从这儿过了长江，去了江北的靖江，江北敌人的兵力不及江南部署得多，江阴的敌人也没法过江去追，所以学勤同志带领的部队暂时会安全无事。"

听到这儿，徐鸿英放心了。他又问："这儿也不是久留之地，你们什么打算？"

蒋云答道："下一步，准备将县委主要负责同志暂时转移进溧阳山区，请你来就是商量商量，这条路可不可以走？"

"溧阳山区是个隐蔽的好地方。"徐鸿英表示赞同，"溧阳山区地形复杂，而且溧阳农民运动与江阴农民运动一样，这两年开展得如火如荼，群众基础好，你们隐蔽进山区，就如猛虎归山，敌人连你们的影子都抓不着。"

徐鸿英这么一分析，众人皆交口赞成。

"鸿英同志，我还有一个想法，县委的同志不能全部转移到山区，我想安排一部分同志由你来做转移安置，以保证县委仍正常在江阴活动。"蒋云端出这个想法，这也是他找徐鸿英来此商量的主要目的之一。

徐鸿英笑道："行啊，我就猜到会这么安排。"

得到徐鸿英的承诺后，蒋云对转移山区与留守江阴的县委委员做了分工安排。

刚安排完，船身就一阵摇晃，一个放哨的战士跳上了小船道："我看到前方有动静,有一支队伍打着火把往这边移动。"

"糟了,一定是敌人听闻到风声,组织夜巡队逐村搜捕,我们赶紧转移。"蒋云立即吩咐收好物品,做好转移准备。

按照商定的转移路线,蒋云带领徐江萍、朱松寿等人,连夜赶往溧阳山区隐蔽。徐鸿英则带着陈全林、陆掌林、夏汝生等人,乘着来时的船只往县城方向驶去。

来时,他们是顺江而下,回去时,则是逆流而上,船行得很慢。

船行不久,江上突起大风,江风卷起了两三米高的巨浪,一个浪头接着一个浪头扑向了小船,驾船的艄公一不留神,被一个风浪打翻进江中。徐鸿英想组织施救,但湍急的江水已将艄公冲走了,黑黢黢的江面上哪见人影。

艄公落江,有人建议弃船登岸,被徐鸿英否决。他清楚江岸上设有国民党反动军警的多个哨卡,肯定过不去。

艄公落江后,徐鸿英亲自掌舵、摇橹,可是顶着江风和逆流,船行得很慢,陈全林、陆掌林等人干脆跳入江中,他们踩着江边的浅滩,用力将船往前推送。

江边遍长芦苇,尖利的芦苇老根淹在江水中,他们的脚踩上去,如同踩上了尖刀,不一会儿工夫,几个人就被尖利的芦苇老根将大腿、脚板扎得四处流血。见同志们一脸痛苦的样子,徐鸿英不顾同志们劝阻,也跳入江中帮忙。

此刻,对他们来说船虽然不能载人,但他们不能弃船,因为船起到的作用就是浮力,并且能阻挡江风,船就是他们前行的安全屏障,如果弃船,他们摸黑走在江水中,必然会被激流给冲走。

凌晨四点,他们终于接近了江阴县城。徐鸿英将船用力一推,空船被风浪刮进江中,随波逐浪,很快就没了踪影。

几个人上得岸来,徐鸿英仗着路熟,带着他们绕开了敌人设下的哨卡,摸黑走到自己家中。关上门,掌灯一看,几个人的衣服都被芦苇给割开,一身伤痕累累,伤口里不断渗出鲜血,一个个都成了"血人"。

徐鸿英赶紧拿出碘酒和绷布，大伙儿相互帮忙，包扎了伤口，徐鸿英又从房间里找来自己的衣服，给他们换上。忙完这些，天已放亮，徐鸿英说："从今天起，你们就住在我家，没有我的通知，谁也不要出门，外面的事，我来应付。"

几个人皆点头答应。随后，徐鸿英又对妻子高素芬叮嘱了几句，让她装着做针线活的样子，拿着板凳在门口放哨，一遇紧急情况就拉铃报警。

一切安排妥当后，徐鸿英像什么事都没发生，照样大摇大摆地到县总商会去上班。

第四章
裂石穿云

盛夏的俄罗斯莫斯科郊外,天高云淡,草木葱郁。

距莫斯科市中心40公里的五一村,一座白黄相间、修葺一新的漂亮小楼,气势恢宏地矗立在蓝天丽日下。

小楼的前身是俄贵族穆辛·普希金的庄园主楼,始建于1827年。俄国十月革命后,贵族庄园被改为集体农庄宿舍。

1928年6月,中国共产党第六次全国代表大会在这幢小楼里开幕。小楼,被赋予了不可磨灭的红色记忆!

铭记光辉历史,传承红色基因。2013年,这座历经几次大火、劫后余生的小楼,在中俄双方的共同推动下,启动修建工程,在原址上建设中国共产党第六次全国代表大会会址展览馆,2016年7月4日,修缮布展完成的展览馆迎来建成开馆仪式。

中共六大会址常设展览馆,是迄今为止中国在海外的唯一一个关于中共党史的常设展览馆。展览馆占地面积3267平方米,展览馆建筑面积1741平方米。历经岁月洗礼,走进纪念馆,历史沧桑感与厚重感扑面而来。

展览主体内容由五部分组成:中共六大召开前的形势、中共六大的筹备与召开、中共六大之后革命运动的发展、中共六大会场、中俄关系新发展。整个展览以图片为主,配以适当文物复制品,全景式还原了中共六大召开的峥嵘岁月。

1928年,在中国革命最艰难的关头,为了国家和民族的前途命运,140多名中共代表,不远万里来莫斯科郊区五一村,召开了中共六大,这是中共历史上唯一一次在境外召开的全国代表大会,对中国革命发展具有特殊的历史意义。

遥望当年,出席中共六大的140多名代表中,就有两名来自江阴的代表——蒋云、朱松寿。让我们拂过历史的尘烟,回望蒋云烈士当选中共六大代表所走过的革命足迹……

1. 当选六大代表

1928年春,中共江阴县委领导的农民革命军再战后膆遭挫后,蒋云等人隐蔽进溧阳山区,在国民党反动当局的重兵围剿之下,曾经高涨的江阴农民运动,进入了低潮期。

1927年下半年至1928年上半年,江阴爆发了十数次农民暴动,此时虽然在极度白色恐怖笼罩下暂时沉寂,但是江阴农民暴动产生的积极意义却影响深远:江阴的农民暴动发生在国民党反动派的心脏地带,沉重地打击了反动统治阶级,有力支持了其他地区的革命斗争。

同时扩大了党的影响，造就了一批党员干部，为后来的新四军、八路军在江南江北开展的抗日斗争，以及解放战争时期广大农民支持解放军摧毁国民党统治，奠定了牢固的群众基础。

革命者的热情，似火炉炼钢，永远不会降温！ 在大山深处，蒋云可没闲着。 白天，他主动到当地农民田里去帮忙，向农民宣传革命道理；晚上，则组织农民夜校，给农民补习文化知识。 他还时刻关注着时局的变化，他派往上海与党组织秘密联系的同志回来后告诉他，毛泽东领导的秋收起义部队经三湾改编后，转移进江西井冈山，创建了井冈山革命根据地。 随后，朱德率领的南昌起义部队，也上了井冈山，两支队伍胜利会师，革命的火种在井冈山熊熊燃烧！

"朱毛会师以及井冈山革命根据地的创建，充分说明中国革命的希望在农村，中国革命的最大动力也在农村。"蒋云听到这些消息后，一方面，他为井冈山革命根据地的成功创建欢欣鼓舞；另一方面，他的心头又是五味杂陈，回顾他参与过的和后来当选县委书记后组织领导的后塍、杨舍、峭岐等地的农民运动，他觉得不是他们这些共产党员革命信仰与革命立场不够坚定，也不是他们组织领导的队伍不够英勇，而是上级制定的战略"左"倾盲动，不顾实际、急于求胜，指示农民革命军向凶狠残忍的反动军警发起正面强攻，没有隐蔽积蓄实力，无论是从思想素质上、军事素质上，都没有做好充分的准备，从而造成了很大的伤亡。

想到这儿，蒋云对身边的同志说："总有一天，党会及时纠正急于求胜的错误，只有将革命的力量扎根在农村，革命的种子才能发芽成长，结出累累硕果，中国革命才会取得最后的胜利。"

蒋云的思想觉悟，使他在错综复杂的形势下，能够做出最切合实际的决定。 在隐蔽期间，他要求江阴的革命队伍切勿盲动，要待机而发，从而避免了革命有生力量不必要的牺牲。

1928年4月的一天，中共江苏省委派出的同志，从上海秘密来到江阴，向蒋云当面口传了一份决定：省委经过研究讨论，决定江阴县委的蒋云、朱松寿二位同志作为中共六大代表,前往莫斯科参加中共六大。

蒋云获知,这次六大代表的名额只有142名,代表着全国4万多名共产党员。而且他和朱松寿都是本次会议有表决权的84名正式代表之一。

蒋云惊喜之余,又谦逊地说:"江阴的优秀党员很多,我建议省委考虑是不是推荐其他的同志参加党的六大。"

"蒋云同志,这是省委做出的决定,你就别再谦让啦。"来人说,"按照代表产生的规则,省委应召开全省党员代表大会,选举产生出席六大的代表,但省委机关设在上海,白色恐怖笼罩,形势极其严峻,没有条件召开党员代表大会推选了,省委主要负责同志只能小范围开了个秘密会议,确定了出席六大的代表名单,推荐你,是因你在江阴农民运动中的出色表现,你是作为党的基层代表被省委选中的。朱松寿同志呢,他是农民出身,在农民运动中表现积极,他是作为农民运动代表被选中的。"

来人提到了农民运动,蒋云心里一动,忙问:"农民运动陷入了低潮期,省委对这下一步的工作可有指示?"

"蒋云同志,我知道你心里的想法啊,省委知道了后塍农民运动的失利,在全省,不独是江阴农民运动失利,其他地方也是,省委也在反思之中,省委负责同志预估,这次党的六大,应该会对革命战略有所调整,至于怎么调整,我们也不清楚啊。"

来人的话只能说这么多,蒋云也不好再就此深问。他换了个话题说道:"既然省委已作了决定,我坚决服从。此去莫斯科万里迢迢,交通工具也十分落后,再加上国民党反动当局层层封锁,我们赴会省委有统一安排吗?"

来人答道:"党的六大开幕日期定在6月18日,为确保代表安全赴会,中央做了统一安排,为不引起敌人的注意,中央要求与会代表分批行动,接到通知的代表即刻出发,你和朱寿松同志一起赴会,先到上海，再从上海坐船去大连，所有的行程，中央都分别安排了各地交通员接待护送，你们必须服从交通员的指挥。"

蒋云不敢怠慢，接到通知的当天，他即以教书先生的打扮化装进城，与徐鸿英取得了秘密联系。此时的徐鸿英在党内的职务是省委特派员，在蒋云来与他会面之前，他已得到省委通知，知道蒋云与朱松寿成为党的六大代表。

因此，两人一见面，徐鸿英就向蒋云表示祝贺，并对他说："你们放心去吧，省委指示我在你赴会期间，负责起县委工作，并指示我筹备苏常特委，我想把苏常特委就设在江阴我家中，这样特委和县委的工作，可以同时兼顾。"

蒋云抬眼看了看徐鸿英，这段时间的操劳，徐鸿英明显消瘦了，千言万语涌到蒋云的嘴边，他又不知从何说起。他紧紧地将徐鸿英的手握了又握道："鸿英同志，革命的重担落到了你的肩上，请一定要注意安全！"

"放心吧，蒋云同志，等你胜利归来，我们再并肩战斗！"

蒋云与徐鸿英就县委工作做了简单交接，随即告辞离开。

第二日，蒋云与朱松寿装作生意人，乘上了开往上海的汽车。抵达上海后，与省委地下交通员接上了头，在交通员护送下，当天就乘上了从上海驶往大连的航船。

这是蒋云第一次乘船出海，大海的辽阔，让蒋云眼界大开。

黎明时分，早醒的蒋云与朱松寿从舱房中走出，来到了甲板上，借着黎明时的光亮，蒋云眺望着漫长的海岸线，他手扶着栏杆对朱松寿说："松寿同志，你看，祖国的山河多么壮美啊！希望我辈的努力，能使国人不再生灵涂炭！"

朱松寿比蒋云大三岁，1926年参加革命，1927年3月份参加了农民特训班，他的入党介绍人就是蒋云的五哥陈叔璇。他们两人同是一个入党介绍人，而且，朱松寿此前被国民党后塍公安分局的反动警察抓捕后，被倒扣在电灯厂院内的水缸里，正是蒋云的机智使朱松寿得救,朱松寿对蒋云更怀有感激之情。 中共江阴"一大"胜利召开后,蒋云当选县委书记,朱松寿积极配合蒋云组织领导农民运动,他对蒋云在革命斗争中体现的勇敢、冷静、睿智极为敬佩。

此刻,蒋云转过身来,将视线从海岸线转向大海。 眼前的大海,海浪迭涌、海鸥低翔,朱松寿触景生情:"江山如画,我们就是那海平面上喷薄而出的红日,一定会将革命的光芒照向神州大地。"

远处,一轮旭日从海平面上升起,那金色的光辉,镀在两个年轻的革命者脸上,他们相视一笑,眸子里,闪耀着同样的光亮。

抵达大连后,两人又在当地交通员的护送下,换乘火车赶往哈尔滨。

车到哈尔滨火车站,正是傍晚。 接站的是一名浑身洋溢着青春活力的年轻女同志。

一路上,护送的交通员都是男同志,现在陡然见到一名女同志,蒋云与朱松寿同时一愣。

"同志,你是?"三个人上了一辆马车后,朱松寿忍不住好奇心,问起她的名字。

蒋云朝朱松寿严肃地说:"党有严格的保密规定,问接头同志的名字违反纪律。"

朱松寿脸一红。 岂料,那个女同志不以为意,她嫣然一笑,反问:"你们谁是蒋云同志?"

蒋云还没来得及回话,朱松寿就一指蒋云道:"他就是!"

坐在前排的女同志看了蒋云一眼,笑着说:"你就是传说中领导江阴农民运动的蒋云同志啊,我还以为是个猛张飞,没想到是一个书生呢。"

蒋云淡淡一笑道:"秋白同志不也是一介书生嘛,还有创建井冈山革命根据地的毛泽东同志,都是书生,不照样领导革命。"

那女同志又是爽朗一笑,道:"蒋云同志,你一定好奇我怎么知道你的大名的吧? 那我告诉你,是秋白同志告诉我的。"

"秋白？ 瞿秋白同志？"蒋云激动起来。 瞿秋白的老家在常州，与江阴相距不远，那可是他的偶像呢。

女同志点了点头。

"那你就是杨之华同志？"蒋云猜测道。

"如假包换。"杨之华粲然一笑。

蒋云心里更是一阵激动。 朱松寿还没听明白：他们之间打的啥哑谜啊。

蒋云看朱松寿一头雾水，悄声告诉他："之华同志是秋白同志的爱人，也是优秀的革命者，前不久，刚当选中央妇女部长呢。 她亲自来接咱们，是中央对我们的重视和爱护啊。"

对于瞿秋白的名字，朱松寿怎么会陌生呢！

蒋介石发动的"四一二"与汪精卫发动的"七一五"反革命政变相继发生后，危急关头，瞿秋白召开党的"八七会议"，终结了陈独秀的右倾投降主义，呼应着"八一"南昌起义，号召武装反抗国民党反动派，那是何等的英雄气概啊！ 如今，瞿秋白同志的爱人杨之华，就在他的眼前，他难抑激动之情，问道："之华同志，我们能见到秋白同志吗？"

"能！ 当然能！ 不过不是现在，秋白同志筹备会议，已经先期去了莫斯科，你们到了莫斯科就会见到他。 不过……"说到这儿，杨之华欲言又止。

"不过什么？"朱松寿急问。

杨之华想了一下说："本来，这话是你们到了莫斯科后，会有人向你们传达会议的纪律要求，我现在提前告诉你们也无妨，党的六大虽然在莫斯科召开，但出席代表会后还要回国继续投身革命，中央为确保与会代表不因叛徒告密而被捕，所以对会议严加保密，所有会议代表全部以编号相称，并且除了开会外，事先不熟悉的会议代表不得相互串门交流，所以你们到了莫斯科后，不要主动去找秋白同志。"

"这样啊，之华同志，你放心，我们一定会严守会议纪律，只要见到秋白就好了。"朱松寿接话道。

这时,蒋云轻轻哼唱起一首歌。蒋云对音乐很是爱好,哼唱歌曲、吹笛弄箫也是他化解压力的一种办法。

"蒋云同志,你哼唱的什么歌啊?"朱松寿问。

杨之华抢着回答:"《国际歌》,法国人欧仁·鲍狄埃写的,秋白同志翻译过来的。"说到这儿,杨之华脸上泛起了自豪之色。

"能不能教我唱啊?"朱松寿急切地问道。

"可以,我唱一句,你跟唱一句。"蒋云停下了哼唱道。传唱《国际歌》,他当然极为乐意。

起来,饥寒交迫的奴隶!
起来,全世界受苦的人!
满腔的热血已经沸腾,
要为真理而斗争!
把旧世界打个落花流水,
奴隶们起来,起来!
不要说我们一无所有,
我们要做天下的主人!
这是最后的斗争,
团结起来到明天,
英特纳雄耐尔就一定要实现!
这是最后的斗争,团结起来到明天,
英特纳雄耐尔就一定要实现!
……

蒋云唱一句,朱松寿跟唱一句。杨之华也情不自禁地同唱起来。车厢内,豪迈的歌声飞扬;车厢外,"得得"的马蹄声敲击着空旷的大街……

第二天，在杨之华的亲自安排下，蒋云与朱松寿马不停蹄，换乘了一列火车去了满洲里。

满洲里位于蒙古呼伦贝尔大草原的西北部，东依大兴安岭，南濒呼伦湖，北接苏联，是接入苏联国土的陆路口岸。

其时的满洲里，被东北军阀张作霖控制，口岸哨卡密布，对进出境的人员严密检查。为确保会议代表的安全，中央指示会议代表：不能从口岸通过，要找机会偷偷越境。

蒋云与朱松寿在满洲里停留了两天后，才接到交通员通知：当晚越境。

当晚，天空似被拉上了一道黑幕，月亮和星星都被黑幕给遮住了，外面伸手不见五指。

在当地交通员组织下，蒋云与朱松寿坐上一辆准备好的马车，趁天黑越过中苏边境，进入了苏联境内。

马车将他们送到了一个临近边境的火车站，两人不敢稍做停留，下了马车后就打好火车票直奔莫斯科。苏联国境广袤辽阔，他们坐了十多天火车，才被送到了莫斯科。中央安排接站的同志，将他们送到莫斯科郊外一个叫兹维尼果罗德的小镇暂时住下。

屈指算来，他们4月初从江阴出发，辗转到莫斯科，一路上风餐露宿，历经了40多天时间。到达会址时已是6月，离大会开幕时间很近。幸亏一路上党组织做了组织严密的安排，未出一点意外，要不然，远隔着这万里迢迢，要如期到达参会，谈何容易！

2. 风雨"五一村"

1928年6月18日，天气晴朗，气候宜人。

地广人稀的莫斯科州纳法拉明斯克区五一村，安静宁和。

这一天，中国共产党第六次全国代表大会在五一村的原俄贵族穆辛·普希金的庄园主楼开幕。这是中共建立以来，唯一一次在中国境外召开的全国代表大会。

作为中国共产党一次重要的全国代表大会,为何没有选择在国内召开,反而要到万里迢迢的莫斯科来召开?

要回答这个问题,得回顾中国共产党建立之初的历史——

中国共产党自 1921 年创立以来,初期的力量很弱小,只是挂靠在共产国际下面的一个支部,接受共产国际的领导。

1928 年 2 月,共产国际中央执行委员会在莫斯科召开第九次会议,通过了斯大林和布哈林起草的《关于中国革命的决议案》,决议案相对客观地分析了中国革命形势,对中国共产党领导的中国革命做了肯定,同时也纠正了当时中国共产党内的盲动主义。

随后,共产国际指示中共中央,尽快召开全国党员代表大会,以贯彻共产国际做出的《关于中国革命的决议案》。当时由瞿秋白担任临时负责人的中共中央,经研究拟决定召开中共六大,但在选址时,因国内白色恐怖笼罩,找不到绝对安全的会议地点,经与共产国际沟通,鉴于中国国内形势的错综复杂,为防会议出现意外,共产国际同意在莫斯科这座"红色保险箱"里召开中共六大。

随后,中央政治局常委会做出决定,由瞿秋白、周恩来出国负责筹备第六次党代表大会。

从决定召开中共六大到六大开幕,只有短短几个月时间,时间非常紧迫,多数省份来不及选举代表,毛泽东、朱德、刘少奇、陈潭秋、李富春等党内主要领导人,由于种种原因也不能出席中共六大。

会议开幕那天,除了来自全国各地的 142 名代表外,共产国际负责人布哈林、共产国际东方部负责人米夫也参加了大会。此外,出席开幕大会的还有少共国际、赤色职工国际的代表以及意大利、苏联等国共产党的代表。

蒋云与朱松寿步入会场时,不大的会场内已经座无虚席。

会议的议程安排得非常紧凑,大会开幕后,共产国际代表布哈林做了《中国革命与中共任务》的政治报告,瞿秋白做了《中国革命与共产党》的政治报告,周恩来做了《组织问题报告和结论》及《军事报告》，刘伯承做了军事问题的副报告，李立三做了农民土地问题的报告，向忠发做了职工运动的报告。

在会议的讨论阶段，不仅清算了陈独秀的右倾投降主义路线，同时还批判了瞿秋白的"左"倾盲动主义错误。蒋云听了多名大会代表的发言，这才明白，江阴农民运动执行的是"左"倾盲动主义路线。虽然，蒋云对瞿秋白同志坚定的革命信仰、革命热情和革命才情极其佩服，但一码归一码，想到后塍暴动的最终失败，不正是"左倾"冒险主义酿成悲剧的一个缩影吗？因此，他认为这些批评是有道理的，而且一针见血。

休会的间隙，蒋云与朱松寿在会场一角小声交谈。

朱寿松说："秋白同志接受了同志们的当面批评，心里一定不好受啊。"

蒋云赞同地说："是啊，我也觉得批评过于尖锐了。"

没想到，他们的谈话，恰好被从他们身边走过的瞿秋白听到了，他停下脚步，很坦然且表情严肃地说："你们的谈话不对，革命尚处于探路阶段，我确实犯了'左'倾盲动的错误，给革命造成了损失，共产党人必须知错必改，同志们对我的批评，是本着对党忠诚、对革命忠诚的态度，我完全接受，绝不能掺杂任何私人情绪！"

瞿秋白的坦荡，让蒋云心里一震，也让他深受教育。看着他走远的身影，蒋云不由得赞叹道："这才是坦坦荡荡的共产党人的高风亮节！松寿同志，你我都是第一次参加党的全国代表大会，今后，我们再参加党的会议，一定把问题摆在明处，绝不能考虑个人情绪而藏着掖着，这是对革命负责的态度。"

朱松寿点头称是。

这次大会明确了中国革命的性质仍然是资产阶级民主革命，提出了党在民主革命阶段的十大政治纲领，即：一、推翻帝国主义的统治；二、没收外国资本的企业和银行；三、统一中国，承认民族自决权；四、推翻军阀国民党政府；五、建立工农兵代表会议（苏维埃）政府；

六、实行八小时工作制,增加工资、失业救济与社会保险等;七、没收地主阶级的一切土地,耕地归农民;八、改善兵士生活,发给兵士土地和安置工作;九、取消一切军阀政府的税捐,实行统一的累进税;十、联合世界无产阶级和苏联。

大会指出了当时国内的革命形势是处在两个革命高潮之间,党的总路线是争取群众。

大会还通过了《政治决议案》《苏维埃政权组织问题决议案》《土地问题决议案》《农民问题决议案》《职工运动决议案》《组织决议案提纲》《宣传工作决议案》《军事工作决议案(草案)》《共青团工作决议案》《妇女运动决议案》《关于民族问题的决议》,并通过了《中国共产党党章》第四次修正案,通过了《定"广州暴动"为固定的纪念日的决议》以及关于党纲、大会宣言问题的决议。

大会选举了新的中央委员会,选出中央委员23人,候补中央委员13人。大会同时还选举了中央审查委员会:孙津川、刘少奇、阮啸仙为正式委员,叶开寅、张昆弟为候补委员。

随后,六届一中全会选举了中央政治局及其常务委员会,向忠发、周恩来、苏兆征、项英、蔡和森为中央政治局常委。中央政治局会议选举向忠发为中央政治局主席兼中央政治局常委会主席。

对于向忠发这个名字,蒋云极其陌生。其实,非但他陌生,别的许多代表对向忠发也并不熟悉。

向忠发能在中共六大上"一步登天",离不开共产国际的力挺。

共产国际负责人布哈林为确保向忠发成为他们指定的中共领导人,在会上特别强调指出:"向忠发同志,他不是知识分子,是个工人;不是机会主义者,是个革命者。"

有了布哈林的支持,当时接受共产国际领导的中共中央,自然毫无悬念地通过了向忠发当选中共中央最高领导人的提议。

不过,当时的布哈林和共产国际都没有想到,几年后向忠发被捕变节投降。而他曾做过妓女的情妇被国民党反动军警抓获后,却视死如归，拒不交代。因此，才有了周恩来的那句广为流传的话："向忠发的操守，还不如一个妓女！"

当然，这已是后话。

关于中共六大的历史贡献，1944年3月，周恩来在《关于党的"六大"的研究》中对"六大"进行了全面系统的论述和研究。1945年4月党的六届七中全会通过的《关于党的若干历史问题的决议》，对中共六大的历史地位和作用，从总体上进行了概括与总结，非常明确地肯定了六大的路线基本上是正确的。

为什么说六大的路线基本上是正确的呢？

这是因为：第一，六大正确地指明了中国的社会性质，规定了中国革命的任务、动力和前途；第二，六大正确地分析了中国大革命失败后的政治形势，确定了党的总路线。按照大会的规定，党在当前的总路线，不是马上组织全国性的武装起义，而是争取群众，准备武装暴动；第三，六大总结了党领导的军事运动和建设的经验，提出了加强军事斗争的任务；第四，六大对党的组织建设与思想建设做了重要决定，提出了加强党的阶级基础，肃清各种非无产阶级思想的任务；第五，六大总结了过去革命斗争的经验和教训，反对了"左"、右两种错误倾向。由此可见，六大提出和解决的主要问题，特别是大会确定的党的路线的基本方向都是对的。

风雨如晦，中共六大恍如一盏革命的明灯，从历史深处一直照耀到现在和将来——

2013年3月23日，中共六大纪念馆启动建馆仪式。2016年7月，纪念馆正式对外开放，中共六大会址是中国革命历程的重要旧址，也是中俄两国人民深厚友谊的重要象征。

如今，随着中共六大会址展览馆的对外开放，众多的游人走进展览馆，历览着中国共产党领导中国革命的风雨历程，思绪百结、心潮起伏。

曾经寂寥无声的五一村，再度成为世人目光的汇集处！

3. 钱振标罹难

1928年7月11日，中共六大闭幕。

六大闭幕后，朱松寿、蒋云被留在苏联，参加为期半年的军事训练。

从6月18日开幕，到7月11日闭幕，在为期24天的中共六大会程中，蒋云听报告、参与讨论，他的视野一下子从江阴的局部提升到全党、全国的全局。会议上代表们长时间的争论，也让他感受到了党内竞争的尖锐和激烈，他下定决心：我的一切都交给了党，为了维护党的路线的正确，我蒋云可以随时牺牲一切！

1928年10月，蒋云回到上海，后秘密回到了江阴。

一到江阴，他就听到了一个令人振奋的好消息：在他赴莫斯科参加六大期间，再战后塍失败后率部过江转战靖江的茅学勤，已秘密率部返回江阴。6月8日，按照省委指示，江阴县委秘密召开了第二次党员代表大会，选举茅学勤担任县委执委书记，省委指派钱振标、徐鸿英负责指导江阴县委工作。随后，县委在东乡召开军事会议，将茅学勤保存的革命队伍改编为江阴赤卫队，并发动了多起武装革命，在江阴的长寿、周庄、杨舍、后塍等地筹组建立了苏维埃政权。

蒋云返回江阴后，立即与徐鸿英、茅学勤等人取得联系，向他们传达六大会议精神。与会的同志听了传达后，个个精神振奋，在组织领导江阴一年多来的大大小小的农民暴动中，他们既有胜利的喜悦，也有着血腥的惨痛教训。而六大明确提出"党在当前的总路线，不是马上组织全国性的武装起义，而是争取群众，准备武装暴动"的方针，准确分析了革命斗争形势，提出分步走的革命方针，这一方针是深入人心的。

茅学勤高兴地说："蒋云同志，你回来得正是时候，全县的农民运动野火烧不尽，春风吹又生，你就按照六大精神，带着我们干吧！"

然而，蒋云在向县委主要同志传达了六大会议精神不久，就接受省委的新任命，他将担任省委巡视员，负责苏锡常澄线的巡视工作。

蒋云赴任后,再次与共同领导江阴农民暴动的钱振标同志搭档。原来,1928年7月,江苏省委为了沪宁线各地武装斗争互相呼应、配合,决定建立京(南京)沪(上海)特委,指派钱振标担任特委委员、军委书记,组织领导沪宁线一带14个县的农民武装斗争。

工作中,两人密切配合,不顾个人安危,扑在组织领导农民武装斗争的第一线,使沪宁线、苏锡常澄线上的农民运动此起彼伏,引起了国民党反动当局的惶恐不安,他们一方面纠集军警、民团力量搜捕,另一方面悬出巨赏,发动见利忘义者告密。

在此形势下,蒋云与钱振标相互提醒,以防被捕。 一次,钱振标与蒋云秘密碰头时,提出他要到常州召开京沪特委会议。 蒋云刚从常州巡视回来,切身感受到常州风声很紧,他提醒钱振标:"常州的反动军警增强了防范,不宜开会。"

钱振标笑道:"蒋云同志,你小心过头了,这老虎也有打盹的时候呢,风声再紧,我们照样能安全地把会议开好。"

钱振标没听蒋云的建议,蒋云深深为他担忧。 不想,蒋云的预感真的不幸应验了。

1928年10月18日,钱振标来到常州,拟在大城旅馆召开京沪特委会议。 孰料,他甫到常州,反动军警的密探就得到了线报,并发电报告知了国民党江阴县公安局。

国民党江阴县公安局局长张品泉一听发现了钱振标,大喜过望,当即指派侦缉队长黄秉忠火速带人赶往常州,配合当地反动军警抓捕钱振标。 当日下午,被特务盯上的钱振标刚走到大城旅馆的会场,事先带人设伏的黄秉忠确认了钱振标后,举枪一挥,军警们一拥而上,钱振标不幸被捕!

敌人抓捕了钱振标后,旋即派重兵将他押送至江阴县。

张品泉为表功,赶紧将这一战果向县长申炳炎报告,申炳炎如获至宝,交代下来:"此人是共党在江南一带活动的重要分子,你一定要亲自审讯,务必撬开其口,交出隐藏在江阴县的共党成员,以期一网打尽。"

然而，张品泉在亲审钱振标时，无论是利诱还是威逼，钱振标始终坚称自己是做小生意的商人，名叫金雨生，其他的一字不肯透露。

张品泉审讯无果，一直等候好消息的申炳炎勃然大怒，他大骂张品泉是"饭桶"，并赤膊上阵，亲自审讯钱振标。

申炳炎审讯时，钱振标还是不松口。

申炳炎狂笑一声道："你不开口，不承认共党身份，自有人让你无法抵赖，来人，将证人押上来。"

不一会儿，狱警押上了一个形象猥琐的年轻人。钱振标认识此人，心里一惊，但很快镇定下来。

申炳炎得意地一笑，问道："这个证人你应该认识吧。"

钱振标坦然道："这人是谁？我不认识！"

"他……他就是钱振标。"张阿四指着钱振标道。

钱振标朝他眼睛一瞪，他的目光哪敢跟钱振标咄咄逼人的目光对视，他眼神迷离，头低向别处，但嘴里还是咕哝道："他就是钱振标。"

申炳炎心里有了底，他挥了挥手，狱警将张阿四押了下去。

申炳炎冷笑道："钱振标，你还有何话说？"

钱振标知道自己的身份已经暴露，无法再做隐瞒，索性坦然一笑道："不错，我就是钱振标。"

"好，痛快！"申炳炎自以为攻破了钱振标的心理防线，追问道，"只要你交出江阴县共党的名单，我保你没事。"

钱振标用嘲讽的语气说："好啊，要我交出江阴共产党的名单可以，不过，你必须把江阴的城墙先拆掉。"

申炳炎一脸不解地问："交代共党名单与拆城墙有什么关系？"

钱振标哈哈一笑道："如果反对你们的都是共产党，那么江阴人民全是共产党员。不拆掉城墙，城里站得了吗？"

申炳炎这才明白，自己被钱振标戏耍了一通，他气急败坏地说："钱振标，你是敬酒不吃吃罚酒，来呀，上大刑，我要看看到底是你的骨头硬,还是刑具硬。"

烙铁、老虎凳、辣椒水……敌人将刑具都上完了,钱振标还是未吐露半个字。

申炳炎见这块硬骨头实在太难"啃",他眼珠一转,又换了一种嘴脸,他走到钱振标身边,一脸媚笑道:"振标啊,念你曾是国民党员,在北伐前,也是江阴县国民党党部的创建者之一,我决定放你一马,只要你写一张自首书,即可开释,出狱后还能为党国继续效力。"

钱振标口气坚定地说:"你别做梦了,我钱振标投了红旗绝不投白旗!"

申炳炎见撬不开钱振标的嘴,无口奈何地退出了审讯室。但他还不死心,又将钱振标母校的校长、美国人沈文蔚请来,请他出面做说服工作。那天,沈文蔚拎着一包苹果和蜜橘走进了牢房,钱振标见是老师来探监,出于礼貌,与他寒暄了几句。

沈文蔚是个"中国通",说得一口流利的汉语。他隔着牢门看到钱振标受了刑,故作痛苦地说:"你是个才华出众的人物,尽管你今天落到这种地步,政府还是器重你的。以我之见,共产党是成不了大事业的,你何苦如此呢?还是回心转意站在政府一边吧。"

钱振标一听,顿时明白这沈文蔚是来替国民党反动当局当说客的,他顿时变了脸,没好气地道:"别来游说了,我对于共产主义信仰至死不变!"说罢,他将沈文蔚带来的那包礼物扔出了牢门外,然后背对着牢门,不再理会沈文蔚。

沈文蔚碰了个"大钉子",脸红脖子粗地退出了牢房。

申炳炎见争取不了钱振标,遂气急败坏地下令枪决。

1928年11月25日下午,钱振标神态安详地换上了一身整洁的长袍马褂,拖着一副沉重的铁镣上了一辆黄包车。几十个军警将他押送到江阴君山南麓陆家坟场,准备枪决。

行刑前,敌人要他转过头跪下。

钱振标却面对枪口说:"要死站着死,开枪吧!"说罢,他高呼:

"共产党万岁！ 万万岁！"，随着一声枪响，34岁的钱振标倒在了敌人罪恶的枪口之下……

钱振标牺牲不久，一份手抄的钱振标遗嘱传到了蒋云手中。

据了解，钱振标生前曾留下两份遗嘱，一份是写给党组织负责人的，一份是写给其家人的。其中，写给党组织负责人的遗嘱被反动当局扣押，不知下落。辗转传到蒋云手中的手抄件，是钱振标写给他家人的遗嘱。这份遗嘱现存于中国革命博物馆，遗嘱中写道：

我已做了待死之囚。我别的话都不说，我有一篇遗嘱，请你保存着，有同志出去，就请他带出去，给一份我家里，给一份负责人，请他待我行刑后，即交报馆披露，至感至感。

余以努力中国革命，历年奔走南北，无时或息，不治生产，不顾家室，母则双目失明，妻则中途离异。无子无女，断种绝嗣，今且并此孑然一身，亦将为革命而牺牲矣。革命到如此地步，亦可自问无愧，而荣幸为何如乎！凡我家属亲友，切勿以我死而悲哀，当偕我同呼革命口号也。

我死后，切勿棺葬，可火葬后投入大江，随滚滚东流而入大海，何等干净！现在中国社会之坟墓制度，以一袭臭皮囊占据能生产之土地，实为万恶，望革命当局，将此制度随我同葬江海，亦革命事业之一也。

义贞爱友，我死勿过悲，善保汝体，善事吾母，侍吾母归天后，汝方能大解脱。继父伯母，均有人侍奉，毋庸过虑。

我家遗产，仅破屋两间，荒田十亩，我母在时，谁也不能变动。我母死后，伯父家遗田，可悉归金姊、才妹主持。屋及西边堂后六分，可分给四姊外甥家，西田给保根抵债。邢家田二亩，西边田一亩三分，除母亲丧费外，可捐入公家作教育。此嘱。

那刚劲有力的笔锋，那掷地有声的语句，抒发了一位革命者无私无畏的心声、慷慨就义的豪情！

蒋云捧着遗嘱，读了一遍又一遍，每读一遍，他的泪水就止不住潸然而下。心里默默地说:"振标,我的好大哥,你的未竟事业,我一定全力以赴,哪怕步你血洒法场的后尘,亦在所不惜、无怨无悔!"

4. 重建无锡县委

夜,漆黑如墨。几盏昏黄的路灯闪烁不定。

一阵凌乱的脚步声,从无锡县城中的一条街巷渐去渐远,直至消失。

两条黑影从胡同里闪了出来,其中一人低声道:"蒋云同志,巡逻的军警走远了,暂时不会回头,我们抓紧时间,赶快对接上同志,布置好任务,务必在天亮前撤退出城。"

说话的是吴治田。另一个则是时任省委巡视员的蒋云。

蒋云盯着幽深的巷子,低声道:"无锡县委屡遭破坏,看这阵势,县委机关城里站不住脚了,我建议县委转移到农村去。"

"嗯,你说得有道理,但愿陈志方能平安无事。"

陈志方即陈士骥的化名,他与蒋云一样,也出身于书香门第,父亲是一个小学校长。1925年,经共产党员乔心泉的介绍,加入了中国共产主义青年团。1927年,由时任中共无锡县委书记孙逊群,以及蒋云的五哥陈叔璇共同介绍,加入了中国共产党。他一直寄居在无锡城中观前街的外祖母家中,秘密从事地下工作。

说话间,两人钻进了一条黑暗的小巷子,走到一户临巷的简陋民房前停下,蒋云警惕地朝四处看了看,发现没有跟踪者后,才扬手轻声敲门。

不一会儿,门"吱呀"一声开了,从门里探出一张年轻男子的面孔,他不认识蒋云,但与吴治田是老熟人,他轻呼一声:"治田,你怎么来了?"

"这里不是说话之地,进屋再说。"

年轻人回过神来,赶紧将他们让进屋内后,小心地插上门闩,领着二人穿过弄堂,直奔里间。里间是一个小房间,亮着一盏油灯,房间里摆放着一张小木桌，桌上堆了几本书。

年轻人搬来两张木凳，让二人坐下。

吴治田做起了介绍，他先向蒋云介绍年轻人："这就是陈志方同志。"

接着，他又郑重地向陈志芳介绍了蒋云："这是蒋云同志，省委巡视员。"

"你就是蒋云同志？"陈志芳眼睛放出光来，惊喜地打量着蒋云。江阴农民暴动已在无锡县传开，钱振标、蒋云、茅学勤等农运骨干的名字，无锡的共产党员几乎耳熟能详。

会面的时间紧急，蒋云与陈志芳握过手后，即切入正题道："无锡的情况怎么样？"

"问题很严重！"说到这儿，陈志方脸上布满阴云，叹了口气说，"县委在白色恐怖下坚持斗争，极为艰难，县委及下面的支部多次受到破坏，不少同志被捕，县委现在几乎已名存实亡了。"

尽管事先已做了思想准备，但听陈志方的介绍，蒋云心里还是"咯噔"了一下。无锡县委的遭遇，不用陈志方多说，蒋云早就了然于胸。因为他的五哥陈叔璇曾在无锡艺芳小学任过教，艺芳小学建立过党支部，支部书记就是陈叔璇。

从党组织的创建时间来说，无锡县的起步不比江阴县晚。早在1925年1月，无锡就建立了中共无锡支部，薛萼果同志任支部书记。同年9月，无锡支部改建为独立支部，杨锡类同志任独立支部书记。1927年2月16日，为配合和迎接国民革命北伐军进城，中央派遣浙江平湖人张佐臣来无锡筹组成立中共无锡地委，负责无锡、江阴、常州、苏州四地党组织工作，张佐臣任中共无锡地委书记，在他的领导下，无锡地区党的工作得到了较快发展。

蒋介石发动"四一二"反革命政变后，张佐臣被国民党反动当局悬赏通缉，他在安排好地委同志的转移隐蔽后，秘密回沪，被调任为上海总工会组织部部长，后在中共五大上当选中共中央监察委员。6

月29日，张佐臣、杨培生等人在上海北四川路横浜桥总工会秘密会址开会时，被敌人逮捕，当晚被叛徒指认出卖。7月1日，他在上海枫林场刑场遇害。

张佐臣离开无锡后，中共江浙区委指派江元青接任无锡地委书记，同年10月，经党组织决定，派江元青去苏联莫斯科东方劳动大学学习。江元青领受新任务后，原中共江阴县独立支部书记孙逊群接受组织安排，在无锡创建中共无锡县委。县委刚创建不久，10月23日晚8时，在北门惠农桥73号地下工会机关召开工人干部会议时，因叛徒的出卖，遭到反动警察的突然包围，孙逊群等7人不幸被捕。11月13日下午3时，孙逊群等7人在无锡南校场遭杀害。

无锡党组织创建以来，虽历经风雨洗礼，却前仆后继地组织领导着当地的农民运动。就在孙逊群等县委同志被捕后不久，11月9日，无锡农民运动负责人杭果人、严朴在无锡县东北乡组织了近万名农民暴动，一鼓作气攻占了东北乡的13个村镇，所到之处，地主家中的义庄、仓厅、住宅被捣毁，田单、契约、账册被焚毁，罪大恶极的土豪劣绅被严惩，当地农民扬眉吐气。

与江阴一样，大规模的农民运动遭到了国民党反动当局的疯狂镇压。1928年4月，国民党第32军军长钱大钧指派第3师第2团开赴无锡，与驻守无锡的第3师第1团会合，加大兵力联合"剿共"。在敌人的重压之下，无锡县党组织屡遭破坏，农民运动进入低潮期。

就在蒋云担任省委巡视员不久，无锡县怀上、怀下的200多农民袭击了安镇上山村大地主朱枚志，将其正法。国民党反动当局当即疯狂反扑，反动军警围剿中，百余户村民被洗劫，1050户农民被抢劫，520多间房屋被摧毁，109人被杀害，415人被捕。

无锡党组织被破坏的情况，可从中共江苏省委写给中共中央的信《关于组织无锡、上海暴动给保和兄的信》中看出，"保和兄"即中共中央的代号。信中写道："近来因反动派军警到处搜查，机关几乎被破坏，同志家中大半被抄，白色恐怖非常厉害……"

由此可见,蒋云赴无锡重建县委是多么的艰难!

但再艰难,蒋云有着坚定的革命信仰,他不害怕,他给陈志方鼓劲道:"虽然我们的革命事业暂时受挫,但放眼全国,几万名共产党员站起来了,与反动当局以血相抗,我们面临的困难只是暂时的,革命的火种已经点燃,就绝不会熄灭,你们别灰心,按照省委重建无锡县委的指示,我联系了吴治田同志找到你,就是想就重建县委的工作交换意见。"

蒋云的话,吹散了陈志方心中的阴云。他说:"蒋云同志,你有丰富的斗争经验,又是党的六大代表,有你来帮助重建无锡县委,我和治田同志充满信心。但我担心县委屡遭严重破坏,个别同志可能有沮丧的情绪。"

"这好办,在条件成熟时,我会代表省委与他们谈话,鼓舞他们的斗志。"

"那就太好了,我没什么担忧的了。"陈志方道。

蒋云又对吴治田道:"治田同志,在省委未明确新的县委书记时,你和陈志方同志要紧密合作,拧成一股绳,合力做好县委重建工作,遇有什么困难,随时与我联系。"

"蒋云同志放心,我们一定在你的指导下,尽快重建好县委。"吴治田口气坚决地说。

这次会面后,蒋云又多次与吴治田、陈志方等人秘密碰头,指导他们联络党员,对个别产生思想动摇或有波动情绪的党员,蒋云不顾安危,代表省委与他们谈话,打开他们的思想疙瘩,为县委重建铺平了道路。他还根据无锡的斗争形势,指导吴治田、陈志方等人将重建后的县委机关转入农村隐蔽,并将他在农村隐蔽时的工作经验,毫无保留地向他们传授。

经过蒋云的努力,无锡县委成功重建。在此后的革命活动中,无锡党组织犹如不熄的革命火种,始终点亮在江南大地上。

5. 播火徐海蚌

1928年10月，正是秋收季节。

广袤的苏北大地，金黄色的稻穗在风中摇首摆姿，农民们面朝黄土背朝天，在稻田里忙着收割。

这天下午，沛县农村的一个泥路田埂上，走来两个身着青布长袍的年轻人。走在前面的正是蒋云，跟在他后面的是警卫员小王。他们化装成下乡收稻谷的商人，到农村搞调研。

蒋云怎么出现在苏北农村？

原来，这一年的7月，江苏省委通过了《江苏农民秋收斗争决议案》，决定组织淞浦、沪宁、南通、淮盐、徐海、扬州6个特委展开秋收斗争。省委将徐海蚌地区列为全省掀起秋收斗争的重要区域之一。1928年9月，省委召开专门研究徐（徐州）海（东海）蚌（蚌埠）地区工作的会议。省委负责人李富春在会上指出："徐海蚌一带是南北交通的咽喉、军事要地，但党的基础薄弱，目前还在创建组织的阶段。当前工作的重点除广大农村外，首先注意两路（津浦、陇海）、一矿（贾汪）的工作。"

按照省委会议精神，这年9月，省委指派罗世藩到徐州筹建徐海蚌特委。

9月20日，罗世藩召集徐海地区的12县（当时徐州所属8县包括：丰县、沛县、萧县、砀山、铜山、邳县、睢宁、宿迁；东海所属4县包括：东海、赣榆、沭阳、灌云）党组织负责人在徐州开会。会上宣布成立中共徐海特委，罗世藩、董畏民、李超时3人为特委常委，罗世藩为特委书记。特委机关设在徐州。

10月初，徐海特委与蚌埠所属7县（宿县、蚌埠、灵璧、泗县、五河、凤阳、怀远）的党组织取得联系，蚌属7县党组织并入徐海特委，经省委批准同意，原徐海特委改为徐海蚌特委，并由蒋云出任徐海蚌特委书记。

蒋云一到徐州，刚到临时住处放下行李，即与特委的几名同志碰了个头，了解面上的情况。 特委的同志告诉蒋云，徐海蚌 19 个县现有共产党员 1000 余人，党员主要集中在徐州和各个县城。

蒋云认真查看了地图后指出："徐海蚌地区地跨苏、皖、鲁、豫 4 省 20 多个县，1000 多人的党员队伍数量看似不少，但平均到各县，每个县的党员数量不到 50 人，而且党员集中在城市，不利于党在农村中的发展，我们要积极深入农村，同时在津浦、陇海铁路工人和贾汪、枣庄、烈山煤矿及周边县市的苦力、手工工人、贫民中发展党员，组建党的组织，这样工农运动才能相互呼应，革命斗争才能得到壮大和发展。"

蒋云与特委的同志理清了思路后，第二天凌晨，他就准备秘密到农村做调研工作，当特委的同志得知他选择了沛县时，面露难色："沛县党员人数极少，群众工作不够扎实，下去调研不安全。"

"沛县现在有党组织吗？"蒋云问。

"还没有建立党组织，全县现在只有一名党员。"

蒋云了解到，沛县这唯一的党员是孟昭佩同志，他在青墩寺小学以教书做掩护，秘密开展党的工作。

"沛县人口较多，为什么党员没发展起来？"蒋云问。

"蒋云同志，情况说来比较复杂，我简单说吧，沛县的地主豪绅势力很大，对农民管束得很紧，难以开展工作啊。"

"那我更必须去沛县，地主豪绅越是压迫贫苦农民，农民的思想工作越好做，但沛县没发展起来，我倒要去看个究竟。"

蒋云主意已定，特委机关的同志不好再劝。 他们拟多安排几名同志护送陪同，被蒋云阻止："下去的人越多，目标越大越危险，我就轻车简从，带一个警卫员下去就可以了。"

沛县位于徐州西北部，东靠微山湖，处于苏、鲁两省交界之地，战略地位十分重要，因古有"沛泽"而得名，为汉高祖刘邦的故乡和发迹之地，亦是明太祖朱元璋的祖籍，向有"汉汤沐邑""明先世家"和"千古龙飞地"之称。

沛县重要的战略地位，也是蒋云首选沛县做调研的重要原因。

这天，他和警卫员小王与沛县特别支部的孟昭佩秘密接头后，随即信步出城，走到距城10多里的一片稻田，他们看到十几个衣不蔽体的农民正在田间收割水稻。

蒋云停下来，主动跟他们打招呼："老乡，今年收成不错啊，能吃得饱吗？"

一个50多岁的农民离田埂较近，听到这话，直起腰来看了一眼蒋云。

老农的脸上刻满了岁月的皱纹，露出的是长期营养不良的青黄之色，他愁苦地搭话："听你口音就是外乡人，不晓得我们这儿的情况，这田是我三太爷家的，收上来的粮食都归我家三太爷，哪能有我们的份啊！"

听老农这口气，蒋云不用细问也心下明白，天下穷苦人都一样，没有自己的土地，他们起早贪黑地劳作，可连饱肚子都混不上；那些不用劳作的地主豪绅却吮吸着他们的血汗，养尊处优。人逢乱世，何来公平可言！

不过，他听得老农提到了"我家三太爷"，好奇地问："大伯，你是给你亲戚家做佃？"

老伯抬头，暗朝远处一指。顺着他的手指处，蒋云看到一个30多岁、身穿绸缎马褂的人带着几个家丁耀武扬威地在田间巡视，看到劳累稍息的农民，就指使家丁拿鞭子抽打。

老农小声地说："哪是什么亲戚啊，唉，那就是我家三太爷。"

警卫员小王是徐州当地人，他悄声告诉蒋云："我们这一带，农民和佃户看到地主都要称太爷，而且佃户对他供养的地主则要加上'我家的'三个字，以示尊重，要不然，就是大不敬，要挨打。"

正说着话，那"三太爷"看到田埂上有两个陌生人正在与他的佃户说话，带着家丁走过来看究竟。他们气势汹汹走来后，那个与蒋云搭话的老农面露惧色，赶紧对蒋云说："你们快走，我家三太爷来了。"说完,他继续低头收割。

"彭老头,你嘀咕啥呢? 是不是偷懒,要吃鞭子了。"一行人来到蒋云跟前,"三太爷"瞪着滴溜溜的贼眼,上下打量了一下蒋云,然后没好气地喝道。

那老农一听这话,放下镰刀,"扑通"一声跪到了"三太爷"面前,连连告饶道:"我家三太爷,我可没偷懒,求您饶了小的。"

"还说没偷懒,我分明看到你跟他们说话。 来人,给我抽10鞭子。"

都民国年间了,还兴磕头!

蒋云气不打一处来,正欲发作,小王拉了拉他的衣角,轻声说:"咱们这儿,农民见到地主都要磕头。"

小王的提醒,让蒋云冷静了下来。

他见一个家丁正扬着鞭子要抽"彭老头",情急之下,他抓住了鞭子。 那家丁正准备反抗,小王一见情势不妙,急忙赔着笑脸道:"三太爷,他是我家高少爷,刚刚我们在问路。"

"高少爷? 哪家的高少爷?""三太爷"又上下打量着蒋云。

小王挺机灵,上前跟"三太爷"附耳说了几句话。"三太爷"的脸色顿时阴转晴,他换上一副笑脸,朝蒋云拱了拱手道:"原来是高少爷,失敬失敬,这里不是叙话之地,可否请高少爷赏光,到寒舍一叙?"

蒋云虽然不知道小王跟"三太爷"说了些什么,为了不节外生枝,他也与"三太爷"虚与委蛇地应对了几句道:"我还有事,改日再登门拜访。 不过,还请三太爷赏我个人情,我跟这位老彭问个路,还请三太爷高抬贵手,饶了他。"

"好说,好说。"说着话,"三太爷"朝那个还扬着鞭子的家丁一瞪眼道,"还不放下鞭子。"那家丁听得主子发话,赶紧放下了鞭子。

告辞了"三太爷"后,蒋云问小王:"你刚刚跟他讲了什么,他态度就大变了?"

小王得意地一笑,道:"我告诉他,说你是徐州茂丰粮行掌柜高老太爷的公子,这茂丰粮行在徐州的势力很大,有官方背景,他一个乡下的土地主,哪有这个胆子敢得罪茂丰粮行。"

"可我分明说的是外乡话,能瞒得过他?"

"蒋云书记,我在跟他耳语时,说你刚从上海学成归来,这样他就不会起疑了。"

"小王,真有你的。"蒋云夸奖了小王一句。不过,他脸上的笑容没保持多久,很快就剑眉紧锁。小王在路上告诉他,徐海蚌这一带的地主豪绅与反动军阀明勾暗结,不断搜刮穷苦老百姓,再加上当地的土匪比较多,百姓遭受反动军阀、地主豪绅、土匪的洗劫,几乎是十户十空。

这些情况,与江阴当地穷苦百姓的遭遇差不多。不过,小王后面的话,却让蒋云气得怒火中烧:原来,当地还有一个陋习,即穷苦百姓家讨媳妇,地主享有"初夜权",看得顺眼的媳妇,就被地主强扣在家。

听完这话,蒋云站定了身子,目光坚毅地看着前方道:"我们要尽快发展农村党员,组织农民运动,坚决打倒反动军阀和地主豪绅,让老百姓不再做牛马,过上好日子!"

这次到农村调研的半个多月时间,蒋云先后跑了几个县,与所到之地的党组织负责人秘密碰头,鼓励他们按照特委的要求,尽快在穷苦百姓中发展党员,并立即开展农民工作,为组织暴动做好准备。尤其对于沛县城的党员发展工作,他更是对孟昭佩同志面授机宜。在蒋云的指导下,孟昭佩先是在学校师生中发展了几名中共党员,不久在青墩寺附近的松树林里秘密集会,成立中共沛县特别党支部,孟昭佩被选为特支书记。特支成立后,不断向农村播撒革命火种,吸纳农民党员,到这年冬天,全县党员数已达 20 多人。

蒋云到徐海蚌特委工作期间,党员数不断增长,至徐海蚌特委召开党员代表大会时,党员总数已达 1600 多人,有力地壮大了徐海蚌地区的党组织力量。

6. 碾庄会议

一个党员,是一个星火;一个基层党组织,是一个火炬。

蒋云在徐海蚌特委工作期间,除积极发展扩大党员队伍外,还结合各地实际,将一个个"星火"聚成"火炬",积极建立和完善各地党组织。至1928年底,徐海蚌特委下辖9个县委、4个特支、145个支部,有1601名党员。

其中,宿迁县委在蒋云等特委同志的直接指导下,先后建立了大兴、洋河、耿车、埠子等4个区委,创建党支部36个,至当年底,党员数发展到604名,城镇、乡村、军营、学校到处都有地下党的组织,是徐海蚌地区党员最多的一个县。

徐海蚌地区的党员队伍不断发展壮大,党的组织建设需要加强和规范,党员的思想素质也亟待提升。对此,蒋云结合江阴县委的工作经验,拟尽快组织召开徐海蚌党员代表大会。

在向省委请示时,省委回复:同意召开中共徐海蚌第一次党员代表大会,建议选举产生特委班子时,同时选举出席中共江苏省委二大的代表。

得到省委的指示后,蒋云即和特委同志投入到会议的紧张筹备之中。

1928年12月5日至7日,中共徐海蚌第一次党员代表大会,在邳县碾庄小李庄的村民李玉璞家中召开。出席大会的代表共计23人,其中正式代表12人,分别来自铜山、东海、蚌埠、宿县、宿迁、凤阳、邳县、睢宁、萧县9个县,另有列席代表11人。

会议由蒋云主持,他首先向参会代表传达了党的六大精神,他说:

"目前,我们正处于一个过渡时期,我们要正确认清当前所面临的严峻形势,即反革命势力超过工农。由于帝国主义势力不会轻易放弃在中国的特权，中国国内的社会矛盾在向前发展，统治阶级内部的冲突也在日益发展，新的广大的革命高潮是不可避免的。党的总路线是争取群众，准备起义，而不是立即举行全国性的起义。为了完成党在各方面的工作任务，我们必须加强党的组织建设和思想建设，积极恢复和发展各级组织，发扬党内民主，实行集体领导，肃清各种错误倾向，努力加强自身的战斗力及党的无产阶级化。"

说到这儿，他进一步加强了语气说："我到特委工作后，特委的同志建议我尽快组织工人武装暴动，这不符合中央的指示精神，党的六大提出了党在职工运动中的主要任务，是争取工人阶级的大多数。为此，必须坚决反对强迫工人罢工和盲目实行武装暴动，必须用最大努力恢复革命工会，用一切力量团结统一无产阶级群众，尽可能地领导群众日常的经济斗争和政治斗争，发展工农群众组织。"

说到这儿，蒋云扫视了一下会场。记得他刚到徐州时，就有同志向他请示，要组织工人罢工，与国民党反动派做武装斗争。当蒋云对此表示反对时，有人不服气地反问："蒋云书记，你在江阴组织领导了多起农民运动，也组织过工人罢工，为什么徐海蚌地区不能开展？"

蒋云解释道："各地的情况有所不同，徐海蚌地区的条件还不够成熟。"接着，蒋云向他们讲清了江阴农民运动的得与失，并分析了徐海蚌地区地广人稠，党员力量十分薄弱，而军警力量十分强大的事实。他们听进去了，对激进罢工的想法按下了暂停键。现在，他们又听取了六大精神的传达，更抑制住了急于求战的思想。

对于农民运动，蒋云也结合六大会议精神提出："同志们要有清醒的认识，农村地主豪绅阶级是革命的主要敌人，无产阶级在乡村中的基本力量是贫农，中农是巩固的同盟者。应无代价地立即没收地主豪绅阶级的土地财产，没收的土地归农民代表会议处理，分配给无地及少地的农民使用。对于富农要根据其对革命的不同态度予以区别对待，在同军阀、地主豪绅斗争时，要争取富农，现阶段的任务，是使这种富农中立,以减少敌人的力量。"

蒋云特意强调了争取富农、团结中农的要求,这是他下乡调研的成果之一。他在调研中发现,个别县的党的基层组织,在发动农民投身革命时,将一些富农、中农也当作了斗争对象。在这次会议上,他对此果断叫停。

蒋云自己对六大精神的深刻领会和及时向下的传达,统一了特委同志的思想,也纠正了一些党组织在基层过激的做法。

蒋云在报告结束前,重点提出发动和支持妇女斗争的想法,他说:"在徐海蚌地区,有一个封建恶俗,贫农佃农娶媳妇,初夜权要给地主豪绅,农民给他们当牛做马,他们还不满足,还霸占贫农佃农的妻女,简直比吸血鬼还坏,我们在组织农民运动时,不光要发动男同志与军阀、地主豪绅作坚决的斗争,还要发动广大妇女同志奋起抗争。"

他的讲话,引起了与会代表的共鸣。

出席大会的两名女性代表,激动地起身呼起口号:"妇女团结起来,打倒地主豪绅!"

按照蒋云的提议,大会对妇女工作做了专题研究,并宣布在特委成立青年妇女部,要求各县党组织、农会都要相应成立青年妇女部,以发动支持青年及妇女的斗争。

大会选举产生了11名特委委员,选举蒋云为特委书记。同时选举蒋云、王焕章(张仲逸)两人作为徐海蚌地区出席省委二大的代表。

7. 文斗"窑木款"

徐海蚌特委召开的"一大",恰似火星扔进了干柴垛,迅速燃起了革命的熊熊火焰。

会后,各地的革命斗争在党的六大会议精神的指引下,风雷涌动:

——邳县县委书记范玉贤根据中共徐海蚌"一大"会议决议,返邳后成立了邳南、邳西、邳东三个区委,发动农民成立农会、短工会,组织领导了八义集 60 余户佃农抗租,土楼、陈圩等村抗租、抗借粮、抗压低粮价斗争,以及碾庄短工会的增加工资斗争,均取得了胜利。

——东海县特支书记李超时以学校为基地,利用集市宣传发动农民。年底,孙秉涛领导全县小学教师代表,向县政府展开索薪斗争。县政府被迫发放欠薪,斗争取得胜利。

——睢宁县东南区委书记郭仲彝领导贫苦农民成立穷人会,发展会员近百人。西北区委书记陈新然发动农民成立长工会、短工会、农民协会,与封建地主展开增加工资的斗争,取得了胜利:斗争前,长、短工的工资,全由地主决定;斗争后,改由长工会、短工会或工资协商会议决定。苏塘营、庆安集一带短工会还把议定的工资标准张贴到街头巷尾,使地主不敢任意降低工资。经过斗争,当地的长工工资由每年的 200 斤粮食增加到 600 斤至 800 斤,短工工资由每天不到一升粮食,增加到 3 升及 4 升,而且劳动时间有所缩短,悬租、高利贷也大为减少。

——特委委员、东海中心县委书记李超时在开展党的工作时发现,云台山上有万亩山林被山霸地主霸占着,不准穷人上山砍柴拾草,使向来靠上山拾草担柴度日的贫苦农民生活更加困苦,怨声载道。李超时决定以大村为中心,发动一次反山霸斗争。他先派 3 名党员深入贫穷农民中组织扁担会,提出"创共产,救穷人,除山霸,还山林"的斗争口号,几天之内。会员即达 300 多人,经过斗争,使山霸地主作出了让步。

——徐海蚌"一大"前,中共蚌埠临委遭到破坏。"一大"后,特委指派朱务平同志到蚌埠进行恢复工作,重建中共蚌埠特支。在蚌埠,朱务平深入工人、农民中间开展工作,并在斗争中培养积极分子,扩大党的组织,使蚌埠党的工作得以恢复。

一个个胜利的捷报传到了特委,传到了蒋云的耳中,让他十分欣慰。

这天，蒋云正在特委的秘密机关里写一份向省委汇报的报告。警卫员小王敲门进来向他报告："蒋云书记，铜山县委的负责同志想进来汇报工作。"

"快请进来。"蒋云立即起身。

不一会儿，铜山县委书记赵龙云带着贾汪煤矿特别党支部书记鹿周继跨进门来，蒋云还没把门关上，赵龙云就嚷开了："远记公司太不像话了，欠着窑木款不给，还殴打要债的贫苦农民，咱们要给他们点颜色看看。"

蒋云没答话，他关上了门，让两人坐下后，又给他们倒了一杯水，这才轻声说道："龙云同志，咱们这机关在敌人的眼皮底下，你声音小一点。"

赵龙云不好意思地一挠头皮，压低声音说："哎呀，平时嗓门大惯了，我这就改。"

"你刚才说到窑木款，究竟是怎么回事？"蒋云问。

"具体的情况就由鹿周继汇报吧，他比我清楚情况。"

蒋云将目光转向鹿周继。

鹿周继汇报了这么一件事：贾汪煤矿由上海远记公司管理经营，远记公司为修复老井和开设新井，在贾汪地区周围，向农民大量收购窑木，光打欠条不付钱，还派出矿警无理殴打前来讨要窑木钱的农民。

"这是资本家仗势欺人的伎俩，龙云同志，你们县委打算怎么办？"蒋云自己没有先表态，先征求起赵龙云的意见。

"欠钱不还，还仗势欺人，这样的反动资本家，我们当然要以牙还牙，我跟鹿周继商量过了，组织武装农民，攻打远记公司。"赵龙云义愤填膺地说。

"嗯，鹿周继同志，你的意见呢？"

鹿周继苦着脸说："我们也想斗争，但远记公司驻有武装矿警，明斗肯定要吃亏。"

鹿周继刚说完,赵龙云就跟他争执起来:"革命就要不怕流血牺牲,跟他们斗,我们无所畏惧,我们就拿远记公司开刀,打响徐州开向资本家的第一枪。"

"龙云同志,你的想法是好的,但不符合上级的要求,我代表特委也不赞同你硬斗的想法。这是一场经济斗争,我们就事论事,不要轻易往政治斗争上靠,我反复讲过,革命要积蓄实力,在条件不成熟时切不可盲动。"蒋云这才抛出了他的想法。

"这……蒋云同志,你说的是这么个理儿,我是听到这消息头气炸了,恨不得拿起枪就给他们来一梭子。"赵龙云听了蒋云的话后,情绪没那么激动了。

蒋云又说:"这窑木款斗争一定要搞,但不能像龙云同志所讲的武斗,我们可以文斗。"

"文斗,怎么个文斗法?"赵龙云与鹿周继同时睁大了眼睛,盯着蒋云。

蒋云想了想道:"他们不是打了欠条嘛,我们就花钱从农民手中筹集一些欠条,我们的同志持着这些借条,就变成了远记公司的债主,然后发动农民和工人一起去讨债。"

"对啊,这主意太妙了!"赵龙云与鹿周继同声叫好。

按照蒋云的布置,赵龙云和鹿周继转买了七吊钱的欠条,发动了几百名农民和工人一起前去远记公司讨账。

远记公司的管账先生和矿方一见这阵势,闭门不见。鹿周继火了,他带领百十个人用枕木撞开矿场经理李剑池办公的房子大门,威逼李剑池出面谈判。

李剑池见众怒难犯,提出派代表谈判,早已准备好的赵龙云、鹿周继等5名代表主动站出来,与李剑池谈判。谈判中,代表们据理力争,坚不让步,最终迫使李剑池答应先付窑木欠款的百分之三十,其余部分在10天内还清。

拿到钱的农民和工人,欢呼雀跃。他们不知道,他们在集中讨账时，远记公司勾结了国民党的反动军警，就埋伏在矿内，他们得到上峰指示：如工农有武装暴动之嫌疑，即开枪格杀勿论!

岂料，蒋云早就料到了这一着，采用"文斗"的方式讨账，讨账的农民和工人既没有携带武器，也没有伤人，埋伏的反动军警无理由开枪。远记公司见军警拿讨账人没办法，为不影响开工，只得答应付款。

在蒋云的领导下，党在徐海蚌地区的工作得以迅猛发展，但同时也引起了反动军警的忌惮，他们加大了防备和搜捕力度，1929年春，共青团徐海蚌特委遭到了敌人的破坏。为了不使党组织受到损失，省委指示撤销徐海蚌特委，特委所辖的各县委（含特支）直属省委领导，蒋云被调回省委，担任省委巡视员，负责上海淞浦特委的巡视工作。

蒋云来到徐海蚌特委工作，虽然只有短短的七个月时间，但他出色的工作能力和工作成就，已经永远地载进了徐海蚌地区党史的史册。

第五章
高遏行云

江南春雨，雨润如油。

2018年的惊蛰节气，上海下了一场雨，雨后的空气更加清新。

上海山海关路育麟里，曾是中共上海淞浦特委机关的旧址。现在，经过城市的拆迁，原址上的那个老式的石库门房子建筑不见了，取而代之的是上海自然博物馆。

十多年前，这里成为上海自然博物馆建设规划区域，为了保护老建筑，2008年至2009年，上海市政府将旧址整体平移了120米，此举成为建筑史上的一个奇迹。如今矗立静安雕塑公园北侧的一座红砖洋楼结构的石库门建筑物，正是经过修缮和平移后，对外开放的中共上海淞浦特委机关的旧址陈列馆。

旧址早在1987年就被上海市人民政府列为市级文物保护单位。

跨进旧址陈列馆的院门，穿过院子，走进两层洋楼的一楼大厅，大厅里摆放着整齐的学生桌椅，走进去就能看到"正德小学"四个字。

没错，这个正德小学正是淞浦特委做地下隐蔽时开办的。一楼是学校，二楼就是特委的秘密办公室。

当年的国民党反动派军警，做梦也没想到，他们一直苦苦搜寻的淞浦特委机关，竟然隐藏在他们眼皮底下，党从这里发出的正义声音，和着学生琅琅的书声，传得很远、很远……

1. 庄行农民起义

中共上海淞浦特委，成立于1928年9月。

省委指派杭果人、陈云、林钧、严朴、顾桂龙5人负责特委工作，杭果人任书记，陈云任组织部长，林钧任宣传部长。特委负责领导松江、金山、青浦、南汇、川沙、奉贤、嘉定、宝山、崇明及太仓等10个县的斗争工作。

淞浦特委成立之初，机关设立在松江县钱家草村。一个月后，搬至山海关路的私立正德小学校舍内。校舍是一幢石库门房子，客堂间为教室。平时孩子们在教室内上课，淞浦特委机关的同志则在旁边的房间内悄然开展革命工作。在正德小学的掩护下，敌人一直没有发现淞浦特委的办公地点。

淞浦特委成立之初，经费拮据，省委没给一文钱筹备费，甚至连伙食费都没有，一切开支都需要当时担任淞浦特委书记的杭果人和担任组织部长的陈云两人筹集。为了筹集经费开展活动，陈云将自己身上穿的一件马甲拿到典当行典当，得到了七元钱，作为开办经费。

淞浦特委的革命斗争，就从这典当了的"一件马甲"开始了。

1929年5月中旬，风尘仆仆的蒋云，来到正德小学淞浦特委的秘密办公点,与特委的同志接头,他此刻的身份是省委巡视员。

杭果人一见蒋云,立即高兴地上前握手,连声说:"蒋云同志,你来得正是时候,我们正需要你这样农运经验丰富的同志来指导工作啊。"

一旁的严朴同志,也是中共六大代表,与蒋云是老熟人了,他接过杭果人的话题对蒋云道:"蒋云同志,我建议你再换个化名。"

蒋云与杭果人不解地看着严朴,严朴解开谜底道:"换个化名就叫宋江啊。上海这几天老下雨呢,都说春雨贵如油,现在我们特委也来了场'及时雨'啊。"

严朴的话让蒋云与杭果人会心地一笑。

笑过之后,蒋云认真地说道:"咱们的杭司令、严委员长都是赫赫有名的战将,我是向你们学习取经来了。"

"哟,看样子你们都是老朋友了啊。"顾桂龙不清楚他们三人之间的关系,插话问。

"那是当然。"蒋云抢着回话道,"果人兄参加过广州农民运动讲习所第六期训练班学习,回到无锡后创办了全县第一个农民协会,入会的农民达到4万多人,好家伙,一时震动江南啊。那个时候,我正在江阴参加农运工作,果人兄的大名早就如雷贯耳了。"

"这个情况我也知道。"顾桂龙道,"蒋介石发动反革命政变后,果人兄和县委的同志一起组织农民暴动,1927年10月成立了无锡农民革命军,果人兄亲任总司令,发动了无锡县东北乡的农民起义,攻下了13个村镇,让国民党反动派吓破了胆。可严朴兄的委员长是咋回事我还没听说呢。"

蒋云看了一眼严朴道:"严朴兄,你就自报家门吧。"

严朴谦逊地一笑道:"在农民革命军成立的同时,也成立了无锡县农民委员会,在下不才,被推选为委员长。"

顾桂龙拍着严朴的肩头开起了玩笑,"咱们淞浦特委真是藏龙卧虎啊,总司令、委员长都有了,现在又有蒋云同志襄助,一声令下,定能打得国民党反动派屁滚尿流。"

这群怀有坚定革命理想的年轻人，纵使在白色恐怖中，他们也毫无惧色、以苦为乐，彰显出共产党人举重若轻的革命乐观主义精神。

一番寒暄后，进入正题。

杭果人向蒋云介绍了特委创建以来所做的工作，他告诉蒋云："上海郊县农民生活在水深火热之中。现在进入春天，正在闹春荒，陈云同志下去调查发现，农民只能以野菜、麦糠果腹，不少人被迫外出乞讨，再加上地租、债务、捐税的威逼，农民实在活不下去了。"

"春荒时，正是发动群众的最佳时机啊。"蒋云说道。

"对，我们就抓住了这一时机，特委委员分头行动，下农村，上党课、贴布告、做宣传，向农民宣传革命道理，发动农民不还债、不交租、不纳粮，反对地主豪绅。我们正准备发动庄行农民起义。正好你蒋云同志来了，给我们指导指导。"

"果人同志，在你面前，我哪敢指导啊。不过，我有个建议，你们特委的同志可以认真考虑一下。"

"什么建议？"

"农民起义要打胜仗，离不开武器和过硬军事素质。我建议请江阴的茅学勤同志带几个军事素质好的同志来上海，对准备参加起义的农民进行速成化的军事培训。"

"知我者，蒋云同志也！"杭果人高兴得直搓手，"你刚刚提到的茅学勤同志，我太熟悉了，无锡的农民都在说，无锡有个杭司令，江阴有个茅司令，为了确保庄行农民起义一举成功，我正准备向江阴借兵呢，你担任过江阴县委书记，对江阴的情况熟悉，同志们也高度信任你，我正准备开口向你借兵，又不知道怎么开口。你说的话，正说到了我的心坎上啊。"

"革命本来就不分家嘛。"蒋云说，"我们这就请示省委，把茅学勤同志借过来帮忙。"

"好，就这么定了。"

当下，杭果人就安排交通员去省委汇报请示。

交通员刚走，严朴走过来问蒋云："蒋云同志，我可听说过你不太赞成激进式的武装斗争啊，怎么，现在改变主意了？"

蒋云笑道："严朴同志，你的消息真够灵通的啊。我确实不赞成激进盲动地开展武装斗争，但上海不同，上海自从第三次工人武装起义后，工人运动进入了低潮期，农民运动还没正式开展过，上海作为全国最大的经济中心，中央机关、省委机关都设立在上海，全国都在看上海，如果上海再无动作，会影响全国工农运动士气的。"

杭果人也听到了这番话，他夸起了蒋云："蒋云同志说得有道理，不愧是出席六大的代表啊，看问题着眼于全局，我们拟发动庄行农民起义，也正是出于这种考虑。"

一番话，也让严朴更为佩服蒋云革命眼界的高远。

不久，交通员回复，省委同意向江阴借兵的请示。蒋云与杭果人立即各书一封密信，安排交通员送往江阴，亲送到茅学勤的手中。

一天后，特委收到茅学勤回信：将于后日率数名骨干分子前来支援。

杭果人与蒋云接信后大喜。接着，特委成立了行动委员会，下设军事、宣传、交通、政治四个部门，由陈云、严朴等同志分头开展工作。

1929年1月19日，茅学勤率领数名江阴农运骨干赶到上海，对淞浦特委组织起来准备参加暴动的庄行农民，进行了秘密的军事训练。

万事俱备，行动在即。

1929年1月21日晚7时，在杭果人、陈云、严朴以及上海奉贤县委书记刘晓等人的指挥下，秘密组织起来的农民起义队伍，除备有17支驳壳枪、2支六寸手枪和一些土手榴弹外，多数人手持大刀、铁叉、棍棒、长矛和土枪，高举红旗，肩佩红布条标记，分三路向奉贤庄行镇进发。

8时半左右，第一路队伍抵达庄行镇，高呼"抗租抗债抗税，打倒地主豪强""打倒国民党反动派"等口号,打响了进攻国民党庄行镇公安支局的战斗,战斗中,击毙一名反动警察,击伤两名警士。支局长张同昆见势不妙,赶紧逃跑,支局其余人员均缴械。

公安支局战斗结束后,赶到庄行的另外两路起义队伍,把鞭炮点燃后放入煤油箱内,冒充机枪震慑敌人。起义队伍攻占了褚泾庙,俘虏三名军警。武装的反动商团吓得逃走,公安分队作鸟兽散,全镇的国民党反动武装,不到一小时全部被解决,共缴获枪30多支。

起义队伍把从地主豪绅家中搜查出的田单、契票、债据等,浇上煤油,一把火烧光。

1月22日凌晨2时左右,队伍整队集合,杭果人宣布已达目的,命令队伍撤出庄行镇。

庄行农民起义,虽然后来因国民党调来大兵镇压,农民不敌,退往四乡。但这次起义发生在上海,犹如往国民党反动派的心脏上插了一刀,极大地鼓舞了全国工农武装,使经历农民运动失败而低沉的士气为之一振。

2. 急先锋石行

在上海工作期间,蒋云还邂逅了走进他人生中的一个重要人物,她就是姜辉麟。

这天,蒋云正在特委机关与杭果人、陈云等人商量组织奉贤农民起义的计划,突然传来很轻的敲门声,敲门声很有节奏,来人轻叩三下后,稍停片刻,再轻叩了三下。

蒋云一惊,会不会是国民党反动派安排的密探?

他正准备将桌上的地图、文件等资料收拢起来,陈云却哈哈一笑道:"别紧张,一定是咱们的急先锋石行来了。"

"急先锋石行?"蒋云没听说过这个名字,莫名其妙地看着陈云。

陈云已经起身打开了门,从门外急如星火地走进了一个中等身材、齐耳短发、小圆脸的年轻女子,她额前的刘海清爽地梳开,露出较宽且明亮的额头,浓浓的黑眉下,一双水汪汪的眼睛特别有神,整个人看上去英气十足。

她进门后,陈云刚关上门,她还没跟室内的人打招呼,就亮着脆生生的嗓门说:"陈部长,我领受任务来了。"

陈云指着她笑道:"你看,急脾气还是改不掉。"

"江山易改,禀性难移嘛。干革命工作就要追星赶月、时不我待。"她俏皮地一笑,露出了洁白的牙齿。

这女子不寻常啊! 蒋云虽然遇见过一些女革命者,与眼前的女子相比,她身上迸发出来的激情与活力,却是极其少见的。

蒋云正沉吟间,陈云把她领过来给她介绍道:"这位是省委巡视员蒋云同志。"

"你好,我是石行。石是石头的石,行是行动的行。这是我的化名,寓意是迅速行动搬起革命的巨石,砸烂反动军阀。"石行落落大方地伸手与蒋云相握,然后反问蒋云,"你这名字有啥寓意?"

蒋云这个化名是在蒋介石发动"四一二"反革命政变之前取的,屈指算来已用了近三年时间,一直没改。同志见面,也没有问起这化名的寓意,石行是第一个。

他脱口而出道:"蒋云的意思,就是要用革命的红云,盖过蒋介石。"

"太好了,我这块硬石头立在地面上,你这片红云漫飞在天上,天地合一,蒋介石迟早都要被我们打倒。"石行的机灵与聪明,让蒋云对她的好感油然而生。

几句话,就拉近了两个年轻人的心理距离。

"石行同志,你光顾着跟巡视员说话,把我这个书记给晾到一边了。"杭果人故意绷着脸调侃石行,石行脸一红,一拍脑袋道:"哎呀,对呀,我是来领受任务的,杭书记,有啥任务你直接下给我。"

"任务倒是有一桩,不过怕你胜任不了。"杭果人故意使出激将计。

石行急了，叫了起来："杭书记，我向你提意见，你太小看妇女同志了。"

杭果人一见石行急了，他笑着对蒋云说："蒋云同志，看到了吧，这就是急先锋。"

蒋云微微颔首，意思是已经领略到了。

陈云这时插话："石行同志，我们有几只自制的手榴弹，想秘密运送到奉贤农民起义部队里去，这个任务很危险，国民党反动派的检查很严，不知道你敢不敢接这个任务？"

"下刀子我也去，没什么大不了的，老虎也有打盹的时候，世上没有渡不过的河。陈部长、杭书记，你们放心，这个任务交给我，我保证完成任务。"说到这儿，她突然想起了什么，好奇地问道："陈部长，你刚才说到自制的手榴弹，这也能制啊？ 是不是我们在上海建立兵工厂了？"

杭果人笑指蒋云道："咱们的兵工厂远在天边、近在眼前，这批手榴弹就是蒋云同志指导制造的，他在江阴组织农民运动，曾创办过兵工厂的。"

"真的？ 太厉害了！"石行的眼睛更亮了，那欣赏的眼神投射到蒋云身上，蒋云张了张嘴，不知说什么才好，他的脸竟然有些红了。

石行见状，乐了起来："你们快看，红云飞到巡视员的脸上了。"

蒋云经石行这一说，头都不好意思抬了。 杭果人赶紧打住，他收敛起脸上的笑容，正色道："石行同志，组织上把这个重要的任务交给你，路上会凶险万分，一不留神，就是掉脑袋的事，一定要小心从事。"

"放心，你就看我的吧。"石行做事跟她说话一样雷厉风行，当下就收好了手榴弹，准备出征。 临行前，蒋云突然鼓起了勇气，跟她握手道别："石行同志，路上多保重，请务必安全回来。"

石行盯着蒋云看了一眼，没有说话，庄重地敬了个军礼，转身而去。

石行离开后，蒋云替石行担忧起来，杭果人却对他说："蒋云同志，别担心，急先锋石行可不是浪得虚名，你要是了解她过去的革命成长史，你会对她更为肃然起敬的。"

随后，杭果人向蒋云简述了石行的革命成长史，蒋云不听则已，听后更为动容——

石行原名叫姜辉麟，出身于上海松江北仓桥堍的一个贫困塾师家庭，她在家中排行老四。父亲姜尧臣是个私塾教师，兼施中医儿科医道。他深明大义、忧国忧民，清王朝尚未灭亡时，他就加入了反封建的革命队伍，立志推翻腐朽没落的清朝统治，为表革命决心，他毅然剪掉发辫，并积极倡议停办私塾，创办学堂。可惜英年早逝，1906年因劳累过度，肺病复发而去世，年仅37岁。但他的革命行动，却潜移默化地影响着两个女儿姜兆麟和姜辉麟。

父亲辞世后，姜辉麟的母亲倪振尧原先跟着丈夫学过小儿科推拿，她就挂牌行医，以微薄的收入养家糊口。及至女儿到了读书年龄，倪振尧拿不出学费，她找到上海景贤女校校长丁月心恳求，使两人得以免费入学。读书后，两姐妹对妇女缠足的习俗极为反对，率先加入了"天足会"，宣传妇女缠足是封建遗毒，应该彻底废除，以解放妇女。

女校毕业后，两姐妹相继出嫁，在姜家长辈的压力下，由于年纪小，她们无力抗争，分别嫁给了封建家族的公子哥儿。姜兆麟结婚才9个月，丈夫即罹病去世，守寡的她备受夫家摧残折磨。

五四运动时，姐妹俩开始接受新思想的熏陶，姐姐姜兆麟与封建家族决裂，跑出夫家，换来了自由身。姐姐的抗争影响着妹妹姜辉麟，她参加革命时，已是四个孩子的母亲。

姐妹俩的遭遇与抗争，得到景贤女校校长丁月心的同情与赞赏，她聘请姜兆麟担任女校分校的校长，聘请姜辉麟担任分校教员。1921年秋，共产党员侯绍裘、朱季恂接办景贤女校，传播革命思想，姐妹俩深受教育，在侯绍裘的介绍下，姐姐姜兆麟于1925年加入中国共产党，成为松江第一个女共产党员。

"四一二"反革命政变后，姜辉麟也在白色恐怖下加入了党组织。姐妹俩先后调入奉贤县委工作，特别是妹妹姜辉麟，多次在陈云的指派下，出色地完成任务。

"侯绍裘也是我的恩师啊，这么说，我跟姜辉麟同志还是师兄妹呢。"杭果人的一番话，将蒋云拉到了他担任国民党江阴县特派员办公室主任时的时光，那时他的直接上级是赵体贤，而赵体贤的上级正是侯绍裘，侯绍裘对精明能干的蒋云颇为赏识，蒋云也视他为恩师。

他还清晰地记得，在蒋介石发动"四一二"反革命政变前夕，正是侯绍裘根据情报准确预判出蒋介石即将组织反革命政变，提前让蒋云通知江阴的党员向农村转移，要不是侯绍裘的超前安排，自己说不定早在那场血腥的政变中血洒刑场了。可惜的是，恩师侯绍裘不幸在"四一二"反革命政变中被国民党反动派抓捕，备受酷刑，但他毫不动摇，后被反动派秘密用乱刀戳死，装入麻袋，投入秦淮河。

往事历历在目，斯人却已不在。两行热泪，流淌在蒋云的脸颊上。

3. 黄浦江畔水龙吟

夕阳西下，微风轻拂。黄浦江波涛不兴，呈现出少有的平和与安宁。

蒋云与姜辉麟装扮成一对情侣，乘着电车过了霞飞路，下车后步行走上外滩。

蒋云穿着一套洋气的白色西装，打着领带，一双黑色的皮鞋擦得一尘不染，国字脸上佩戴着一副镀金珐琅眼镜，从外表一看，就像某个洋行的"小开"。他身边的姜辉麟穿着一袭紧身的紫色旗袍，脚蹬一双半高跟的皮鞋，体态婀娜多姿，如同一个大家闺秀。

人靠衣装马靠鞍。他们这样的装扮，为的是避开国民党反动军警的搜查。蒋云手中拎着一只咖啡色皮包，里面塞满了宣传资料。可正因为这"小开"派头,两人一路上旁若无人大摇大摆,都没引起街头暗探的注意。

他们此行是代表淞浦特委与南汇县委接头,将宣传资料交给南汇县委,并口头传达特委指示。约定秘密接头的时间是晚上9时,他们走到外滩时,蒋云掏出怀表看了看,才傍晚6时许,时间尚早。他们索性在外滩找了个僻静的地方坐了下来,欣赏着外滩的景色。

外滩两岸高楼林立,江面上停泊着悬挂着外国国旗的商船。

蒋云感慨地说:"国力凋敝,民不聊生,帝国主义势力瓜分中国,上海这么美丽的一座城市,却遍布租界,中国人在自己的国土上饱受歧视,情何以堪啊!"

姜辉麟深有感触。作为土生土长的上海人,她亲眼见到租界的洋人巡警耀武扬威地挥着警棍,驱赶着看不顺眼的中国人,稍遇顶撞,即挥棒乱打或抓进巡捕房。令她最为气愤的是租界里的华人巡捕,也狐假虎威、为虎作伥。她触景生怀:"祖国陆沉人有责,天涯漂泊我无家。可恨国民党反动派奴性十足,在帝国主义势力面前点头哈腰,对自己的同胞却痛下杀手。"

"祖国陆沉人有责,天涯漂泊我无家。这是女革命家秋瑾咏出的诗句,那可是雷霆中的呐喊声啊!所以我们要拼得十万头颅血,须把乾坤力挽回。"

"你也读过秋瑾的书?"姜辉麟的眼睛亮了起来。

"拼得十万头颅血,须把乾坤力挽回。"正是秋瑾写下的诗句。

"是的,在学校读书时,我就读过秋瑾的革命诗。她是一个了不起的革命家!"

姜辉麟心中暗喜起来,她虽然生性活泼,敢想敢为,但不知什么原因,在一贯表情严肃的蒋云面前,她总有点儿拘谨。而现在,她找到了与蒋云的共同话题,因为她和姐姐姜兆麟自小就特别崇拜秋瑾,想方设法找来秋瑾的书籍,不光全部读过,还从头抄写过,秋瑾的不少文章和诗词,她能倒背如流。也可以这么说,秋瑾就是她们姐妹的革命启蒙者。

"金瓯已缺总须补,为国牺牲敢惜身。 我加入党组织后,在执行任务中,同志们都担心过我的安危,说实话,我也怕过。 但在我害怕的时候,我将秋瑾的这句诗反复默念后,就不害怕了。"

姜辉麟提到执行任务,让蒋云想起他第一次见到她时,她领受任务,冒险往奉贤党组织送手榴弹的事,那次姜辉麟顺利完成了任务。 杭果人曾问过她路上可有险阻,她轻松地一笑:"我都安全地回来了,能有啥险阻。"

姜辉麟虽然只有稀松平常的一句话,但细心的蒋云却听出了执行任务可没那么简单,其中必有惊险之处。 当时事忙,他没好追问。 今天正好有机会,他又问起了这个话题:"石行同志,我有个问题想问你。"

"可以,不过我建议你不要叫我石行同志,那是我的化名,你就叫我小姜好了,熟悉的同志们都这么叫我,听上去亲切。"

"石……哦,不,小姜。"蒋云对突然改变对她的称呼还不习惯,他有点不自然地问,"上次你去执行送手榴弹的任务,据我所知,一路上国民党反动派设了不少哨卡,你是怎么闯过去的?"

"好吧,我告诉你可以,但你不能帮我扩散,要不然特委的同志怕我出危险,会减少我的任务了。"

得到蒋云的允诺,她才道出了她闯关的经过:原来,当天领受任务后,她把自己打扮成农村妇女,穿了件青布棉袄,腰间系了一个大围裙,用旧衣服将手榴弹裹好,放在大竹篮的农产品中,然后从容地踏上了执行任务的征程。

途中最危险的地方就是要过黄浦江。 黄浦江两岸的渡船码头上,都设立了反动警察的检查站。 蒋云最好奇的是姜辉麟有什么法子通过戒备森严的检查站。 姜辉麟说:"要安全地通过敌人的检查站,事先是没办法算计的,得靠临场应变能力。"

姜辉麟的这句话,让蒋云想到了他当年从上海运送武器回江阴时的情景，在冒险中，事先并无万全之策，完全靠临场应变能力。临场应变能力虽然考验着一个人的智慧，但如果没有坚定的革命信仰和大无畏的革命精神，这种冒险，无疑是飞蛾扑火啊！

想到这儿，蒋云对姜辉麟坚定的革命信仰和大无畏的革命精神更加钦佩！

话说姜辉麟那天一到轮船码头，一群反动警察正逐个检查乘船旅客。排在队伍后面的姜辉麟正盘算着如何通过检查站。这时，前面传来了吵嚷声，她抬头一看，只见三名负责检查乘客的反动警察正在夺取一名男乘客的钞票和金戒指，那个男乘客与警察争吵了起来。

姜辉麟灵机一动，她离开队伍，趋步上前，盯着这几名抢乘客物品的警察。那几个警察被她盯得心里直发毛，恼羞成怒，边骂边赶，大声喝道："去去去，乡下人看什么看。"

姜辉麟装成受惊的样子，被警察一吼，赶紧越过警察上了船。

船到江心，又有乘警来搜查，吵嚷着要看她篮子里放了什么。姜辉麟故作畏惧状，掀开篮子，检查人员一看里面全是农产品，他们翻了翻，没见到可疑的物品，就放了过去。

"小姜，手榴弹你不是放在竹篮子里吗，怎么敌人没查到？"蒋云好奇地问。

姜辉麟笑道："我早就防到了这一手，那天我上了船后，就暗中将手榴弹取了出来，塞进船肚板了。"

姜辉麟真够机灵的，蒋云发出了由衷的赞叹。

过江的三关她已过了两关，最后一关就是靠岸检查。姜辉麟为绕开检查站，在船快到码头时，她招呼船老大说："我家就在这岸边，家里现在有重病人，能不能麻烦你让我现在就上岸，免得我到了码头再走回头路。"

船老大听她的口音，知是本乡人，就靠岸让她下了船。这样，姜辉麟又巧妙地避过了码头上的检查站，有惊无险地通过了第三关。

上岸后，姜辉麟从容不迫地将手榴弹送到了目的地，顺利完成了组织交给她的任务。

蒋云听后,发自心底地赞叹道:"小姜,你有勇又有谋,革命再多些你这样的同志,胜利指日可待啊。"

"蒋云同志,我也有一个问题要问你。"

"什么问题? 请说。"

"我们组织农民起义,虽然取得了一定的胜利成果,但每次起义,换来的都是国民党反动军警更为疯狂的镇压,如此恶性循环,何时才是个头啊?"

蒋云听得此话,脸上浮现的笑容立即消逝了。 小姜问他的问题,又何尝不是他日思夜想寻求解决办法的问题呢?

其时,"左"倾冒险路线所带来的负面影响,又何尝不是众多革命者心中的困惑!

蒋云一时无法作答。 沉吟中,他站起了身,走到黄浦江边,放目远眺,情不自禁地吟诵出南宋著名词人辛弃疾的《水龙吟·登建康赏心亭》:

楚天千里清秋,水随天去秋无际。遥岑远目,献愁供恨,玉簪螺髻。落日楼头,断鸿声里,江南游子。把吴钩看了,栏杆拍遍,无人会,登临意。

休说鲈鱼堪脍,尽西风,季鹰归未? 求田问舍,怕应羞见,刘郎才气。可惜流年,忧愁风雨,树犹如此! 倩何人唤取,红巾翠袖,揾英雄泪!

姜辉麟抬眼看着他的背影,西去的斜阳打在他的身上,在他侧过的脸庞上,镀上了一层金色。 再听着他抑扬顿挫的浅唱低吟,透过夕阳的余晖,她看到了一个男人悲悯天下的情怀。

姜辉麟正沉思中,蒋云回到了她身边,一字一顿道:"小姜,上级一定会重视和解决这个问题的。 只要有机会,我也会如实地向上级反映。 在革命的成长期,我们内心不能被这种困惑所填满,要用更为高远的眼光看问题，现在全国建起了多个革命根据地，比如毛泽东同志在江西创建的井冈山革命根据地，红军的力量正在不断发展壮大，等红军有了规模、成了气候，那时再与帝国主义势力、国民党反动派、地主豪绅展开决战，夺取属于人民的江山！"

蒋云说话的声音不高，却铿锵有力。

此时，一阵江风刮过，黄浦江涌起了波涛，涛声如雷，似胜利的号角，响过他们的耳际，叩击着他们如潮般澎湃的心。

4. 陈叔璇就义

蒋云在担任省委巡视员负责淞浦特委巡视期间，让他惊喜的是，五哥陈叔璇也同在淞浦特委工作，是淞浦特委委员。

兄弟俩人虽然都在上海，但各自分工不同，并不常见面。庄行镇农民起义后，国民党反动当局调集重兵，疯狂搜捕共产党员，陈叔璇与蒋云做了分散隐蔽，两人互无音讯。

直到1929年3月，两人才在特委的一次秘密会议上见到面。屈指算来，蒋云已有半年多没见到陈叔璇了，此时出现在他面前的陈叔璇明显消瘦憔悴了许多，但他的眸子里却仍然闪烁着蒋云熟悉的神采。

陈叔璇见到弟弟蒋云也是十分感慨，蒋云也明显地瘦了下去，脸上是掩饰不住的倦容。兄弟俩见面，他们有千言万语想说，但是在革命斗争中，他们哪有时间来叙兄弟情谊啊！

这次见面，陈叔璇告诉蒋云一个令他悲痛万分的噩耗：茅学勤在参与庄行暴动后，1月21日，带着支援庄行暴动的高大声、曹正林、陶金才等同志暂住进租界的汉口路大东旅社避风头，岂料队伍里出了叛徒，茅学勤派回江阴筹措经费的曹玉培因思想动摇，向国民党江阴县公安局告密，局长张品泉立即指派侦缉队长黄秉忠连夜带人赶到上海，与上海反动军警及租界巡捕相互勾结，于1月24日晚抓捕了茅学勤等六名同志，并立即押回江阴受审。茅学勤等同志在严刑拷打中宁死不屈，2月6日，敌人在君山刑场将茅学勤等六名同志杀害。

听闻这个噩耗，蒋云久久无语，两行热泪从他的眼眶中滚落。他后悔得肠子都青了，这茅学勤正是他与杭果人商量后，从江阴借来支援上海的啊，如果不是借兵，茅学勤同志也不会牺牲啊！

陈叔璇见蒋云不停地自责，他叹了口气道："老六，你别自责了，自从宣誓加入共产党的那一天起，我们就已将个人的生死置之度外了。学勤同志是为革命而牺牲的，不是为哪一个人牺牲的，他的牺牲重如泰山！"

蒋云抬起了泪眼，看着五哥。五哥脾气急，容易上火。蒋云对此放心不下，他含泪提醒陈叔璇道："五哥，我听说敌人悬赏3000块大洋买你的人头，重赏之下必有勇夫，你一定要注意安全，保护好自己。"

这话，蒋云已不止一次两次地提醒过陈叔璇。3000块大洋，可不是一个小数目。当时苏南一带的米价一市石（约合160市斤）才合9块大洋，3000大洋就合5万多斤大米啊。

陈叔璇道："要是把这钱换成大米分发给穷苦百姓，我陈叔璇情愿奉上这颗脑袋。"

这句话充满着自信，也蕴含着对国民党反动派的蔑视之意。

不过，蒋云听在心里，非但没把心放下，反而悬了起来，暗中替五哥担忧。

两个月后，蒋云的担忧不幸变成了事实——1929年5月底，陈叔璇受特委指派，回江阴做农运调查。不想，此次回乡之旅，让他惨遭横祸。

那次回江阴的周庄，他特意从长寿绕道。江阴县委在长寿有一个秘密联络站，联络站的负责人是女共产党员钱大妹，她是陈叔璇发展起来的党员。钱大妹原在长寿开米行，1927年春，她和丈夫汤耀文在陈叔璇的帮助教育下，参加了长寿乡农民协会，并担任乡农会妇女委员、宣传委员，她家的米行也成为中共江阴县委的秘密联络站。

不久，因米行里人员往来过于频繁，引起了敌人的怀疑，钱大妹夫妻俩关店返乡,在泗河口家中建立了更为隐秘的联络站,继续着革命工作。

1928年6月7日,钱大妹在周庄罗盛巷进行革命宣传时,因叛徒告密,被国民党长寿乡保安团抓住,押到江阴城里。县长申炳炎亲自提审,恶狠狠地对钱大妹说:"年纪都这么大了,还干这种事?"

钱大妹理直气壮:"人各有志,你不是在给国民党反动派卖命嘛!"

"只要你交出共产党组织的名单,就可以放你回家,还可以得到重赏。"

"钞票休想买到我的秘密! 要关要杀,随你!"

面对申炳炎的软硬兼施,钱大妹毫不动摇。敌人一无所获,就将钱大妹活活折磨致死。

钱大妹被捕,就是保安团抓获的。陈叔璇这次经过长寿,就是想了解当地保安团的情况,伺机给钱大妹报仇。他早就对保安团痛恨万分,许多革命同志都是吃了保安团的亏。

保安团是地方保甲制度的衍生品,其前身是保卫团。1914年5月20日,北洋政府颁布《地方保卫团条例》,在地方组织保卫团。保卫团由县知事任总监督,地方豪绅富商任协办,在县设团部,每户指定一人参加,以十户为一牌,十牌为一甲,五甲为一保,分设牌、甲、保长,团设团总,其职责是辅助军警维持地方治安。

国民政府在南京成立后,出于镇压人民反抗的需要,同时也为了弥补警力的不足,在原有保卫团的基础上,组建并急剧扩大了保安团,以每闾为一牌,每乡(镇)为一甲,每区为一区团,每县为一总团,闾、乡(镇)、区、县长分任各级长官,要求各地20至40岁男子必须参加受训。

别看保安团是一群乌合之众、战斗力超弱,但眼线多,让人防不胜防。那天,陈叔璇刚步行到长寿乡的地头,就被保安团的两个暗哨盯上了。

高个子的暗哨眼尖,先发现了陈叔璇。指着在路上行走的陈叔璇对矮个子的暗哨说:"咦,这人怎么看着眼熟?"

矮个儿一听,顺着高个儿手指的方向,正好看到陈叔璇的正面,他脑子一转,突然想起这人不正是被国民党江阴县政府画像缉拿的要犯陈老五吗? 他刚说完,高个儿有点不确定地说:"画像我也看过,挺胖的啊,但这人面容上像,却比画像上的瘦多了。"

"哎哟,老哥,你怎么一根筋啊,共党要犯被通缉,四处躲藏,哪能吃上饱饭,瘦了也正常。 县里悬赏3000块大洋呢,咱们赶紧上去把他抓了领赏去,别让他跑了。"

高个儿虽然个子高,胆子却小。 他小声道:"既然是共党要犯,咱们不能掉以轻心,咱们冒冒失失地扑上去,他肯定会反抗,身上一定带着枪,万一给我们来两枪,悬赏拿不到是小事,把命丢了可再也捡不回来了。"

一听高个儿这话,矮个儿顿时气馁起来:"老哥说的是,咱们赶紧向团总报告。"

说完,两人不敢懈怠,连忙跑回保安团报告。 团总一听发现了"通缉要犯"陈老五,大喜过望,立即带人去追捕,但他们赶到时,陈老五已经不见了踪影。 团总眼睛滴溜溜乱转一阵后,对手下道:"陈老五跑不了,他既然从这儿路过,肯定还会从这儿走,你们给我盯着。"

团总又加设了暗哨。 而陈叔璇却不知道他已被保安团发现,1929年6月1日晚,他又一次经长寿去无锡,结果被暗哨盯上,暗哨一路跟踪。 当夜,陈叔璇正准备从西旸桥乘船去上海,刚上船,几名跟踪的暗哨一拥而上,陈叔璇猝不及防,等他回过神来,已被捆得结结实实。

抓捕了陈叔璇后,长寿保安团立即将其解送到国民党江阴县公安局邀功请赏。

公安局长张品泉一听说陈老五被抓,大喜过望,亲自审讯,但陈叔璇与他们所抓获的钱振标等共产党员一样,无论他们怎么威胁利诱,他宁死不屈。

1929年7月23日下午，天色阴沉，陈叔璇被押往君山刑场。

江阴县一报馆的记者拍下了陈叔璇被押往刑场的照片，照片上陈叔璇上半身赤裸，被反绑在一个被人抬着的竹椅上。他的脸上，露出的却是视死如归的淡淡笑意。

他慷慨赴死时，申炳炎还想再做他的工作，对他说："这是最后的机会，只要你投靠了我们，不光能免死，还能尽享荣华富贵。"

他轻蔑一笑道："你们只能杀了我的头，决不能夺掉我的信仰，共产党人是杀不完的！"

申炳炎气急败坏地说："死到临头都不悔改，行刑！"

行刑时，阴沉的天气刮起了风，下起了雨，似为这位血洒刑场的革命英雄哀号恸哭……

五哥陈叔璇牺牲的消息，很快传到了上海，蒋云悲痛万分、以泪洗面。杭果人怕他悲伤过度，劝解他道："蒋云同志，我跟你一样心情悲痛，革命事业未竟，我们应当牢记先烈的遗志，打起精神继续完成未竟的革命事业。"

蒋云想起了陈叔璇在告知他茅学勤同志牺牲消息时的那番话，他仰天长啸："人生自古谁无死，留取丹心照汗青！五哥啊，敌人高举的屠刀吓不倒我们，你倒下了，我就是第二个陈叔璇！"

蒋云抹去了悲痛的泪水，以更加高昂的斗志投身革命。

5. 省委"二大"上的交锋

1929年11月18日至26日，中共江苏省第二次代表大会在白色恐怖下的上海秘密召开，出席会议的正式代表是37人，代表着全省6800多（包括上海1600多）名党员，蒋云以中共徐海蚌党代会选出的"二大"代表身份，参加了省委"二大"。

刚进会场，蒋云就看到了一个熟悉的身影，这不正是周恩来吗？他怎么来参加江苏省委的会议了？

就在他疑惑时，周恩来也认出了他。

周恩来的记忆力超强,蒋云曾作为中共六大代表赴莫斯科开过会,与周恩来有过近距离的接触,当时,周恩来承担会务工作非常繁忙,两人未能单独深入交往,周恩来对蒋云的深刻印象来自蒋云在讨论报告时的发言,他话语不多,却句句直击现实问题,反对在条件不成熟时的"左"倾盲动,这也符合了中共六大的主流思想。

一见到蒋云,周恩来就主动过来握手打招呼:"蒋云同志,时隔一年,又见面了。"

周恩来的手握起来很有力道,蒋云心情激动地说:"伍豪(周恩来化名)同志,您怎么亲自来了?"

时任省委书记的李维汉在一旁说道:"蒋云同志,中央对省委的工作很重视,指派了政治局常委、组织部长兼军委书记伍豪同志来指导。"

周恩来接话道:"还有政治局候补委员兼秘书长、宣传部长立三同志,他也来了。"

省委"二大",中央政治局派出两名大员莅会,蒋云明白,这次大会的意义非同寻常。

确实如其所想。 在蒋介石发动"四一二"反革命政变之前,江苏省委的党员总数在7000人左右,而反革命政变后,不少党员被抓被杀,党员数量直线下降,党员总数一度降至只有1000人左右。

血的教训刺痛了共产党人,也唤醒了共产党人的反抗力量,1928年至1929年间,在白色恐怖笼罩下的党组织秘密发展,力量逐步得到了恢复。 到1929年时,蒋介石急于消灭异己,引发蒋桂冯中原大战。军阀混战,给了党组织发展壮大的良机,江苏的革命形势有了好转,各地党组织逐步得到恢复和发展,工农群众运动开始复苏。

与此同时,全国的革命形势发展也很快,红军和农村革命根据地有了较快的发展。 到1929年下半年,江苏省委统计的党员人数又恢复到6800多人,新旧党员的交替,党员队伍的纳新,亟须召开一次党员代表大会以统一思想,这是中共江苏省"二大"召开的背景。

会议着重分析了江苏的形势,认为帝国主义的侵略在江苏"比内地更要深入",封建剥削关系不仅在乡村中占优势,在城市中还存在着残余。"江苏虽然是民族工业的中心,而乡村中依然是豪绅地主的统治","民族资本发展的倾向与帝国主义使中国殖民化的倾向,和豪绅地主军阀的封建剥削关系发生了根本的矛盾",统治阶级内部矛盾的日益激化,加深了其日趋崩溃的过程。

大会根据共产国际和中共中央的指示精神,提出了江苏党组织的政治路线、工作任务和斗争策略。李立三代表中央做了《政治报告》和《政治结论》,李立三过高地估计了世界革命和中国革命发展形势,认为世界革命已进入高潮,中国革命也是"成熟复兴",中国已经到了"直接革命的形势""中国革命可以有几省或一省割据的前途"。他提出江苏党组织应"争取广大群众以准备武装暴动的总路线,反对帝国主义瓜分中国,反对军阀战争,反对国民党",并提出"一切群众工作要充分运用公开活动的路线,尽可能发动群众举行示威活动和政治罢工以扩大党的政治影响"。

对于李立三所做的报告,蒋云听出了浓浓的火药味!尤其对于李立三不顾中国革命仍处于敌强我弱的形势,强调不断进攻和夺取中心城市的指导思想,他深为震惊。

囿于会议纪律,在李立三做报告时,他不好插话反对。这时他注意观察到周恩来、陈云等人,他们在听报告时,脸上也是乌云密布,很显然,他们也对李立三所做的报告持不赞同的态度。果然,周恩来、李维汉、陈云等人在随后所做的报告中,与李立三"左"倾冒进的言辞相比,有了相对缓和的论调。

在大会组织讨论时,多位来自基层的代表认为李立三所做的报告严重脱离现实,有严重的"左"倾倾向。特别是何孟雄,在会议上公开反对李立三的"左"倾冒险,李立三在会议上咆哮,发狠要开除何孟雄的党员资格。

周恩来居中做了调和后,两人的情绪才稳定了下来。

周恩来将目光盯到了蒋云身上,他对蒋云说:"蒋云同志,你长期工作斗争在革命的第一线,对基层的情况很了解,现在请你来谈谈你的想法,什么想法都可以说,实事求是嘛。"

蒋云心下明白,周恩来这是鼓励他发表不同的看法。他清了清嗓子说:"我不同意立三同志所做的报告,有三点原因。"

"蒋云同志,你什么意思? 是不是跟何孟雄同志串通好了!"李立三听到又一个人来反对他的报告,他脸色铁青,粗暴地打断了蒋云的话。

周恩来制止道:"代表讨论报告是党内民主的原则,立三同志,我们应当虚心听取基层一线同志的意见,他们都有着丰富的斗争经验,这远比我们在书斋里闭门造车强一百倍。"

周恩来话里有话,他也反对李立三的"左"倾冒险路线,但李立三的"左"倾冒险得到了共产国际的支持,没法与共产国际相抗衡,他只能居中调和,尽可能减轻"立三路线"带来的危害。因周恩来在党内的威望高过李立三,李立三不满地看了周恩来一眼,不得不耐着性子听蒋云继续发表意见。

蒋云接着被打断的话题道:"我的反对意见有三点:第一,敌我力量悬殊,革命力量还很弱小,不具备与敌人正面武装对抗的实力;第二,党的六大精神提倡发动工农开展经济斗争,不提倡在经济斗争中强加政治口号,以积蓄实力;第三,江苏是帝国主义势力、国民党反动势力最集中的心脏地带,工农暴动无有利地形,容易陷入重围,每一次暴动都会付出巨大的牺牲代价。综合这三点,我不赞同立三同志所做的报告。"

蒋云的话,引起了基层代表的共鸣,会场内议论声四起。

原先沉寂的何孟雄,再度向李立三发难:"立三同志,我们都是从革命的枪林弹雨中走出来的,我们不怕流血牺牲,但让我们做无谓的流血牺牲,我们岂能甘心?"

李立三终于忍耐不住,拍着桌子吼了起来:"何孟雄、蒋云同志,你们这是严重的调和主义,江苏党内右倾还是主要危险!"

李立三扣起了帽子,引起了与会代表的不满。双方唇枪舌剑,展开了激烈的争论。声音越吵越大,周恩来不安起来,出于安全考虑,他立即宣布休会。争论这才告一段落。

不过,李立三的意见还是强制性地占了上风。11月26日,江苏省委在李立三施加的压力下,按照他提出的思路,强行通过了《政治决议案》《关于组织问题决议案》《关于反对党内取消派的决议》《关于武装保护苏联的工作大纲决议案》《农民运动决议案》《青年运动决议案》《妇女运动决议案》等一系列决议案。

会议闭幕前,选举产生了新一届江苏省委:李维汉、徐锡根、陈云、徐炳根、康生、李富春、王克全、吴国治、顾作霖、陈治平、刘瑞龙11人当选省委委员,何孟雄、游无魂、徐大妹、夏采曦、蒋云、朱秀英、顾志鹤7人当选为省委候补委员。

当日,新一届省委召开了二届一次全体会议,选举李维汉、李富春、康生、徐锡根为省委常委,陈云、王克全为候补常委,李维汉为省委书记。

事后分析,江苏省委召开的"二大",对于进一步组织和动员全省共产党员和革命群众进行反帝反封建的斗争,起了一定的积极作用,但江苏省委执行"立三路线"却带来了惨重的灾难,尤其是"立三路线"之后,继之升级的王明"左"倾路线,使江苏党组织的发展雪上加霜,到1933年底,江苏全省的党员锐减到130人。到1935年1月,江苏省委几遭破坏,被迫停止活动,全省各地党组织也大多遭到破坏。

江苏的革命斗争,又一次陷入低潮!

6. 利用纱厂大罢工

蒋云当选为江苏省委候补委员后,除负责淞浦特委的巡视工作外,省委还指派他对江阴县党的工作进行指导。

自蒋云当选中共六大代表并调省委工作后,江阴县委的工作先是由徐鸿英代为主持，后省委指示陈维吾同志接任县委书记。

对于陈维吾同志，蒋云非常熟悉。他比蒋云小一岁，出生于江阴城内的西横街，1921年就读于江苏省立第一师范学校，读书期间，接触到进步思想。从师范学校毕业后，他以小学教员的身份做掩护，秘密做党的地下工作。1927年"四一二"反革命政变后，陈维吾到上海与党组织接触，由时任中共中央政治局常委、组织部长的罗亦农介绍，加入中国共产党。蒋云在中共江阴"一大"上当选县委书记后，陈维吾出任共青团江阴县委宣传部长。

在蒋云与钱振标、徐鸿英、茅学勤等人组织领导的多起江阴农民暴动中，陈维吾也接受过组织指派，前后数次到上海购买武器，每次都能出色地完成任务，足见其英勇与机智。

蒋云对陈维吾非常赏识，指派他筹建江阴县委城区支部。蒋云的这番考虑，是经过深思熟虑的，他要将城市与乡村、工人与农民密切联合起来对抗反动当局的指导思想，在江阴变为革命实践。

陈维吾果然不负厚望，在后塍、峭岐、杨舍等地的农民暴动中，他均派出了城区支部团结的工人同志参加，使工人同志在斗争中得以成长。

同时，公共身份是国民党江阴县教育局督学的陈维吾，还组织在江阴报社内工作的共产党员，以记者的身份下乡采访，对国民党反动军警、地主豪绅的勾结予以披露，为农民暴动提供了舆论支持。

当年秋，已调任省委京沪线巡视员的蒋云，一次秘密回到江阴，召集江阴县委的部分成员在顾山镇秘密开会，商讨组织发动苏、常、锡、澄农民暴动计划。不料，消息走漏，国民党江阴县公安局派出20多名警察前往顾山"清剿"。在县城密切注意反动军警动向的陈维吾通过内线，得到消息后，在"清剿"的警察出动下乡时，他也以下乡巡视学校的名义，紧急赶往顾山镇，趁顾山镇长宴请警察时，派出交通员紧急通知同志们安全转移，使江阴县委免遭了一次重大损失。

事后，蒋云曾说过："维吾同志就是江阴党组织的一个小诸葛。"

并向省委推荐,将陈维吾调至无锡从事秘密工作。1929年4月,在钱振标、茅学勤等党员相继牺牲后,省委指派陈维吾接任江阴县委书记。由于他长期在江阴城区工作,在工人中有一定的群众基础,因此,他将工作重心放在发展城市的职工运动方面,利用合法斗争形式开展群众运动。

次年5月的一天,蒋云从上海秘密返回江阴,陈维吾向他汇报工作,他提及的一件事引起了蒋云的重视。陈维吾说:"利用纱厂组织地痞流氓对女工搜身,极度侮辱女工的人身和人格,深受痛恨。而且资方任意克扣工人工资,工人上班时间长,拿的钱却越来越少,养家糊口都不够。"

蒋云听后,面露怒色。工厂的"搜身制"最早出现在上海的外国在华企业,尤其是日资企业,后被中国企业模仿采用,主要实行于纺织、卷烟、食品、火柴等工厂。当时的搜身检查主要由工厂的"把头"负责。这些"把头"搜身检查时,一种是放工时搜查,一般在厂门口设置只容一人通过的木栅栏或铁栅栏,男女工人分两边由栅栏走出,由门警或专门雇佣之男子检查。从上身搜到下身。如果搜到东西,就要受到打骂、挂牌示众或被开除,甚至送警法办;另一种是随时搜身检查。"把头"只要心血来潮,随时会指令工人接受搜身检查。

"搜身制"对女工的人格侮辱比起体罚来,有过之而无不及。据上海1921年12月14日的《民国日报》报道:"他们每日放工的时候,又恐怕伊们偷了烟,门首必有人搜索,常常任意将伊们中十余岁的姑娘们的裤子脱下,当众搜索取笑,若是哪个姑娘好看些,他们就暗藏些烟丝在他们自己手里,却把这姑娘的裤子脱下,假装搜出,搜出后就任意到处摸索,或是禁止回家吃饭,对人说是留着监禁几小时,让她省过,其实是留着做些不堪的事。"

1922年5月1日出版的《民国日报》也在报道中指出:"工人放工时,门口严厉检查,尤以女工为最,随意玩弄取乐以侮辱……"

中共早期组织发动的多起工人大罢工运动,"搜身制"亦是罢工谈判必须废除的条件之一。听说利用纱厂的女工被以"搜身制"为名，任由地痞流氓玩弄，蒋云怎能不怒从心头起？

他稍做沉吟后，问陈维吾："利用纱厂有没有工人党员？"

"有，县委前段时间在利用纱厂建立了党支部，发展了一批工人党员。"

"好，我们就指导工人党员发动工人组织大罢工，我们现在做分工，我负责向省委汇报，取得省委的同意和支持，你立即去召集工人党员秘密开会，让他们发动和组织工人罢工。"

"蒋云同志，以什么样的名义组织罢工？"

"就以废除不平等制度、改善工人生活条件、增加工人收入为由，逼迫资本家让步，同时要造出影响，让更多的工人看到唯有斗争才能够维护自身的权益，让他们自觉地融入革命斗争的洪流中来。"说到这儿，蒋云略做沉吟，又加了一句，"这次罢工，切不可加入政治口号。"

"蒋云同志，我明白了。那罢工的时间呢？"

蒋云想了想道："为确保罢工的胜利，组织发动工人需要一定的时日，时间就往后推一个月。"

大计商定后，蒋云与陈维吾分头行动。组织利用纱厂罢工的建议，很快得到省委的批准同意。但陈维吾暗中联系工人党员发动工人时，资方有所察觉，他们立即出手，开除了9名活动积极分子。

在此情况下，蒋云果断作出决定，将罢工时间提前至5月30日。这一天，正好是"五卅惨案"五周年的纪念日。

这天清晨，事先联系好的1300多名利用纱厂工人突然罢工。

资方慌了手脚，按照罢工的计划部署，罢工的工人包围了工厂的账房，使得资方来不及转移资金，并喊出了"废除不平等制度，改善工人生活，增加工资收入"的响亮口号，资方顶不住压力，当日下午，资方提出谈判。

陈维吾指派了利用纱厂党支部的几名工人党员作为代表，与资方进行谈判。刚开始，资方以请反动军警前来镇压为由恫吓谈判代表，但谈判代表不为所惧,大义凛然地说:"我们不怕被捕、不怕流血,我们这次罢工不达目的誓不罢休,大不了与工厂玉石俱焚!"

资方见吓不住他们,而且他们的党员身份没有暴露,反动军警找不到抓人的口实。迫于压力,资方只得同意将开除出厂的工人返聘回厂,废除"搜身制"等不平等的制度,并增加工人工资和发放米贴。

利用纱厂罢工取得了胜利,大罢工掀起的革命风潮,使更多的工人得以觉醒。

7. 陈维吾被捕

1930年夏,"左"倾风潮越刮越猛。

中共中央受共产国际"左"倾错误思想和反右倾斗争影响,错误估计当前形势,于6月11日召开政治局会议,通过了《新的革命高潮与一省或几省的首先胜利》决议案,对于中国革命形势、性质和任务等问题,提出了一整套"左"倾错误主张,要求全国各地马上准备起义,并制定出组织全国中心城市武装起义和集中全国红军进攻中心城市的冒险主义计划,又将党、青年团、工会的各级领导机关合并为准备武装起义的行动委员会。

江苏省委为贯彻中央指示精神,于1930年7月14日决定将江苏省委、共青团江苏省委及上海工联会合并,组成江苏省总行动委员会,蒋云被指定为江苏省总行动委员会委员。

对于党的"左"倾冒险,蒋云忧心忡忡。可他在党内人微言轻,正处于"左"倾冒险中的上级听不进去他的建议,正在他苦闷之中,又一个噩耗传来——1930年8月的一天,蒋云正在上海巡视工作,江阴县委派出的一名交通员来到上海,向蒋云通报:江阴县委书记陈维吾同志在乡下开会时,因走漏风声,不幸被捕!

蒋云极为震惊,焦急地询问:"有没有组织营救?县委工作现由谁来主持?"

在白色恐怖下,情报的传递非常严密,交通员知之甚少。他如实答道:"县委的工作现由高启根同志主持,怎么组织营救我不知道。"

高启根是徐鸿英的化名,听说是由他来主持县委工作,蒋云稍松了一口气。徐鸿英的组织能力和丰富的斗争经验,让蒋云十分放心。当天,蒋云打发走了交通员后,跟淞浦特委的同志做了简单的工作交接,随后秘密返回江阴,他要参与营救陈维吾。

第2天,蒋云回到江阴,立即与徐鸿英秘密接头,从徐鸿英口中得知,前几日,也就是8月16日,陈维吾到月城戴庄南面的夜叉头坟场召开农民积极分子会议,部署农民秋收抢粮斗争,当天晚上,他夜宿峭岐竹林庵。谁知,因潜伏在革命队伍中尚未暴露的一位叛徒告密,国民党反动军警对陈维吾实施抓捕,据跟在陈维吾身边侥幸逃出的同志讲,反动军警包围了竹林庵后,陈维吾想组织反抗,可是子弹卡壳,枪开不出,反动军警一拥而上,活捉了陈维吾。那名跟在陈维吾身边的同志,借他们抓捕陈维吾的机会摸黑逃出,连夜向徐鸿英报了信。

"陈维吾同志现在关在哪儿?"蒋云急切地问。

"据我买通的内线说,还关在戴庄,反动军警对他多次严刑拷打,他没有吐出一个字。"

"陈维吾同志担任县委书记的要职,在他手上就发展了一大批党员,成立了10多个党支部,要是他松了口,江阴县委将遭遇灭顶之灾。这个同志我对他了解,他就是一位钢铁战士,不会被撬开口的,我们要积极组织营救,保住这位革命的好同志。"

蒋云的话,与徐鸿英的想法不谋而合。徐鸿英说:"陈维吾同志被捕后,我花了不少大洋,终于得到一条重要的消息。"

"什么消息?"

"过两天,戴庄的反动军警将押解陈维吾同志到江阴受审,他们走的是陆路。从戴庄通向县城只有一条大路,我们可以在路上设伏,等押运车辆通过时,发动突然袭击,解救出陈维吾同志。"

"这个计划很好。"蒋云说着,突然想起了什么,他问徐鸿英,"出卖陈维吾同志的叛徒知道是谁不?"

徐鸿英苦着脸叹了口气道："参加农民运动积极分子会议的有几十个人，我们暗中逐一摸过底，那家伙隐藏得太深，我们还没有发现。"

蒋云一惊："鸿英同志，你的营救行动计划布置下去了没有？"

"布置下去了。怎么了？"

"我有个不好的预感，我们的营救行动，很可能又会被那位没现出真形的叛徒告密，我们要做好应对准备。"

蒋云的提醒，让徐鸿英也吃了一惊。徐鸿英曾严惩过革命队伍中的叛徒，比如出卖无锡县委书记孙逊群的叛徒，就是徐鸿英通过内线掌握了出卖者，然后以到无锡纱厂谈生意的由头，诱出那个可耻的叛徒，并将其正法的。可是，陈维吾被捕后，徐鸿英营救心切，在制订营救计划时，没有考虑到叛徒再度告密的可能，如今经蒋云一提醒，他如梦初醒。

在蒋云的建议下，徐鸿英收缩了沿路设伏的营救队伍，并跟他们交代："如果到了约定的时间，押运车辆没有出现，立即撤出。"同时，他在戴庄通往江阴的水路上设了暗哨，如果国民党反动军警的押运改水路，立即报告。

事实果不出蒋云所料，反动军警在押送陈维吾赴江阴时，因叛徒的告密，临时改走了水路。徐鸿英设下的水路暗哨发现后，立即报告给在一线指挥的徐鸿英，徐鸿英立马调集战士追击，因反动军警乘坐的是汽艇，营救队员分乘的是人力划的小划子船，追击了一阵，没追上。城内的反动军警派出了大队人马前来护卫，为不使营救队伍落入反动军警的包围圈，徐鸿英只得下令营救队伍撤退掩蔽。

营救行动失败，徐鸿英与蒋云商量第二次营救计划。

当时提出的计划有两个，一个是组织营救队伍攻打国民党江阴县公安局监狱，但两人都觉得这计划不可行，看守监狱的有上百名反动军警，他们装备精良，营救队伍攻打不成反遭殃；另一个计划是劫法场，徐鸿英通过买通的内线，得知陈维吾在狱中虽受尽酷刑却坚贞不屈，反动当局气急败坏，拟于8月27日下午对陈维吾行刑，行刑地点在江阴寿山公园以北的金刚腿。

他们查看了地图后,又到刑场进行了实地勘察,觉得在法场动手,地形不利,成功的可能性不大,因此又调整了计划,改由在反动军警将陈维吾押赴刑场的路上伺机营救。

计划商定后,徐鸿英立即布置战士化装进城,在通往法场的沿路暗中设伏。

可是,8月27日下午,徐鸿英却看到反动军警似提前得到了营救风声,在通往法场沿线的大街小巷,布置了重兵,且占据制高点架设了机枪。

徐鸿英见势不妙,赶紧让警卫员通知设伏的战士不要轻举妄动,随后他通知营救队伍赶赴法场,寻机行动。岂料,法场上的戒备更为森严,多挺机枪架设在法场四处,露出阴森森的狰狞枪口,根本无法靠近营救。

无奈之下,徐鸿英只得下令取消行动。

当日下午,陈维吾惨遭杀害。行刑时,蒋云就隐蔽在围观刑场的人群中。他亲眼见到陈维吾怎么勇对敌人,亲耳听到陈维吾高呼"共产党万岁"的口号,他泪流满面。他为陈维吾这个铁骨铮铮的硬汉子而震撼,也为党有这样坚贞不屈的优秀共产党员而自豪,还为自己不能救下革命同志,眼睁睁地看到他被敌人残忍地杀害而自责!

走出刑场,蒋云心里默诵着宋代诗人梅尧臣的诗句,以此寄托对牺牲战友的哀思:

暗灯露微明,寂寂照梁栋。
无端打窗雪,更被狂风送。

泪水打湿了他的衣襟,他浑然不觉。他在心中发下誓言:"维吾同志你一路走好,这个血债,我们一定要让敌人加倍地偿还!"

第六章
白鹤啸云

惊蛰节气，雨花纷飞。

淅淅沥沥的江南春雨，将通向上海松江烈士陵园烈士纪念碑的道路冲洗得干干净净。

矗立在烈士陵园内的纪念碑，枫叶一样红的纪念碑墙体，由四面红旗墙体组合而成，代表着四个革命时期，也象征着烈士们抛洒的鲜红热血，那呈下垂状的红旗墙体，表示着后人对革命烈士的深深悼念。碑体上书六个黑底金字——死难烈士万岁。这是毛泽东的手迹。

松江烈士陵园的前身，是坐落在县苗圃桃园内的侯绍裘、姜辉麟烈士纪念碑。 后移至华阳镇现址。

这两名革命先烈的碑文,分别由陆定一、陈云题写。

松江烈士陵园先后被命名为"上海市革命烈士纪念建筑物保护单位""上海市全民国防教育基地""上海市爱国主义教育基地"。 无数的后来者,在烈士纪念碑前,祭奠、怀念、宣誓……

人们凝视、仰望着侯绍裘、姜辉麟两位革命先烈的纪念碑。 他们,一个是蒋云烈士投身革命事业的引路人之一,一个是与蒋云风雨相伴的革命者。

蒋云在上海的革命岁月,因为姜辉麟的相伴而生动多彩。 而姜辉麟,在蒋云不幸被捕后,也因为牵挂蒋云而被捕,两人一前一后在南京惨死于大叛徒顾顺章之手。 他们忠魂伴春风,碧血洒蓝天,成为南京雨花台革命烈士的长长名单中,永不磨灭的名字……

1. 筹建红十七军

陈维吾牺牲后,1930 年 8 月底,省委决定蒋云出任江阴县委书记,并负责筹组中国工农红军第十七军,由他兼任军长。

这是蒋云第三次出任江阴县委书记。 自 1928 年 1 月中共江阴"一大"蒋云二次当选为江阴县委书记,再到现在的三度出任,隔了也不过一年半时间,而在这一年半里,时代滚滚前行的潮流,犹如摁下了快进键:各种风云突变、惊心动魄的事件不断演绎,让人目不暇接,既鸣响着革命风潮后浪推前浪的奋进号角,亦奏鸣着众多烈士壮志未酬身先死的悲歌哀曲。

独立支部书记孙逊群、县委书记陈维吾的先后被捕牺牲,使江阴县党组织遭到重度打击,生死存亡关头,蒋云挺身而出,他用坚定的革命信仰,立下誓言:无论如何都要将这一棒接力好!

蒋云再任县委书记后,第一件事就是找徐鸿英商量筹组中国工农红军第十七军(下文简称"红十七军")。 其时,徐鸿英在茅学勤牺牲后,接过了茅学勤所带武装队伍的指挥权,在省委军委的指导下,将队伍改编成红军第十三师。省委指示成立红十七军，就是在红十三师的基础上组建。

徐鸿英说:"筹建红十七军的基干力量是红十三师，这支队伍的红色，是无数革命先烈们的鲜血染红的啊。"

对于此话，蒋云深有感触。回望红十三师一路走来的足迹，迈出的每一步，足印里都钤留着先烈们的鲜血——

1926年8月7日，中共中央召开的"八七会议"明确提出:"命令上海区委制订新计划，对付孙传芳，并组织军事委员会。"随后，中央军委军事部部长周恩来在广州海陆丰召开秘密会议，时为中共江阴支部书记的孙逊群参加会议，周恩来面授机宜，要孙逊群回江阴组织农民的秘密武装，人数至少要发展到400名。

孙逊群领命回到江阴后，一方面积极动员成立农民协会，另一方面从农民协会中物色农运骨干，发展秘密武装，建立了江阴县第一支接受共产党领导的农运队伍。蒋云也正是在那时发挥了积极作用，成为农运骨干分子，并且加入了中国共产党的。

蒋介石发动"四一二"反革命政变后，江阴党组织遵循上级的指导，要求农运骨干深入农村，积极动员当地农民加入革命队伍，组织农民武装，并组建了红军游击队，先后发动了包括后塍暴动、杨舍暴动、峭岐暴动等十多次农民暴动，在武装暴动中，打出了影响，吸引了更多的农民投身革命队伍，人数最多时甚至近万人。

然而这支仓促之间组织起来的农民武装队伍，数量上虽然占据着优势，但缺少武器，装备极差，且未经严格的军事训练即投入战斗，再加上受中央提出的脱离革命实际的"左"倾思想影响，急于求胜，后在国民党反动军警的重兵围剿下，惨遭失败。尤其是解救农运骨干的后塍农民暴动的失败，使红军游击队差点全军覆没，要不是蒋云、徐鸿英与茅学勤等人的果敢决断，分兵突围，茅学勤带着幸存的队伍果断渡江北上，到靖江暂避风头，也许，这支队伍早就被国民党反动军警一网打尽了。

1930年1月，江苏省委发出《关于建立和扩大红军工作给各地党部的通知》："江苏虽是帝国主义和国民党统治中心，广大红军集中一地，目前不易存在，但在现时农村斗争发展的形势下，红军以游击队的形式，在集中指挥之下，实行游击战争，毫无疑义是可能而必需的。"按照省委指示，带着渡江队伍重返江阴的茅学勤，将农民革命军、赤卫队中被打散后无法回家的同志和特科战斗科的同志合并组成赤卫军分队，又称红军分队，在江阴开展游击斗争，再次掀起了江阴农民武装革命的小高潮。队伍恢复了生气，得以发展壮大，人数达到2000人。

茅学勤被捕牺牲后，负责中共苏常特委工作的徐鸿英继续执行省委指示，按照省委《江苏外县工作计划和农民工作决议案》的精神，将红军分队改编为红十三师，直属中央军委及江苏省委领导，经过浴血奋战，红十三师在江阴东乡香山建立了根据地，并迅速扩展至潘家埭、龙家湾、瞿高村、薛家湾、姚家埭、大圩埭、左家埭、姜家岸、曹家岸、香山湾、占文桥等乡村。

有了红十三师的打底，以及红军根据地的支撑，红十七军的筹组较为顺利。

9月中旬，蒋云以江阴县委书记的身份，召集徐鸿英、陆尔康、陆掌林、陈楚书、夏汝生、陈全林等人在江阴东乡联络站站长王龙宝家中秘密召开预备会。

会议主持人为徐鸿英，会议议程共六项：其一，蒋云做形势报告；其二，研究红十七军领导名单及分工步骤、活动路线、联络暗号；其三，研究经费来源及支付办法，收款、存款地点；其四，发展组织，扩大队伍的规定、条件和要求；其五，确定军旗、番号、符号和歌词；其六，红军家属的安置。

预备会的成功召开，为红十七军的筹备，打下了坚实的基础。

1930年9月，中共中央决定撤销江苏省总行动委员会，恢复江苏省委。随后，省委派出军委的负责同志到江阴指导红十七军的筹备。

10 月 18 日下午，红军第十七军成立大会在江阴东乡的香山北麓张公殿举行。

为确保成立大会的安全，蒋云事前做了精密安排和部署。任命夏汝生为外勤总哨长，陈全林为内哨总哨长。共放出五条警哨线：

西路放至任家桥、瞿高桥；

北路放至天井山、老港口、桥头上、王家埭；

东北路放至安利桥、巫山港、唐家圩、小桥头；

东南路放至三甲里、大悲港；

西南路放至占文桥、大王庙、仓廪桥、朝北三官堂、桃花涧。

成立大会上，省委军委负责同志宣布：蒋云担任红十七军军长，徐鸿英担任党代表兼政治部主任，朱松寿任副军长兼参谋长，陆尔康任政治部副主任兼军部秘书长。

红十七军下辖三个师：十三师，师长陆掌林；十四师，师长陈楚书；十五师，师长高小生。军部设后勤处、军法处、保卫处、侦察处，分别由处树屏、陈全林、夏汝生、陈楚书等人担任负责人。

红十七军成立后，引起了国民党反动当局的极大恐慌，远在南京的蒋介石盛怒之下，亲自下了清剿令："坚决不容许在上海、南京之间存在红军游击队，一定要消灭他们。"

随后，国民党反动派汇集军队、警察、民团等力量，对红十七军日夜不停地围追堵截。

刚刚成立不久的红十七军，随时面临着一场接一场的恶仗！

担任军长的蒋云不主张与敌人硬碰硬，他坚持游击战的思想，使得红十七军一次又一次成功跳出了敌人的包围圈，使敌人围而不成、剿而不尽，气得哇哇叫。

一次，蒋云亲率一支队伍准备投入战斗，在准备战前紧急动员时，他透过望远镜观看了战场形势，突然心事重重，脸上布满阴云，下令："这一仗我们暂时不要打，撤退！"

此刻，红军战士们个个情绪高涨、撸起了袖子准备冲锋陷阵，为何军长却突然下令撤退?

撤退途中,有人悄悄议论:"军长的胆量怎么这么小?"

"你胡说什么。军长下令撤退,肯定是情况有变。"

这些话传到了徐鸿英的耳中,他紧走几步,追上了蒋云。

他还没开口,蒋云就抢先对他说道:"我知道你想说什么,我看过敌人的阵地,敌人深壕壁垒,架起了数挺机枪,咱们的战士如果往前硬冲,就是当人肉盾牌,牺牲会很大。鸿英同志啊,工欲善其事,必先利其器,你看看咱们队伍里,能有几支像样的武器?不少战士还拿着农具参战,这个仗怎么打?不是让战士们去送死吗?"

徐鸿英笑道:"我正是为此事来与你商量的,我向你推荐一个人,他一定能搞到武器。"

"谁?"蒋云急切地问。

"十三师师长陆掌林。"

"他有什么办法?"

"陆路交通被反动军警层层封锁了,走不通,但我们可以走水路。陆掌林同志手中有一艘绍兴船,你外调工作后,陆掌林同志依托水上优势,以做石料生意为掩护,发展水上革命武装,不时骚扰敌人,敌人清剿时,他就在水上四处隐蔽,敌人拿他没办法。我们可以让他带着经费去上海采购武器。"

"这个主意好。"蒋云当即拍板,安排陆掌林去上海采购武器。

果然,陆掌林领受任务后,机智地以绍兴船为掩护,从上海运回了大量武器。红十七军有了充足的武器装备,战斗力大增。

2. 浴血奋战

这天下午,战斗又一次打响。

战场上枪炮声大作,红军战士的喊杀声震天。指挥战斗的蒋云,已经记不清这是红十七军成立后所经历的第几次战斗了。

江阴的地貌特征带有典型的长江中下游平原特征,境内除了几座不高的山外，几乎是一马平川，地形地貌极不利于红军创建和巩固根据地，再加上蒋介石将国民政府定都南京，蒋介石占据着京（南京）沪线的城市优势，江阴夹在其间，除了北面的长江外，东、南、西方向三面受敌，而且随着蒋介石的亲自部署，国民党反动当局加大了对红十七军的清剿力度。

参与清剿的既有国民党的正规军三十二军，亦有国民党江苏省保安司令部警察部队，国民党江阴公安局及各分局警察部队，还有各乡镇的商团（保安团），五县联防团，五县水上联防团、冬防局、巡警司等，清剿力量数倍于红十七军。

再加之江南的水陆交通便利，国民党军队、公安、保安团围歼速度奇快，红军战士在反动派大军云集的缝隙里浴血奋战，承受的压力可想而知！

这段时间，蒋云带着部队四处辗转，不时与国民党清剿队伍发生遭遇战，两三天就要爆发一次较大规模的战役，零星战役更是每时每刻都有可能发生。

打游击的红军战士在乡下四处转战，桑田、岗坎、坟场、河湾……都成了红军战士的临时宿营地。就是这样，他们还不敢大意，战士战时休息时，蒋云让几个战士在脚丫里绑一支燃着的香，当香燃到根部时，灼疼惊醒战士，就立即起来，叫醒其他战士重新转移。

敌人也很狡猾，当红军战士隐蔽进稻田时，敌人在长绳上垂系砖头，沿田间一路向前拦去，如果兜到隐藏在田间的战士，立即开枪击毙，或者直接放火，将红军战士活活烧死。

战士们也没东西吃，由于随时会发生战斗，随时会转移，他们所带干粮不多，战士们迂回奔波时，有时一两天才能吃一次干粮。宿营时，也不能生火冒烟……

然而，不管革命斗争面临怎样的困境，红十七军的士气永远不会低落！

在这些战士加入革命队伍时，蒋云就跟他们说得明白："共产党人的革命,就是为了推翻压在中国人头上的帝国主义、封建主义、官僚资本主义三座大山,使天下的穷苦百姓不再受欺负,过上好日子,这是我们崇高的革命理想。但有一点我要说在前头,革命随时会有流血和牺牲,害怕流血牺牲的,就不要加入革命队伍,一旦加入,就要成为革命的勇士!"

他的话音刚落,队伍里就喊出了震天动地的口号:"参加革命,不怕流血,不怕牺牲!"

多好的战士啊!

蒋云心头一热,这个不轻易流泪的铮铮铁汉,此刻,在战士们面前流泪了,他是为感动而流泪,为革命精神气如长虹而流泪!

但是,革命光有激情不行。

残酷的战斗中,随时会有战士们倒在血泊中。记得在一次攻打乡公所的战斗中,敌人的兵力增至数百人,乡公所久打不下。

这时,队伍里不知谁喊了一声:"不怕死的,跟我上!"

紧接着,几十个战士应声而出。他们自发地组成了敢死队,抱着土制炸药炮,冒着敌人的枪林弹雨冲了上去。

敌人的机枪架在屋顶上,居高临下,疯狂地扫射,第一排战士倒下了,第二排战士紧跟着冲了上去,第二排战士倒下了,第三排战士又冲了上去……

终于,随着"轰"的一声巨响,敌人的制高点被轰塌了,机枪哑火了。

一直被火力压制的主力队伍,随着蒋云的一声大吼:"同志们,冲啊!"

他们纷纷从隐体内冲出,可是当队伍正接近乡公所的大门时,敌人藏在暗处的又一挺机枪响了起来,冲锋的战士纷纷中弹倒下,鲜血染红了乡公所门前的土地,几乎血流成河。

蒋云杀红了眼,他找准敌人的机枪布置点,借着大树的掩护,从地上爬行了近百米,终于接近了机枪点,然后他一个点射,撂倒了敌人的机枪手,敌人换机枪手的间隙,冲锋的队伍奋勇而上,将刚端上机枪的敌人撂倒,并迅速抢占了机枪点。

但几名红军战士摆弄着缴获的机枪却不知如何使用,子弹一直打不出去。

而这时敌人增援的部队也仰仗着武器优势,从乡公所里冲了出来,要与红军战士短兵相接,一旦短兵相接,武器不如人的红军战士一定会吃大亏。

危急时刻,蒋云不顾呼啸的弹雨,奋不顾身地冲上前去,他掉转机枪口,将一梭又一梭子弹朝敌人猛射过去,如此迅猛的动作,将敌人打懵了!

敌人丢下十几具尸体后,急忙后撤,由于前院已被红军战士趁势占领,他们急慌慌地从后门突围而出,逃出了乡公所,这一战,红军取得了惨胜。

就在战士们聚于院子里欢庆胜利时,蒋云放眼看着倒地牺牲的红军战士,悲从中来!

他逐个检查,对牺牲的战士,他安排人进行掩埋,并鸣枪祭奠。对于受伤的战士,蒋云从行军包里掏出针管、药物进行注射。蒋云的父亲陈继轩是医生,他自小受到过父亲的熏陶和指点,会打针看病。

"蒋云同志,你注射的什么药?"徐鸿英走过来问。

"这是抗菌素,防止伤口感染的。"

"抗菌素? 这可不好搞啊!"徐鸿英惊讶地问,"你是怎么搞到的?"

"在上海工作时,我请人搞的。"蒋云一边给战士注射一边说。

"蒋云同志,你太有心了。"徐鸿英对蒋云的敬佩更进一层。

这批药物,要感谢姜辉麟同志啊! 蒋云这时想到了姜辉麟,姜辉麟的母亲也行医,这批药物正是她的帮忙,他才搞到手的。

姜辉麟怎么样了? 蒋云抬头望向东南方向,那正是上海的方向。

蒋云不断地治伤救人,但还是挽不住红十七军的不断失利。 红十七军组建以来，历经了几十次大小战斗，倒下的战士一批又一批，倒下去的有十之七八，这是何等高的伤亡率！

虽然不断有新战士补充进来，队伍看起来减员不算多，可是老战士已经所剩无几了！

"部队再也不能这样硬拼下去了！"蒋云对徐鸿英说。

"但省委有明确的指示，我们要严格执行啊。"徐鸿英不甘心地说。

"我会向省委汇报，再这么打下去，不会过多久，部队就会全军覆没。"

徐鸿英沉重地点了点头，农民队伍发展至今，他们所经历的战斗并不少，可是这样打下去，完全是一场又一场的消耗战，何时才是尽头？

他看着忧心忡忡的蒋云，心里也在担忧，蒋云同志的汇报，省委会听取吗？

3. 王明攫权

1930年12月，共产国际代表米夫秘密来到了上海。

谁也预料不到，这个远道而来受到中共中央热情接待的乌克兰人，会给中国共产党带来一次极大的损失，会给中国革命带来一场巨大的灾难！

米夫此行意味深长。

当时，国民党已与苏联断交，并四处搜捕苏联共产党人，米夫此时冒着危险来华，就是为扶持他的学生王明上台而站台来的！

米夫与王明的交往，要回溯到1925年11月。那一年，王明受党的派遣去莫斯科中山大学学习。王明有较强的语言学习能力，很快就能说一口流利俄语，深得时为中山大学副校长的米夫赏识，当时为与校长拉狄克做斗争，米夫拉拢一部分学生，培养自己的亲信。而一心想出人头地的王明，与米夫一拍即合。于是每逢米夫讲授马列理论课,王明总是抢先发言,以讨好米夫,并成功进入这个直属斯大林的小团体。

在苏联的四年学习和工作,"唯圣""唯书"的思想和学究与背诵式的学习方式,使王明学会一套把马克思列宁主义教条化的本领。共产国际为牢牢掌控中共中央,在米夫的支持下,他们将王明作为"未来的中共领导人才"加以特殊培养。

米夫到达上海后,立即单独召见王明,为王明攫取中共中央的最高领导权面授机宜。

召见了王明后,米夫直接要求中共中央召开中共六届四中全会。迫于米夫的压力,中共中央开始筹备六届四中全会。

米夫违反党的纪律,越俎代庖,亲自起草了《中共四中全会决议案》(草案),并以共产国际远东局和中共中央政治局的名义,拟定了改组后的政治局委员、候补委员和中央委员名单,同时还亲自圈定了出席六届四中全会会议的代表名单。

中共中央在紧锣密鼓地筹备六届四中全会时,蒋云的职务也刚刚发生了变化。在江苏省总行动委员会撤销、江苏省委恢复后,蒋云接替陈云同志,担任省委外县工作委员会书记。他原先担任的江阴县委书记及红十七军军长职务,暂由徐鸿英接替。蒋云仍按省委指示,代表省委具体指导江阴县委和红十七军的工作。

1931年1月7日,中共六届四中全会在上海秘密召开。当时,有的中央委员在会前20分钟才接到开会通知,有的人到了会场还不知道开什么会,还有的委员,因与王明的意见不合,到了上海竟不被通知开会。

会议名义上是由时任中共中央总书记的向忠发主持,实际上是由米夫把控,有了米夫的"坐镇",王明更加有恃无恐。在会上,王明做了长篇发言,宣扬他会前写出的《两条路线》(后来更名为《为中共更加布尔塞维克化而斗争》)的观点,点名批评了李立三和瞿秋白,指责李立三的错误是在"左"的词句掩盖下的"右倾机会主义",指责三中全会对"立三路线"未加以丝毫的揭破和打击,在主要问题上继续着"立三路线"。报告提出了一系列比李立三的冒险主义还要"左"的错误观点,并提出"对共产国际的路线百分之百忠实"的口号。

王明所做的报告,遭到出席会议代表林育南、罗章龙、何孟雄等人的强烈反对,他们认为,中国革命极其复杂,要取得胜利,必须有德高望重、德才兼备,又有实际斗争经验的同志来领导,否则,革命难以成功。

这些意见归结为一句话,就是反对王明攫权。

但代表们的声音,哪赶得上米夫的声音,在米夫的把控下,会议最终还是强行通过了六届四中全会决议案,实际上批准了王明的"左"倾冒险主义纲领。在米夫的授意下,会议改选了新的中央政治局委员和候补中央委员。结果,原来连中央委员都不是的王明,一跃进入政治局成为委员,并且兼任由中共江苏省委改组后的中共江南省委书记。

王明攫权后,中共中央名义上仍由向忠发担任总书记,实际上权力却操纵于王明之手。这开启了土地革命战争时期"左"倾错误对党的第三次领导,王明的"左"倾教条主义在中共的"统治"长达4年,其具体表现为"在政治上,混淆民主革命和社会主义革命的界限,一切斗争,否认联合","在军事上,先是推行冒险主义,后来又变为保守主义和逃跑主义","在组织上,实行宗派主义",给党的革命事业造成的灾难无法估量!

林育南、何孟雄等人为了使党的事业不受损害,中共六届四中全会召开后的第二天,即1月8日,他们以高度的革命责任感,联络张金保、李求实等18名共产党员在党内发表了反对王明的《告同志书》。

此举,深深触怒了王明。

王明掌握大权后,拼命打击、排斥持不同意见或反对过他的人。林育南、何孟雄成了他打击的主要对象。何孟雄当时的组织关系在江苏省委,王明便利用自己兼任的江苏省委书记之职,以贯彻四中全会精神为名，几次召开扩大会议，猛烈批判何孟雄。

1月17日夜，何孟雄召集部分反对王明的同志，在上海东方饭店（旅社）召开紧急会议，部署进一步反对王明的斗争。参加会议的有江苏省委和上海工会的代表，会议正在进行时，突然租界工部局的巡捕包围会场，将与会者逮捕。

1931年2月7日，何孟雄、林育南、李求实、殷夫、柔石、李伟森、胡也频、冯铿等36名被捕的共产党员，在上海龙华壮烈牺牲。

4. 因反对王明被贬

何孟雄、林育南等人被捕牺牲后，王明自以为反对他的声音已被扑灭，故而在他兼任中共江苏省委书记期间，多次召开省委会议，强力推行他的"左"倾教条主义。

但王明没想到，在党内政治地位并不高的蒋云，竟然敢于"冒犯"他。

一次，王明主持召开江南省委会议，要求江阴、无锡、丹阳等地的红军武装，要敢于打大仗，向县城发起总攻击。

他的话音刚落，参会的蒋云就提出了反对意见："我绝对不能赞同这一意见。"

"蒋云同志，这是省委的部署要求，必须绝对服从，反对意见你可以保留。"王明沉下了脸，声音冰冷。听得出来，他对蒋云的"冒犯"十分恼火。

"不，王明同志，党的民主政策是广开言路、开门纳谏、从谏如流，我作为一名共产党员，为什么不能向党提出意见？"

蒋云的反问让王明心头一震，他面露怒色，正待发作。

不想参会的其他同志，不满王明的"左"倾教条主义，更愤怒于王明对何孟雄、林育南等同志的迫害，与蒋云站在同一阵线，他们集体提出："王明同志，既然蒋云同志有不同的意见，就不能堵塞言路，不妨听听嘛。"

见大多数人支持蒋云，王明只得暂且压下怒火，没好气地说："蒋云同志，你就说说你的反对意见吧。"

"去年秋，陈维吾同志牺牲后，我接任江阴县委书记，同时兼任红十七军军长，同志们都知道，江阴的农民运动起步较早、基础较好，也是苏南较早创立红军游击队的地区，但是我们在实际斗争中，面临着几重压力：一是江阴处于京（南京）沪的中间地带，国民党大兵压境，在多次围剿中，队伍的牺牲较大；二是武器落后，队伍的思想素质、军事素质尚不成熟；三是江阴是平原开阔地带，没有办法巩固根据地……"

蒋云的话还没说完，王明就怒气冲冲地打断道："蒋云同志，你这是在犯'右'倾机会主义的错误，革命的高潮正在逼近，你却唱反调，是何居心？"

蒋云一听这话，也火了，他闷闷地回道："我是不想让红军战士做无谓的牺牲，如果江阴执行攻打县城的冒进决议，很可能会全军覆没！"

"照你的意思，你是要公开违抗组织决定了？"

"不，下级服从上级，这是党的组织原则之一。但党的组织原则里还规定，下级有权向上级提出意见，也就是对的意见，我坚决执行，错误的，我不会执行。"

蒋云的话，无懈可击！

王明扫视了一下会场，见大家都在暗中点头支持蒋云。他怕众怒难犯，马上换了一张笑脸，说："蒋云同志，你跟立三同志的斗争我听说过了，当时你反对立三路线，事实上证明你的反对是对的，中央召开的六届四中全会，终结并批判了立三路线，现在中央制订了正确的路线，你怎么又反对起来了呢。"

王明找了个台阶给蒋云下，可蒋云偏偏没有顺着他给的台阶下。他认真地说："当时我反对立三同志，是反对他推行的'左'倾冒进路线，但我不明白，六届四中全会为何要给他定性为'右'倾机会主义，而现在推行的是比立三路线更为'左'倾冒进的路线，没有顾及革命的实际,说得严重点,就是这条路线,根本没有顾及广大革命战士的流血牺牲!"

"蒋云同志,你不执行中央和省委的指示,我就换人执行!"王明再次恼了,他脸上一片乌云,会场里寂静下来,谁都知道,王明素来"顺我者昌,逆我者亡"。

说着话,王明还从口袋里掏出一张报告,扬了扬道:"这是江南省委组建后,上报中央的省委常委建议名单,我看蒋云同志也在常委的名单中嘛。这个报告,我没有同意,如果这个名单里的人不执行中央和省委的指示,还能进入名单吗?"

坐在蒋云身边的一名省委委员暗中扯了扯蒋云的袖子,小声说:"王明同志有共产国际的支持,反对他的何孟雄同志都被捕牺牲了,我们执行命令吧,别再跟王明同志顶了。"

谁知,蒋云不听这话还好,一听这话,脸上顿时现出了怒容,他大声说:"我蒋云参加革命不是为个人的升官发财,批不批准我进入省委常委,那是中央的决定,我蒋云决不计较。但刚刚有人悄悄跟我提起何孟雄同志,我们共产党人不搞阴谋,有话就要摆到桌面上说。论资格,何孟雄同志是全国最早期的55名共产党员之一,也是北方工人运动的领导人,在省委担任常委和农委书记,也是我蒋云特别敬佩的共产党员,何孟雄同志不幸牺牲了,但我蒋云公开赞同和支持何孟雄同志的意见。我蒋云不怕流血牺牲,但我坚决反对无谓的、毫无价值的流血牺牲,当红军战士们一个个倒在我的面前时,我的心在滴血啊!"

说到这儿,蒋云激动得面色潮红,热泪含在眼眶内。

蒋云的话,让一向自认为口才很好的王明无可反驳。他强势地提议:"蒋云同志不服从组织领导,我提议撤销党内职务,到上海的工会工作。"

他名义上是提议,实际上是"一言堂",一锤定音!

这时有人替蒋云说起了公道话:"蒋云同志长期从事农民运动,对组织工人运动没有经验。他去上海的工会,那是个鱼龙混杂的地方,帝国主义、军阀、买办、大资本家和青洪帮都混杂其中,去了凶多吉少啊!"

王明板着冷冰冰的脸孔,不予理睬。

会后不久,蒋云即接到省委通知,撤去他省委外县工作委员会主任职务,调任上海五金工人委员会主席。

这次调动,明显是王明对蒋云的打击迫害。

蒋云接到新的任命,回江阴与徐鸿英交接工作。徐鸿英得知这一情况,情绪十分激动地说:"省委做出这样的决定,是错误的决定,这事交给我,我来让同志们签名,建议省委收回错误的决定。"

"不,绝对不能这样。"蒋云冷静地说,"在会上,我可以公开提出反对王明同志的不同意见,但在会后,省委做出的决定我要坚决执行,到哪里都是革命,你这样一做,好像我蒋云要争权似的,影响不好。"

"你啊,事事从大局出发,这都火烧眉毛了,你还这么淡定,真急人。"徐鸿英见蒋云不接受他的建议,急得直跳脚。

蒋云缓缓道:"省委和中央的情况你不清楚吗?王明同志有共产国际的撑腰,掌握了中央的权力,你的申诉有什么用?谁会听?何孟雄、林育南等同志,比起你我来在党内的政治地位都高,他们提的反对意见,都没被采纳,我继续持反对意见被调任,我阻止你向省委报告,是不想你遭牵连啊,红十七军刚刚成立不久,处境艰难,你要是再被牵连调走,谁来负责红十七军?我现在就担心红十七军的处境,要是执行王明同志的路线,前景不容乐观啊!"

蒋云的话说得极为在理,徐鸿英无奈地叹了口气,放弃了写信的念头。

后来的事实,被蒋云不幸言中。蒋云被调任后,徐鸿英被迫执行王明的"左"倾教条主义,打了几次大仗、硬仗,非但没有取得胜利,反而损兵折将。蒋云离开江阴不久,陆掌林的独立师就在一次战斗中,几乎全军覆没,陆掌林突围跑到江北的南通,不久被捕,被杀害于江阴县的君山刑场。

到了1934年7月，曾经声威大振，多达两三千人的红十七军，只剩下区区不足百人的队伍，武器只有11支短枪、20支长枪，再也不具备所谓"打大仗"的条件，只能采用游击战术保生存。

1935年5月，长期隐蔽在国民党江阴县党部工作的徐鸿英被叛徒出卖，身份暴露，徐鸿英赶紧乔装打扮出逃，不料被尾随的特务暗杀于抵达湖北的轮船上。

至此，"江阴红军"销声匿迹，让人不禁扼腕长叹！

5. 空荡荡的"工联会"

二月，正是江南冬春季节的交接期。

这天，上海下起了雨，雨点虽不大，雨丝却很稠密，如正赌着气埋头做着针线活儿的怨妇，用连绵不绝的丝线，发泄着心中的不满。

这雨，还和着料峭的寒风，使阴冷之气透过人的肌肤，寒透筋骨。

蒋云撑着一把油纸伞，在一条幽深的弄堂里踽踽而行。他的心情正如这天气，糟糕透顶。

上海，蒋云再熟悉不过。江阴农民运动兴起之际，他多次来上海采购过枪支弹药，后来又担任省委巡视员，负责淞浦特委的巡视工作，他在上海住过一段时间。

岂料，蒋云调回江阴县不久，上海党组织即遭到国民党反动当局的重创，淞浦特委被撤销，特委的同志有的转移隐蔽，有的被捕遇害，在风声一天紧似一天的上海，党组织不要说发展，就是生存都是举步维艰。

上海，曾是中国工人运动的发源地，但在革命形势急转直下的大背景下，上海的工人运动也进入了低潮期。

这年一月，南京国民政府颁发《危害民国紧急治罪法》，规定凡是从事反帝反封建的革命运动，包括用文字、图画、演说宣传反帝反封建革命的，分别处以死刑、无期徒刑或10年以上有期徒刑。国民党上海市市长张群还发布了"特别戒严令",大量的反动军警密布街头里弄,稍有风吹草动,即出动抓捕。

上海正处于血雨腥风之中,敌人杀红了眼,到处搜捕革命同志。

在这种情况下,怎么开展党的工作? 怎么开展工人运动?

蒋云到上海后,以茶叶商人的公开身份为掩护,秘密联络五金行业的工人。这时,他想与上海"工联会"取得联系,但"工联会"的秘密机关已经人去楼空,蒋云去了几次都见不到联系人,这让他焦急万分。

上海"工联会"是经江苏省委批准成立的上海工人联合会的简称。

1925年5月,中共中央为了加强对日益高涨的工人运动的领导,统一上海各工会的组织,成立了上海市总工会筹备会,并在上海宝山路宝山里公开挂牌办公。

蒋介石发动"四一二"反革命政变后,由共产党组织领导的工会组织,被国民党反动势力大量"掺沙子",青帮流氓、投机分子像沙子一样"掺"进了工会组织,并且随着反动军警大肆抓捕、屠戮共产党员和进步工人,工会内的红色力量越来越弱。

国民党反动当局得意地将被他们清洗过的上海总工会称为"黄色工会",与共产党成立的"赤色工会"相抗衡。

基于此,中共中央另起炉灶,于1929年6月,组织发动市政、码头、丝厂、五金、纱厂、烟厂、印刷等10余个工会组织,发起成立了上海市工会联合会(简称"工联会")。

与农民运动一样,工人运动也受着"左"倾路线的盲目指引:1929年6月25日,中共六届二中全会通过的《职工运动决议案》中指出:"上海目前工会运动应坚决地运用公开活动的策略,使工联会的组织成为广大群众总的团体,扩大赤色工会运动,将上海总工会的秘密路线之下的工作,转移到工联组织,去加强工联的组织与领导力量。"

次日,江苏省委按照《职工运动决议案》,下发了《关于工联会组织和工作大纲》,对"工联会"的具体任务、组织路线和工作方针都做了规定。但实际上,在白色恐怖下,"工联会"无法按照中央和省委指示"应坚决地运用公开活动的策略,使工联会的组织成为广大群众总的团体,扩大赤色工会运动",实行的还是秘密工作路线,活动范围有限。

蒋云一到上海,就对上海的工人运动进行了调查摸底,这一调查,他心里沉甸甸的。上海工运由于执行"左"倾冒险和"左"倾教条主义,付出了极为惨痛的代价:1931年2月7日,上海龙华惨案罹难的烈士中,就有不少是工会负责人,其中包括中华全国总工会执行委员兼秘书长林育南,上海市总工会秘书长龙大道、秘书彭砚耕,青工部部长欧阳立安,组织部部长阿刚,"工联会"驻沪东办事处主任费达会,"工联会"市政工会主席兼黄包车工人罢工委员会主席恽雨棠等人。

五金工人委员会挂靠在"工联会"下面,很多工作要与"工联会"交接,但他却无法联系上"工联会"的负责人。那个下雨天,已是蒋云第四次来到"工联会"接头,前三次,他都扑了空。这次,他碰到了一个拉黄包车的老头,见到蒋云后,老头一把将他拉到一个僻静的夹巷里问:"小伙子,我看你到这儿来了几次,找什么人?"

蒋云不清楚对方的身份,不敢透露详情,他借口说:"我到这儿是来找表哥保和兄的。"

那老头不是别人,正是"工联会"的交通联络员老包,"工联会"转移后,特地安排他在此留意观察。老包听得懂暗语,"保和兄"正是中共中央的代号之一,自己人。

老包忙说:"保和兄不在这儿了,转移了。"

蒋云正待细问,老包突然暗使了个眼色,然后高声说:"我这车子已经有人雇了,侬重找车子。"

蒋云既机灵又警惕,他看到巷子口有两个穿着长衫的可疑人影,正朝巷子里探头探脑地张望,他也提高了音量说:"侬瞧勿起阿拉,阿拉给钞票的。"

"给钞票阿拉也不拉，另请人吧。"说着，老包拉着黄包车走出巷子。

蒋云一边走出巷子，一边嘴里骂骂咧咧："侬瞎了眼。"

经过那两个可疑人的身边时，那两个人盯着蒋云看了又看，但没看出什么可疑之处，他们侧过身，把蒋云给让过去了。

蒋云刚回到住处，高瘦个儿的房东就跟着进来了，没好气地对蒋云说："侬老婆啥时候来，侬老婆不来，阿拉房子可不租了。"

原来，在白色恐怖时期，反动军警为防上海市民收容共产党员，对出租房屋进行严格管制，租房子要经过公安局注册，并提供相当的妥保，并且要有家室。三者缺一不可，前两项条件，蒋云以化名买通军警办妥了，但第三个条件，他没法办到，只得向房东撒了个谎，说他老婆在乡下服侍公婆，过几日才能进城。房东就宽限了他几日，让他暂时租住下来。

可蒋云住了快半个月，他老婆的影子还没见到，房东着急起来，就追问蒋云。

蒋云还是单身汉，到哪儿去找个现成的老婆啊。房东见他沉吟，脸拉了下来，说："给侬三日时间，侬老婆再不来，阿拉就收回房子，阿拉说到做到！"

房东走后，蒋云犯起了愁。租不到房子，住的地方都没有，还怎么在上海开展工作啊。

就在他愁眉不展时，他头脑里猛地蹦出了一个人影——对了，就找她！

6. 沉浮岁月

蒋云想起的人就是"小姜"，姜辉麟。

蒋云担任省委巡视员时，与担任特委交通员的姜辉麟交道可没少打。当时，姜辉麟在虹口岳州路立中里创办了私立的立中小学，她以学校为掩护，建立了党组织的秘密联络点。姜辉麟白天给学生上课，晚上则组织补习班,给当地妇女补习文化课,向她们传播革命思想。

多日不见,不知道姜辉麟搬家了没有。现在情况紧急,蒋云只能去碰碰运气了。那天下午,蒋云走到立中里时,却又徘徊不前了,这话跟姜辉麟怎么提起呢?要是她已与别的革命同志结成了伴侣怎么办呢?假如她不同意呢?这个在弹雨纷飞的战场上毫不退缩、奋勇向前的汉子,此刻,在前思后想中,腿像灌了铅,不敢向前迈步。

冷不防,蒋云被人在背后拍了一下,紧接着一阵银铃似的笑声传来:"大哥,侬都到门口了,咋不进门?"

蒋云回头一看,跟他打招呼的正是刚从外面回来的姜辉麟。她还是那样的齐耳短发,不过圆圆的脸略显憔悴与疲惫,但仍不失逼人的英气,她的右手挎着一只竹篮子,篮子里放了一些从菜市场买回来的菜。

姜辉麟比蒋云大六岁,以前共同执行任务时,姜辉麟逗蒋云,让他叫她姐。

蒋云对此却不同意,他笑道:"我从小就长得老成持重,看上去比你大多了,你应该叫我哥,这样才不会引起别人的怀疑。"

姜辉麟想想有道理,就改口叫蒋云"大哥"。

当姜辉麟突然从背后跟蒋云打招呼时,蒋云没有心理准备,脸红了一下,正待答话。姜辉麟低声说:"这不是说话的地方,进屋再谈。"说着,她朝四处张了张,见没有异常,这才将蒋云带进了屋。

学生放了学,姜辉麟将蒋云领进了她住的宿舍,关上门后,她迫不及待地问蒋云:"蒋云同志,你又来上海工作了?"

蒋云脸上阴了一下,在姜辉麟面前,他不必隐瞒,原原本本地将他与王明在省委会议上的斗争和被王明撤销党内职务、安排到上海担任五金工人委员会主席的事情和盘托出。

他说这些话时,姜辉麟正倚在窗边择菜,目光滴溜溜地看着窗外的动静。听了蒋云的讲述后,她叹了一口气道:"蒋云同志,你不来找我,我也要想办法去找你呢。"

"找我？"蒋云有点好奇。

"我这段时间也特别迷惘，不知道怎么了，党组织有的被撤销，有的被摧毁，有的被隐蔽转移，我跟党组织都快失去联系了。以前我和姐姐住在一起时，还有个商量的人，现在就我一个人住，连个说话的人都没有，特别苦闷。"

"那你姐呢？"

"我姐跟严朴同志结婚了，淞浦特委撤销后，我姐和严朴同志住在中央机关，可中央机关也转移了，我也不知道他们住到哪儿去了。"

"那真是大喜事啊，祝贺祝贺。"蒋云在淞浦特委巡视期间，知道严朴与姜辉麟的姐姐姜兆麟假扮夫妻开展工作，不想他们弄假成真，结成了真夫妻。蒋云为此而感到高兴。

"唉，高兴什么啊，我现在就像断了线的风筝，不知道怎么办才好。"姜辉麟本来生性活泼，天性乐观豁达，如今，连她这个"乐天派"都愁眉不展，可见斗争形势是多么地严峻！

姜辉麟的话触及了蒋云的心思，他想起了身边牺牲的那些同志，再想到自己与王明在会上的争执，积郁在他心中的阴云还没有散去，他没好气地说："王明同志推行'左'倾教条主义路线，肯定行不通！"说到这儿，他的语气里充满了忧虑，"再这样下去，革命的前途就会被毁于一旦啊！"

"你质疑中央，还是质疑党？"姜辉麟脸拉了下来，在她心中，她只认准了一个理儿，坚决执行党的决定，所以听到蒋云的话中带有发牢骚的意思，她不高兴了。

蒋云见她误会了，赶紧说："我不是质疑中央，也不是质疑党，自从成为共产党员，我就只有一个信仰，那就是共产主义信仰，自古壮士不移志，这个信仰我坚定不移，哪怕牺牲我的生命也会坚守着这个信仰。我是质疑王明同志的错误决定，从立三路线到王明路线，都没有顾及革命实际，给革命队伍造成了多大的损失啊！"

蒋云的话，让姜辉麟低头不语。与蒋云相比，她只是党的一个忠诚追随者，她思考的层次没有蒋云的深，也没有经历过蒋云所经历的战场硝烟以及党内政治尖锐的斗争，对于蒋云所说的"立三路线""王明路线"她还没有深刻的感触，所以，她对蒋云的话还不够理解。

蒋云见姜辉麟沉默不语，他也觉得自己的话题说得有点深奥了，他长叹了一口气，努力抑制住心中的愤懑情绪，转而换了一种淡淡的语气道："小姜，这个话题我以后会慢慢跟你讲清说透，我今天找你来，是个人私事想找你……"说到这儿，他见姜辉麟正抬着明亮的眼睛看着他，他不好意思起来，后面的话竟然说不下去了。

"说啊，你怎么不说了。"性格直爽的姜辉麟催促他往下说。

蒋云只得硬着头皮说："小姜，我一个单身汉在上海不好租房，房东要赶我出来，所以想请你……，不过，你如果不方便就算了，我再想其他办法。"

"哈哈，我当是什么事呢，你想说的话不就是想让我跟你假扮夫妻嘛，没问题，我答应你！"

姜辉麟一口应允了蒋云，这是他始料不及的。他反而犹豫了，反过来劝说她："小姜，咱们假结为夫妻，对你是有很大影响的，要不……你再考虑考虑。"

"不用考虑了，就这么定了！"姜辉麟爽朗地说，"我姐姐就是一开始跟严朴同志假扮夫妻的，我接触过一些外地来沪的同志，出于工作的需要，有的经组织撮合安排假结为夫妻，有的自己主动出击。你呢，就属于主动出击型的。不过，我还有一个条件，你得答应了这个条件，我才能成为你的'妻子'。"

说到这儿，姜辉麟故意停顿了一下，目光定定地盯着蒋云看。

蒋云不明就里，他直挠头："什么要求？你说。"

"我不说，你自己猜。"姜辉麟仍笑意吟吟地看着蒋云。

蒋云道："我们对外是夫妻，对内是革命同志？"

"这不是重点，再猜。"

"严守党的纪律，相互之间不许打探？"

"还是不对。"

"那……我猜不出来。"

"你真笨啊。"姜辉麟俏皮地一笑,"你好好想想,结婚之前要干什么?"

"准备婚礼?"

"真笨,是求婚! 你不向本小姐求婚,我就嫁给你了?"

蒋云这才恍然大悟,刚刚恢复了常态的脸又红了起来。

求婚,得有求婚礼物,可他身上什么也没带啊,拿什么求婚呢?

这时,他看到菜篮里有几棵姜辉麟刚买回来的青菜,有几棵青菜老了,开出了青青的菜花头,他灵机一动,有了。他立即走过去拿起一棵开了花的青菜,当成鲜花状双手毕恭毕敬地举到姜辉麟的面前:"小姜,我现在正式向你求婚,条件简陋,就以这菜花当鲜花,象征着我们的革命友谊常青。"

"这还差不多。"姜辉麟接过了青菜,"好吧,本小姐同意你求婚了。"其实,这是姜辉麟故意跟蒋云开的玩笑,见他闷闷不乐、一副心事重重的样子,心里很是难受,遂通过这所谓的"求婚",让蒋云暂时忘却烦恼。

虽然姜辉麟同意了与蒋云结为"夫妻",但按照党的纪律,无论是出于工作需要的假结婚还是真结婚,都要得到上级组织的批准。但当时上海党的组织被严重摧毁,他们与党组织失去了联系,无法及时向党组织汇报。

蒋云喃喃地说:"小姜,我们这么做,算不算违反党的纪律啊?"

姜辉麟一点他的脑袋,道:"你呀,求婚的时候不想着组织纪律,这婚都求过了,你才提组织纪律。非常时期,非常办法,你我都是革命同志,你情我愿,以后有机会再补报不迟。"

有了姜辉麟的相助,蒋云的住宿问题也就迎刃而解了。不过,房东对这对夫妻并不住在一块还有些不解。蒋云忙向他解释道:"我在这一带做茶叶生意,我老婆在虹口的私立学校做教师,两边相隔得远,所以暂时分开来租房住。"

说着,他拿出两块光洋付给房东,表示这是多加给他的房租,房东见过了蒋云的"老婆",又多拿了房租,自然是既放心又满心欢喜,也就没再追问。

姜辉麟来到蒋云的住处时,特意送了他一盆兰草和一盆月季,并细细地叮嘱蒋云:"你记好了,这是我们之间的接头暗号,如果窗台上摆放着兰草,那就是安全无事,如果摆着月季,那就是遇上了麻烦。"

蒋云点头,赞道:"小姜,你对敌斗争的经验真丰富啊。"

"这是当然啊,我做党的交通员多年了,早锻炼出来了。"

"那我以后还得多跟你学习。"蒋云谦虚地说。

"对了,你的名字也得改一改,到了上海,就不能再用蒋云的名字了。"说着,姜辉麟歪着脑袋在帮蒋云想名字。

"我早就想好了,从现在起我就化名姜志行,姜是小姜的姜,行是石行的行,这个名字寓意着我要与同志你共行啊!"

"这名字取得好。"

"当然了,在周庄老家,我可是公认的秀才呢。"

"蒋云同志,我们共产党员都是虚怀若谷的,可不许骄傲哦。"姜辉麟一本正经地说。

"对对对,小姜同志批评得对,从现在开始,我不再骄傲。"蒋云的回答,也是一本正经的表情。 这表情让姜辉麟笑得前仰后合。

笑声,洋溢着整个小屋。

可是,就在蒋云与姜辉麟刚刚安定下来,正准备为革命大展手脚时,一场突如其来的重大变故,裹风挟雨地来了!

第七章
红云漫天

春日,江阴君山,花木葱茏。

江阴处于平原地区,境内并无绵长的山峦,但却有"三十三座半山"之说。

君山,就是"三十三座半山"的主山,《江阴县志》称其"隆起平畴,横枕大江,邑中诸峰,四面环拱,北眺淮扬,南挹姑苏,东望海虞,西眄京口,为一方大观也"。

君山原名瞰江山,相传战国时,江阴为春申君黄歇封地,他被害后葬于此山。江阴百姓感黄歇兴修水利利民之举,遂将此山呼为君山。

大革命和土地革命期间，君山刑场成为国民党反动派屠杀共产党人的刑场，钱振标、陈叔璇、茅学勤、陈维吾等一大批江阴籍革命烈士，皆牺牲于此。

中华人民共和国成立后，君山上建起纪念革命烈士的纪念碑。

而在君山的东南方向，江阴市周庄镇内有一座海拔273米、为江阴最高峰的定山，1982年10月，定山西侧建起烈士陵园，陵园内建有纪念碑，三面均刻有"革命烈士永垂不朽"的碑文，此碑纪念着遇害的蒋云等39名革命烈士。

君山、定山，高高地矗立在江阴大地上，相互凝视、守望。

那在风中招摇的树叶，仿佛蒋云、钱振标、陈叔璇、茅学勤等并肩战斗的革命战友，隔着空间的距离，在彼此呼应着，笑看着他们为之奋斗的革命事业，终于迎来了胜利……

1. 飞行集会

1931年的早春，白色恐怖犹如张开了魔爪的恶魔，露出了更为狰狞的面目。

上海党组织活动的范围不断缩小，"赤色工会"领导的工人运动亦陷入了低潮。在执行着王明"左"倾教条主义路线的中共中央，仍然发出不切合实际的"总攻令"。由此，"赤色工会"的主体"工联会"不时提出"打倒国民党""拥护苏维埃"等极"左"的口号，要求把每一次经济斗争发展成政治斗争，此举招来的是反动军警更为疯狂的镇压，工人运动不时遭遇挫折和失败。

有资料表明，1929年，"赤色工会"有会员2102人，1930年曾增至2653人，而到了1931年，会员人数骤降至666人，不到高峰期的四分之一！

蒋云对这一情况有着极为清醒的认识。五金工人委员会成立于1930年8月，兵工、江南、瑞熔、三北、翻砂、久大、军需、东方、安泰9个厂的基层工会为五金工人委员会的执行委员，首任主席是祥生铁工厂的工人徐阿昌。

上海五金工人委员会是经国民党上海市社会局注册的"合法组织",实际上,五金行业与国民党反动当局有着极其广泛深厚的联系,一些工厂直接为反动当局生产武器,反动军警对五金行业把控非常严格。

蒋云到沪上工作后,他以"姜志行"为名,以茶商的公开身份做掩护,以售卖和送茶叶为由,深入各厂秘密联系进步工人,对他们进行思想教育,并对更多的工人进行思想动员,帮助工人出点子想办法,解决各种难题,深受工友们的欢迎,他的身边也团结了一大批工友。

由于蒋云经常在五金工厂出没,也引起过反动军警的注意,他们秘密调查过"姜志行",发现他的前职业是立中小学的教员,后来做茶商,并无其他"劣迹",也就放心了。他们哪里知道,这个身份档案是姜辉麟事先准备好的!

在极度白色恐怖下,蒋云没有执行中央提出的"左"倾教条主义路线,在发动组织工人运动时,他切合实际,只就工人的经济待遇、工作环境等方面,展开了几次斗争,没有将经济斗争政治化,使五金工委会免遭国民党反动当局的查封,几次经济斗争的胜利,也使"姜志行"在工人中深得人心。

但是,后来与蒋云接上头的"工联会",执行着王明"左"倾路线,不断催促着蒋云发动政治斗争。蒋云虽几次争辩,但他们哪里听得进去。

这天清晨,上海笼罩在一片银白色的风雪之中,鹅毛大雪挟着冰粒砸向地面。

蒋云起了个大早,他要前往"工联会"秘密接头,阐述他的革命主张。路过上海外滩时,突然,从一幢大楼顶上传来"噼噼啪啪"的一阵鞭炮声,外滩上的行人被这声音所吸引,他们举头仰望,找到了声音源,纷纷聚拢过来。这时,从楼上散发的大量的宣传单,像雪片一样飘洒到地上。

蒋云捡起了一张宣传单，触目惊心的加粗红色大标题赫然入眼——工人阶级联合起来打倒国民党反动派！

这是一张极为常见的红色宣传单，宣传内容蒋云再熟悉不过，他也曾经派发过。

他正看着，突然一阵"嘘嘘——"的哨声传来，聚拢在楼下的人群顿时慌乱起来，只见几十个身着黑色警服的反动军警，荷枪实弹，从广场的四面八方汇聚过来，领头的人在楼下"哇啦哇啦"一通指挥，那些军警有的持枪守着楼道口，有的蛮横地驱散着人群，还有军警迅速上楼，要缉拿散发宣传单的人。

不好，自己的同志要遭殃！

想到这儿，蒋云不及细想，条件反射地靠近楼道，准备上前去接应。

一个端着长枪的军警将枪口指向蒋云，厉声喝道："侬要干啥？"

蒋云一惊，回过神来，冷静地说："我要到大楼里去办事。"

"往后退，现在实行戒严，啥事也不许办，再往前挤，小心老子把侬当共党给抓起来。"

在军警的威逼下，蒋云只得往后退。这时，他身边有个年轻人，不顾军警的阻拦，正欲往里冲，被蒋云一把抓住，低声喝道："别动，你进去就是飞蛾扑火！"

年轻人的手臂在发抖，蒋云立即明白，这年轻人跟楼上散发传单的人是一起的，他怕他冲动，急忙说："千万别轻举妄动，别暴露目标。"那个年轻人看蒋云一眼，蒋云的脸上看似平静，目光中却透着焦虑的神色，年轻人也估计到自己可能碰到了同志，他不再躁动。

不一会儿，上楼的军警从楼上押了三个年轻人下来，面对着敌人杀气腾腾的枪口，他们竟毫无惧色，还在高呼口号："打倒国民党反动派！""打倒帝国主义！""工人同志们联合起来打倒反动军阀！"

铿锵有力的口号，引起了人群中的一阵骚动，可是面对军警们如临大敌的戒备，谁也无法上前解救这几个被捕的年轻人。

他们被押上了囚车,军警们冲人群喝道:"都散了,都散了,谁还胆敢聚在这儿,谁就是共党。"

在军警的驱赶下,人群四处散开。随着囚车和军警的撤走,广场又恢复了平静。

被驱散时,蒋云还牢牢抓着年轻人的手臂,直到走到临近黄浦江的一个空旷僻静处,蒋云这才松开手。

晚霞似血,把江面给染红了。

江风吹乱了蒋云和那个年轻人的头发。

他们的心思,正如这眼前的江水,混沌、沉重、湍急。

这时,蒋云发现年轻人的脸上满是泪痕,年轻人稳了稳情绪,这才警惕地问:"你是谁?"

"自己同志,杨乾初。"蒋云简洁地回答。

杨乾初,是江苏省委的代号之一。年轻人听懂了,他知道眼前的人是自己的同志,他没有多问,因为根据党的保密原则,在白区工作的党员相互之间不许打探身份。

蒋云见年轻人垂头丧气,他心情沉重地说:"刚刚被抓的几个人,性命难保啊!"

"不,我们不怕牺牲流血。"年轻人突然情绪激动起来。

"可是流血牺牲要有意义,这样做只能白白丢掉性命。"蒋云极不赞成这无谓的流血牺牲,这也是他敢于与王明交锋的主要原因。

年轻人不说话了,他无力地瘫坐在地上,目光迷离地盯着黄浦江的江水出神。

"你们这种极度危险的宣传方式,是组织发动还是自发的行为?"蒋云问。

"当然是组织行为。"年轻人幽幽地说,"我们发动的是飞行集会。"

"飞行集会?"蒋云听说过,但具体情况并不清楚。

年轻人说:"飞行集会就是每逢五一、五卅、十月革命纪念日,参与飞行集会的同志聚集到新世界、大世界、八仙桥，包括外滩、沪西的大自鸣钟等人群密集的地方，先是掩身市民中间，当有人燃放鞭炮后，这就是暗号，我们这些掩身的人接到暗号后，就从市民中走出来，给市民散发传单、做演讲宣传，等敌人闻讯过来时，我们再迅速四散。"

"那要是不幸被抓呢？"蒋云担忧地问。

"被抓也很正常啊。"年轻人叹了一口气道，"去年在南京路组织的飞行集会，就有100多人被抓，前不久八桥的飞行集会，也有100多人被抓。"

"革命不是盲目冒险，你们的革命热情我很赞赏，但我不赞同这种冒险的做法。"蒋云眉头紧锁，认真地说。

"我们这种飞行集会还不算最危险的，最危险的是工人的飞行罢工。"年轻人说。

"飞行罢工？"蒋云第一次听说，不明就里。

年轻人解释道："飞行罢工是我想出来的词，与飞行集会差不多。现在不少工厂的党组织被摧毁了，但上级仍要幸存的党员发动工人运动。工厂里也同样戒备森严，相互间的串连受到限制。一些同志为了执行上级指示，在上班时，就冒险走出车间，高喊'罢工了，罢工了'，然后吸引同车间和其他车间的工人出来看热闹，借此机会发动他们罢工，可是往往才发动，闻讯而来的军警就当场将发动的同志抓捕走了，被抓捕的同志，第二天就被行刑杀害……"

"岂有此理！"蒋云的牙齿咬得咯咯作响，"事先没有一点准备，就仓促上阵，这不是飞蛾扑火吗！"

年轻人沉默了一阵，然后深重地叹了一口气道："同志，好自为之吧！"

说罢，他与蒋云作别。蒋云看着他离去的身影，出了好一会儿神。

第三天，报纸上就发布了国民党反动当局又枪杀了一批共产党员的新闻,还配发了行刑前的照片,蒋云看到那三个在外滩被抓的年轻人被押赴刑场的照片,他的心在滴血……

2. 顾顺章叛变

1931年4月24日,中共中央特科负责人顾顺章在武汉被捕当天,即叛变革命。

因为他的叛变,中共中央几乎遭遇一场灭顶之灾!

顾顺章,本名顾凤鸣,上海宝山吴淞人。1925年"五卅"运动时,因在罢工中表现活跃而加入中国共产党。1926年被党组织选派与陈赓一起赴苏联学习政治保卫。1927年回上海不久,参加了党领导的上海工人第三次武装起义,被推选为执行委员、上海市政府委员,并任工人武装纠察队总指挥,在党内初露头角。

蒋介石发动"四一二"反革命政变后,顾顺章转移到武汉从事秘密工作,负责制裁叛徒和特务。党的"八七会议"后,顾顺章再次秘密回到上海,进入周恩来直接领导的中央特科,担任特科行动科(三科)负责人,专门负责制裁叛变革命的叛徒。其时,他领导的特三科称为"红队"(又称"打狗队"),确实制裁了不少叛徒特务,震慑了敌人,在一定程度上减少了党在白区的损失。顾顺章也因工作出色,当选为中央政治局候补委员。

但顾顺章当选政治局候补委员后,开始居功自傲,不把他人放在眼里。而且利用工作的特殊性,日渐腐化,吃喝嫖赌,五毒俱全。当时任中央特科二科(情报科)科长的陈赓就曾忧虑地对人说:"只要我们不死,准能见到顾顺章叛变的那一天。"

蒋云见过顾顺章,那是在莫斯科召开的中共六大上,顾顺章理着小分头,嘴巴较大,下颌很高,正因为他在特科工作,为党做过一定的贡献,蒋云印象中的他,一副春风得意、盛气凌人的样子,在大会期间,他谁也不放在眼里。

在大会讨论发言时,顾顺章口若悬河,滔滔不绝。但蒋云听了却感觉他的发言严重脱离实际，且夸夸其谈，对他的发言置之不理。而且，让蒋云对他警惕的是，在会议期间，顾顺章经常违背会议纪律，不时在代表们面前表演魔术，弄一些小戏法以博取掌声，满足他的虚荣心。大会休会期间，他上蹿下跳，主动与六大代表串门聊天，他也找过蒋云几次，蒋云觉得代表私自联络违反大会纪律，没理他，让顾顺章碰了不大不小的"钉子"。

1931年3月，党中央决定张国焘及陈昌浩赴鄂豫皖苏区，由顾顺章护送至武汉。

但任务完成后，顾顺章并未立即回上海复命，而是在汉口停留下来，并以艺名"化广奇"为名，在新市场游艺场表演魔术敛钱。4月24日，汉口新市场游艺厅，"化广奇"正在表演拿手戏法，台下掌声让他颇为得意，然而他并没注意，就在一个昏暗角落里，还有一双阴冷的眼睛正在悄悄地盯着他。

这个盯着顾顺章的人，是顾顺章的老下属、时已叛变的叛徒尤崇新！

尤崇新发现"化广奇"就是顾顺章后，立即向国民党武汉绥靖公署行营侦缉处处长蔡孟坚告密，蔡孟坚大喜，当即亲自带队抓捕了顾顺章。

顾顺章被捕后立即叛变，并供出所知的一切中共机密。

千钧一发之际，幸亏打入中统内部，担任特务头子徐恩曾机要秘书的地下党员钱壮飞，及时获取顾叛变的绝密情报，并抢在特务动手之前通知党中央机关转移，加上周恩来过人的应变能力和组织才华，才使得在上海的中共中央诸领导同志和整个机关避免了全体覆灭的结局。

历史中的偶然性，无论如何也不可忽视！

如果不是钱壮飞及时截获情报，周恩来镇定自若地组织转移，其时在上海的周恩来、王明、秦邦宪(博古)、康生、张闻天、陈云、邓小平、李富春、聂荣臻等一大批中共领导同志将会同时被捕。而一旦他们被捕,设在上海的中共中央机关将被整体毁灭,那此后的历史,毫无疑问,将会大大地被改写!

历史,没有假设! 当年也在中央特科工作并参与组织撤退的聂荣臻元帅回忆说:"当时情况是非常严重的,必须赶在敌人动手之前,采取妥善措施。 恩来同志亲自领导了这一工作。 把中央所有的办事机关进行了转移,所有与顾顺章熟悉的领导同志都搬了家,所有与顾顺章有联系的关系都切断。 两三天里,我们紧张极了……"

由于中央及主要领导及时转移,特务们一无所获,徐恩曾十分沮丧。

虽然中共中央机关及江苏省委机关抢先安全转移了,但顾顺章的叛变,仍给党组织带来了极其惨痛的灾难。 毕竟他知道得太多,许多基层的交通线、联络员是他亲手建立和安置起来的,顾顺章叛变后,中央来不及一一通知他们紧急转移,导致武汉方面的中共联络员全部被捕杀。

顾顺章被押解到南京的第二天,就向特务机关指认了中共领导人之一的恽代英,其时,恽代英正被关押于南京中央军人监狱,化名王作霖,身份尚未暴露。 结果,在恽代英经党组织多方营救,眼看即将出狱脱险之际,却因顾顺章的指认,而被敌人杀害在南京雨花台。

时任中共中央总书记的向忠发,也是在顾顺章投敌叛变后被抓捕的。 当时,周恩来掌握了顾顺章叛变的情况后,马上通知向忠发搬家,接着又决定让他转移到江西中央苏区去。

但向忠发舍不得"相好"杨秀贞,迟迟不愿离沪,提出离沪前无论如何要见杨秀贞一面。

就在这时,顾顺章觅到了向忠发的踪迹。 根据顾顺章密报的线索,国民党淞沪警备司令熊式辉亲派杨虎带人,在向忠发去告别杨秀贞必经的"探勒"汽车行设下埋伏。 1931年6月22日上午9时,向忠发被杨虎抓捕。

在向忠发被捕后的第二天,熊式辉立即电告正在庐山的蒋介石。

由于向忠发掌握的情报还不及顾顺章多,他已供不出别的中共秘密机关,蒋介石下令将其就地枪决。这样,向忠发在被捕后的第三天——6月24日,便被押上刑场。

行刑前,他跪在地上,苦苦哀求饶他一命,但无情的子弹还是夺走了他的生命。

得知向忠发被捕后投敌叛变的情况,周恩来大怒,说出了后来流传甚广的一句话:"向忠发的操守还不如一个妓女!"

1931年6月,顾顺章还亲自带人到香港,抓获中共中央政治局常委蔡和森,并致蔡和森被捕后惨死狱中。

顾顺章一面千方百计破坏中共在各地的组织和机关,搜捕其人员,一面为中统对付共产党献计献策,并为其培训特务。曾为顾顺章当过贴身保镖的林金生称:"在中统特务疯狂破坏中共地下组织过程中,顾顺章经常亲往策划、指挥。"

一时间,阴云笼罩上海滩。上海的工人运动跌落谷底。

3. 罢工请愿

顾顺章的叛变投敌,给党组织在上海的活动雪上加霜。

中共中央紧急转移后,党在上海领导工人运动的力量削弱了很多,国民党反动势力、帮会势力、投机分子等多方势力乘虚而入,构成人员极其复杂的"工联会"内部,逐渐产生了裂痕,这让蒋云忧心不已。

1931年下半年,上海邮务工会负责人陆京士与浦东英美烟厂工会负责人陈培德争权,为争得支持,他们派人四处联络各行业工会。这时候的蒋云,共产党员的身份并没有在工人组织中公开。陆京士与陈培德都先后派人前来游说"姜志行",都在争取蒋云率五金工人委员会加入他们各自的阵营。

蒋云对各种势力纠缠的"争权"行为十分反感,对他们说:"兄弟同心,其利断金,工会是发展工人运动,保障工人权益的组织,不是相互争权的角斗场。如果我们的工人没有团结起来,就像脚下的石子,反动势力一脚就踢开了,如果我们能够团结起来,就成了一块巨石,反动势力还能搬得动吗？我的意见是大家联合团结起来才有力量！"

然而,他的话"两大阵营"没人听得进去。蒋云极力从中做着调和工作,可还是没能制止住"两大阵营"之争。

蒋云为此忧心忡忡！

正在"两大阵营"闹得不可开交之际,1931年9月18日深夜,日本关东军精心策划,日军铁道"守备队"炸毁沈阳柳条湖附近日本修筑的南满铁路路轨,并栽赃嫁祸于中国军队。日军以此为借口,炮轰沈阳北大营,震惊中外的"九一八"事变爆发。

次日,日军侵占沈阳,又陆续侵占了东北三省。

日军侵略我国国土,国民政府却软弱无能,一味退让。非但没组织有效抵抗,相反将主要精力放在对付共产党上。蒋介石严令国民党东北兵防司令部"力持镇静,不准抵抗",并将大批东北军撤入关内,激起了全国广大人民的愤恨。

一时间,反对侵略、反对新军阀、反对内战的呼声响彻祖国的四面八方。中共中央决定,号召群众开展反帝斗争,发动各界起来声讨日军罪状,要求国民政府组织抗日救国。

"九一八"事变爆发后,蒋云立即忙碌起来,白天,他以茶商身份到五金行业的各工厂中暗中发动工人,为罢工请愿做着积极的准备。那些工人对切实维护他们利益的蒋云十分尊敬,再加上蒋云富有激情的演讲宣传,他们纷纷表示:"日本人侵占我国国土,是可忍孰不可忍,我们坚决听从号召,只要一声令下,我们立即罢工请愿。"

晚上,蒋云秘密与"工联会"的负责人接头,商量组织工人罢工请愿的具体计划。借此机会,他还主动找到陆京士、陈培德,希望他们联合起来,组织邮务工会、英美烟厂工会的工人,参与总罢工请愿。

刚开始,陆京士因蒋云未加入他的阵营而耿耿于怀,语中带刺说:"姜大主席,您真看得起邮务工会啊,不过我们人数少,出力与不出力意义差不多。"

蒋云正色道:"陆主席,国难当头,你怎么还说这样的话!今天日本人能够武力占领东北,难保明日他们不会武力占领上海。天下兴亡,匹夫有责,作为一个有良知、有血性的中国人,你就'安之若素',坐观其变?"

一席话,说得陆京士满脸通红。他连忙向蒋云道歉道:"姜主席,我刚刚说的是气头上的话,现在国难当头,我们自会组织工人罢工请愿。"

蒋云在做通了陆京士的思想工作后,又连夜去找陈培德,同样说动了陈培德。

那段时间,蒋云日夜奔忙,连续数夜不睡觉,积极协助"工联会"与各产业工会联络,组织罢工请愿活动。在上海地下党、"工联会"的组织下,在蒋云等人的全力配合下,上海工人罢工请愿活动渐渐掀起浪潮:

——9月24日,上海3万多名码头工人率先罢工,拒绝为日本货船装卸货物;

——9月25日,上海日资纱厂工人成立抗日救国会,号召工人不替日本资本家做工;

——9月26日,上海100多个工会和各界群众在公共体育场举行抗日救亡大会,通过了对日宣战、武装群众、惩办失职官吏等议案;

——10月2日,上海100多个工会举行代表大会,讨论抗日救国纲领,并发表《致世界工人书》。

在罢工请愿中,数十万工人、群众走上街头,蒋云率领五金工人委员会的工人代表,走在队伍的最前列,高举"严惩叛国分子,打倒日本帝国主义"的标语,率领罢工请愿的人群走向上海市政府。

一路上,不断有工人、市民、学生自发加入,罢工请愿的人群很快从数万增加至10万、15万、20万……,至上海市政府门前时,参与罢工请愿的人群已近30万人!

罢工请愿的人群将市政府围得水泄不通，他们高呼口号，强烈要求国民政府立即停止内战，出兵收复东北失地。

但任凭工人怎么请愿，国民党上海市政府大门紧闭，门外哨兵、警察林立，国民党反动当局对他们避而不见。

虽然罢工请愿没能取得最终成果，但蒋云以为，可以通过这次合力罢工请愿，化解邮务工会与英美烟厂工会的两大阵营之争，但收效却甚微。

1931年12月19日，邮务工会主席陆京士召集了60个工会负责人在闸北区邮务工会会所开会，宣布成立"上海特别市总工会"。

同日，浦东英美烟厂工会主席陈培德不甘示弱，亦在南市华商电力工会会所召集一些工会负责人，宣布成立"上海市总工会"。

此后，两个"总工会"不停地发生内部争斗。直到12月31日，经过党组织的极力调停，两个"总工会"才合二为一为"上海市总工会"，暂且平息了风波。

4. 落难三和里

1931年12月11日，天空中阴气沉沉，彤云低垂，从西北方向刮来的寒风，在弄堂里四处乱窜，木窗被风扑打得咯咯作响。

那天，姜辉麟过来看望蒋云。推开房门，她见蒋云正专心致志地用毛笔抄写着《共产党宣言》，房间里有半扇窗子没关，一阵风刮来，将蒋云刚抄好的稿纸吹散了一地。姜辉麟先是将窗户关上，而后将散落在地上的稿纸一一捡拾起来，重新叠放整齐，用镇纸石给镇住。

"蒋云同志，又忙着工作没吃饭吧？"姜辉麟一看厨房间用于做饭的炭炉熄了，灶台都是冷的，就猜出蒋云没吃饭。

"我……吃过了。"蒋云不好意思地说。

"你肯定没吃，你撒谎我一眼就能看出来。"姜辉麟心疼地说，"身体是革命的本钱啊，有了好的身体，才能干好革命。我给你做饭去。"

说着，姜辉麟撸起袖子就下厨房。蒋云看着她忙碌的背影，出了会儿神。他想上前帮忙，却被姜辉麟给赶了出来："这厨房间是女人的天地，你一个大男人，不要进来添乱。"

蒋云一乐："你还想做新女性呢，这厨房都不让男人进，太专制了吧。"

姜辉麟反问他："蒋云同志，你抄那么多《共产党宣言》干吗？"

蒋云眉头一锁道："工人队伍亟待提高思想觉悟，我抄写的《共产党宣言》，就是要发给他们，向他们宣讲，组织他们学习的。"

正说着话，姜辉麟端着一碗热气腾腾的小米粥从厨房走出来道："组织上现在没有任务交给我，侍候好你，就是干好革命工作。"

蒋云心里一沉，是啊，自从顾顺章叛变投敌后，中共中央机关从上海转移至苏区，在上海的党组织进入了蛰伏状态，他们就像断了线的风筝，与组织上失去了联系，这怎能不让蒋云和姜辉麟心焦？

吃罢晚饭，姜辉麟收拾碗筷，蒋云套上了外套，准备出门，他要去参加"工联会"在三和里组织的产业工会联合会议。

临到出发前，姜辉麟洗碗时不慎打碎了一只碗，她突然有种不祥的预感，她劝蒋云不要去参加会议。

蒋云一笑："共产党人是无神论者，打碎一只碗就认为是不祥之兆，这太唯心了。"

姜辉麟说："我不是担心打碎一只碗感觉不祥，而是现在的工会鱼龙混杂，我们与党组织又失去了联系，不少人叛变革命，做了可耻的叛徒，我敢断定工联会里就隐藏着可耻的叛徒，为了安全起见，还是不去为好。"

蒋云理解姜辉麟，但身为一名共产党员，一个工会组织的负责人，他必须在困难阶段发挥作用。因此，他不顾姜辉麟的劝阻，对她说："邮务工会与英美烟厂工会两方闹得不可开交，工联会的同志调解过多次，收效甚微。最近，我已经听到风声，这两个工会都在暗中联系各行业工会，准备成立总工会。这不是胡闹嘛，所以这个会议，我必须去，我要配合工联会的同志做好调停工作。放心吧,我会安全回来的。"

蒋云执意要去参加会议。姜辉麟不放心地说:"那我陪你一块去。"

"这不行,不符合会议纪律。"蒋云断然拒绝。

蒋云出门时,见姜辉麟并无离开的意思,他不解地看着姜辉麟。姜辉麟说:"我要等你安全地回来,我才能放心地离开。"

蒋云心里一暖,眼中含着泪水,多么可贵而亲密的同志感情啊!

告别时,姜辉麟从包里拿出一条围巾递给蒋云道:"注意安全,一定要安全回来。"

"没事,你就放心吧,我参加了那么多次会议,哪次不是安全回来。"说到这儿,刚走出的他突然想起了什么,回转身对姜辉麟说,"要是万一有什么不测,你千万不要去营救我。"

姜辉麟没说话,她既没点头也没摇头,就定定地看着蒋云,眼里满是担忧之色。

不幸的是,果真出现了叛徒!这个叛徒不是别人,正是原中共江苏省委委员许惠山!

他在上海被捕后,经不住敌人的严刑拷打,随后叛变。在此之前,顾顺章叛变,中共中央和江苏省委都抢先做了转移,许惠山捞不了"大鱼",在主子面前建不了功,很是着急。他知道在工会里渗透了不少中共党员,遂自告奋勇,混入工会队伍,指望寻找能让他立功请赏的共产党员。恰在那段时间,因"九一八"事变,蒋云组织工人罢工请愿,落在他眼里。他跟蒋云一起开过会,当然见过蒋云,但不能确定他看到的人是不是蒋云,于是不动声色地暗中侦探。

许惠山得知此次"工联会"组织开会后,大喜过望,立即向反动军警告密。反动军警随即勾结租界巡捕在会场四周设下了埋伏。

那天晚上,蒋云刚走到三和里附近的汉璧礼路,感觉不对劲,只见昏黄的路灯下,有10多个可疑的人影在晃动,蒋云凭借丰富的经验判断出,这些人一定是便衣特务。

蒋云没敢犹豫,他加快了脚步,想离开这个是非之地,但是晚了,那 10 多个便衣特务堵住了路道两头,他们一拥而上,蒋云拼命反抗,但一拳难敌众手,他很快就被便衣特务反剪住,并被捆绑了起来。蒋云大叫:"我是茶叶商人,你们凭什么抓我?"

领头的特务狞笑道:"你别装了,有话到巡捕房说去。"说着,他一挥手,蒋云被特务们押上了囚车,押向巡捕房。

蒋云,不幸被捕!

蒋云先是被押在租界汇山捕房。当夜,又从租界引渡至上海警备司令部侦缉队,被转往龙华看守所。

蒋云被押解至审讯室时,审讯者是一个浑身滚圆的胖子,一说话,就露出两只镶金的大板牙,他挤出一丝虚伪的笑意问蒋云:"你叫什么名字?"

"姜志行。"

"做什么职业?"

"茶叶商人。"

"你是共产党!""大金牙"的胖脸一板,活像一只刚出笼的馒头,不过冒的不是腾腾热气,而是腾腾杀气。

"我不是,你别血口喷人,我就是一个普普通通的茶叶商人,从来不涉足政治,更没有参加过任何政党。"蒋云一口咬定,尽量不暴露身份。

"你们聚会干什么?""大金牙"那双狡黠的三角眼滴溜溜地在蒋云身上直打转。

"聚会? 聚什么会?"蒋云反问"大金牙","我是在路上被莫名其妙抓捕的,你们凭什么说我聚会?"

"大金牙"脸色一沉道:"我们掌握到线报,你们想在三和里开会,你就是去开会的!"

蒋云冷笑一声,反问道:"我再重申一下事实,我是在路上被抓的,可不是在会场被抓的,凭什么说我去开会?"

"那抓你的时候,你为什么要反抗?"

"我身上带着钱,我以为遇上了流氓,为了保住钱,我不得不反抗。"蒋云巧妙地回答。

"哼,你那点钱,巡捕怎么会看得上眼。""大金牙"冷哼着说。

"这可不一定,巡捕抢钱欺负中国人的事还少吗?"说到这儿,蒋云盯着"大金牙"的脸似笑非笑地说,"对了,对于大人您,视巡捕们为朋友,可能巡捕们不会抢您的钱,但对于平民百姓来说,巡捕什么样的事情干不出来。"

蒋云这一说,"大金牙"脸上一阵红一阵白。他岔开了话题问:"你们非法集会,是不是要组织暴动?"

蒋云立即反驳道:"大人,您记性不会这么差吧? 我再重申一遍,我是在路上被抓的,什么会? 会场的门在哪儿我都不知道? 您可冤枉我了!"

"我们有线报,你就是共产党。""大金牙"仍然紧抓不放。

"线报? 谁报的信? 能请他当面对质吗?"蒋云发出一连串的反问。

他在反问中也在摸对方的底牌。他也想知道到底是谁出卖了他们,然后再想方设法将谁是叛徒的情报传递出去,以让外面的同志尽快铲除这一祸害。

"这……""大金牙"犹豫了起来,那个深藏在工人组织中的叛徒,也就是那个许惠山可能事先与他们达成了协议,因为他们知道,共产党惩治叛徒绝不手软,叛徒哪有勇气出来对质?

"有什么见不得人的? 为什么敢举报却不敢出来对质?"蒋云反过来追问。

"今天不方便,我会让他出来对质的。""大金牙"搪塞道。

由于"大金牙"提供不出证据,第一次审讯只得草草收场。

5. 法庭智斗

紧接着第二次审讯来了。

审讯者还是"大金牙",他可能请示了上级,并得到了叛徒许惠山的进一步确认,认定这个"姜志行"就是共产党员蒋云。

因此,在第二次审讯中,军警直接将蒋云带到刑讯室接受审讯。

刑讯室里刑具林立,血迹斑斑,为攻破蒋云的心理防线,事先又做了特殊布置,除去各种让人心惊胆战的刑具,还在烧烙铁的炉火旁"安排"了一具尸体。

这具尸体不是被捕的党员,所有的地下党员必须留"活口",如果刑讯致死,主审人是要受处分的。尸体是从警察局借来的一个小伙子,特务将这个罪不当诛的年轻人活活用烙铁烙死,挂在那儿当"教材",企图一举打垮受审人的心理防线。

"大金牙"撕开了伪善的面纱,他瞪着一双死鱼状的眼睛,恶狠狠地说:"蒋云,我们掌握了证据,你就是共产党员,你给我老实交代,你到底是谁?"

蒋云淡淡一笑反问道:"蒋云,谁是蒋云?"

"你就是蒋云,中共江苏省委委员!"

"哈哈,真是可笑,我明明叫姜志行,凭啥给我改名字?"

"有人已经指认出你了!""大金牙"气势汹汹地说。

蒋云毫不退缩,他不慌不忙地说道:"你应该查过我的档案了,我现在是茶叶商人,以前在立中小学做教员,我的房东也可以做证明,我就叫姜志行,想必你们也搜查过我的租住屋,请问你们查出了什么没有?"

蒋云这么一问,还真把"大金牙"给问住了,他们的确查过立中小学的档案,证实了"姜志行"在那儿做过教员,也搜查过蒋云的房间,蒋云每次出门前,都将房间内的重要文件做了处理,他们哪里搜得到蛛丝马迹。而且蒋云在上海的确以"姜志行"的化名做了些茶叶生意,敌人也查过那些客户,他们都认定他们抓的人就是茶商姜志行,客户对他的印象还挺好，一个劲地说他的好话。

可是，许惠山咬定"姜志行"就是共产党员蒋云，尽管拿不出有力证据，"大金牙"也不甘心就这么罢休，他恶狠狠地说："看来，不用大刑伺候，你是不会交代的。你看到了吧，这具尸体就是不交代的共党分子的下场，你看到尸体怕不怕？"

"怕，当然怕了。"蒋云装着害怕的样子说。"大金牙"脸上浮出得意的笑容，他以为蒋云要交代了，并安排人做好记录准备。岂料蒋云话锋一转说道，"我怕也没办法，因为我就不是共产党，也不认识什么蒋云不蒋云的人，你们总不会屈打成招吧。"

"大金牙"脸拉了下来："他妈的，不用刑，你就不晓得老子的厉害。"说着，他一使眼色，两个膀大腰圆的军警会意，走过来将蒋云押至"老虎凳"前。这时，"大金牙"阴冷地笑着说："姜志行，你现在回心转意还来得及。"

"我回心转意什么？我就是一个茶叶商人，你们非要兴冤狱栽赃我，我有什么办法。"

"好，那我倒要看看，是你的骨头硬，还是刑具硬。来呀，让他领教领教。"

蒋云被押上了"老虎凳"，砖头从一块加到两块，从两块加到三块，再增加一块……，蒋云疼痛得腰都要断了，他紧咬着嘴唇，嘴唇都咬破了，但他就是不哼一声。

"大金牙"这时凑过来问："怎么样，滋味不好受吧？赶快交代，你能少受多少苦呢。"

"我没什么好交代的。"蒋云还是那句话。

"好，还嘴硬，灌辣椒水，让你硬！"

"大金牙"一声令下，一个军警端来准备好的辣椒水，另一个军警则撬开蒋云紧闭的嘴巴，两个人蛮横地将一大碗辣椒水灌进了蒋云的口中，那火烧火燎一般的刺痛，从他的嘴巴、喉管一直烧到了胃部，这一酷刑，让他觉得自己的生命已经游离出他的身体。

但他的嘴还是没撬开。

此后，烙铁、电椅……差不多所有的刑具蒋云都体验过、经受过了，但审讯者还是没有得到他们想要的东西。

敌人又用蘸水的皮鞭抽打他。接着，又往他的鼻子里灌煤油，灌完一壶又一壶，灌得蒋云鼻腔里、耳朵里、嘴里直流血，两眼发黑。

蒋云仍是不屈！

1932年2月的一天，蒋云突然发现看守他的军警慌作一团，手忙脚乱地收拾东西。

这是怎么回事？由于身在监狱，难以获知外面的信息，他只得迷惑不解地看着军警们奔忙。

这时，一个军警走了过来，"咣当"一声打开了牢门，心慌意乱地对蒋云说道："快收拾好东西，马上押解到苏州去。"

"为什么去苏州？"一种不祥的预感，涌上蒋云的心头。

这个军警态度倒不算坏，他扭头看了看，见没人注意他，他悄声说："日本人打到上海来了，现在不跑，就跑不掉了。"

蒋云惊得屁股往地上一坐，他最担忧的事情，果然发生了！

日本海军陆战队于前几天，也就是1932年1月28日夜，突然对国民党驻守上海的第十九路军发起攻击，十九路军随即起而应战，史称"一·二八"事变。蒋介石继续采取消极抵抗的战略，甚至准备将国民政府首都从南京迁往洛阳。

覆巢之下，岂有完卵！

节节败退的国民党军警做好了后撤逃跑的打算，关押着大量"政治犯"的监狱也在搬迁之内。

在前往苏州的车上，蒋云心事重重，他不是在为自己的安危担忧，他放心不下的是姜辉麟啊，自己不幸被捕后，姜辉麟该是何等担心啊！

他不知道，那天他在三和里汉璧礼路被反动军警抓捕，未能回家，姜辉麟急得一夜未睡，但左等右等不见蒋云回来。她哪能放心得下！

第二天,天刚蒙蒙亮,姜辉麟就坐着一辆黄包车,按照蒋云事先跟她提到过的开会地点,来到了三和里,到了那儿后,发现有不少荷枪实弹的巡捕在街上巡逻,还有一些可疑的人影在会场附近转悠,那是国民党的便衣特务留下来准备"守株待兔"的,姜辉麟情知不妙,吩咐车夫:"不要停,继续往前走。"

通过戒严的区域时,她表面上虽然很平静,但内心里却翻江倒海——这架势,肯定是蒋云被捕了!

她没法找组织和同志打听,只能留意着当天的报纸。果然上海《申报》在一个角落里发了一则简讯,大意是国民党反动当局获取了秘密线报,一举端掉了"赤色工会"的一个会议点,抓获了十多个"赤色工会"的头领。

姜辉麟心往下一沉,蒋云真的被抓捕了,她顿感天旋地转!

姜辉麟想打听蒋云被关在哪儿,可是国民党在上海的监狱有好几处,她打听了几次,都没有得到准确的消息。

再说蒋云被押转到苏州后,由于是淞沪会战的战时,惊惶失措的反动军警顾不上监狱里的"政治犯"了,蒋云被转到国民党苏州高等法院审理。同样是由于叛徒的告密,法庭竟然调查到蒋云也就是"姜志行"曾就读于苏州专门工业学校,在开庭时,他们竟然找出了蒋云的一个同学来作证。

那个同学一走进法庭,蒋云一眼就认出了他,他叫顾建中,在校时就是一个胆小怕事的人,因个子矮,长得像个又短又小的水萝卜,脾气也坏,思想不进步,一些同学看进步书籍,他还向校长告密,同学们都恨透了他。

毕业后,蒋云与顾建中就再无联系,如今反动当局不知通过什么手段竟然找到了他,蒋云心里虽有些紧张,但仍保持着镇定的神情。

"你作为证人出庭,你认识这个人吗?"法官指着蒋云问顾建中。

顾建中盯着蒋云看了一眼,蒋云锐利的眼神也紧盯着他。两道目光相碰,顾建中的目光因惧怕而躲闪开来,他低头道:"认识,他是我同学陈叔文,也叫陈宇中。"

法官得意地问蒋云:"你的同学来当庭作证,你还有何话说?"

蒋云缓了缓情绪,镇定自若地说:"法官大人,这位先生既然来法庭作证,那么我想问他几个问题。"

"好,同意。"

"请问这位先生,你刚刚说认识陈叔文,请问你跟他在什么地方认识的?"

"当然是苏州工业专门学校。"

"你是哪一年毕业的?"

"民国十四年(1925年)。"

"现在是民国二十一年(1932年),距民国十四年七年时间,请问这七年间,你们可曾见过面?"

"没有。"

"那你凭什么就说我是陈叔文?"

"因为你长得和他像。"

"大千世界,人海茫茫,长得像的人多的是。还有,你可有陈叔文的照片?"

"没有。"

"你没有照片,又间隔了七年,你怎么保证你仅凭记忆来作证的准确性?"

"这,这……"在蒋云的发问中,顾建中无言以对了。

这次庭审,法庭本以为搬出蒋云的同学顾建中来指认,必会逼蒋云就范,但没想到被机智的蒋云三问两问,就给绕住了。法官见庭审陷入僵局,只得喝退了证人。

主审法官与陪审法官附耳小声说了几句话后,转而换了一脸的奸笑对蒋云说:"虽然我们未查实你的真实身份,但有一点不容置疑,你多次参加过赤色工会活动,你们的非法集会,被我们现场拿获,这一点你是抵赖不掉的,押下去后你写个悔过自新书给我们,我们会考虑减免你的刑期。"

"日本人都打到了家门口,任何一个有良知的中国人都会挺身而出,向政府请愿,何错之有? 是的,我参加过工人和商人罢工的游行,但是游行过的人有千千万万,你们难道要把这千千万万的人都给抓起来? 我没有做错的地方,我为什么要写悔过自新书?"

"你别敬酒不吃吃罚酒!"主审法官气急败坏地说。

"好,那我倒想领教一下罚酒的滋味。"

主审法官见蒋云软硬不吃,只得宣布:"押下去,听候发落。"随即宣布休庭。

6. 铁窗泪眼

1932年7月,蒋云被国民党江苏省高等法院判处3年4个月徒刑。

这一天,姜辉麟来到苏州监狱探监。 这是蒋云被捕后第一次见到姜辉麟。 他被捕后,国民党反动当局对他秘密审讯,怕传出风声,所以拒绝一切亲友探视。

姜辉麟明显消瘦了,看到被折磨得不成人形的蒋云,她的眼眶就红了起来,眼泪几欲滴下。

蒋云连忙安慰她:"我一切尚好,虽判了刑期,我正在上诉。 请你相信我,我是无辜的。"

姜辉麟咬着牙,努力不让自己的眼泪落下来。 她和蒋云隔着冰冷无情的铁窗,她有很多话要对蒋云说啊,但是他们的见面,被两名军警严密监视着,很多话说不出口。

姜辉麟抹了一把眼泪道:"我相信你是无辜的。"

他们话中有话,蒋云告诉姜辉麟的潜台词是,我的身份尚未暴露。

蒋云问:"家中一切可好?"

"家中都好,一切平安。 对了,表哥还给我介绍了一份在邮政局当差的工作。"

这又是暗语,姜辉麟提到的"表哥"指党组织,在"邮政局当差"则是做地下交通员的意思。蒋云听到这儿,他放心了,随即嘱咐姜辉麟:"我仍坚持上诉,请代我向家人报个平安。"

姜辉麟会意点头。她明白蒋云的意思,即让她告知组织,他坚持在狱中斗争,请她与组织取得联系,并将他的情况告诉党组织。

为了掩人耳目,不暴露石行,蒋云故意写了一封信交给了姜辉麟,并大声说:"我是无辜的,请帮我上诉昭雪。"

果然,姜辉麟走出监狱时,狱警上来检查,翻开蒋云写的那封信,只有短短数言:"恳请从事昭雪,宣告无罪。"

狱警没看出破绽,就将姜辉麟连人带信给放走了。

姜辉麟探监后,即到省委秘密汇报了蒋云在狱中的情况,省委负责同志表示:"蒋云同志坚持在狱中斗争,体现了一名优秀共产党员的高尚情操,省委正在积极组织营救,我们会尽快将他营救出狱,继续为革命工作。"

然而,就在江苏省委积极组织营救蒋云时,风云再度突变——9月28日,蒋云突然被转至南京重新接受审理。

法院已经给蒋云定了刑期,为何突然又被转至南京重新受审呢?

这其中,正是因为被称为"共产党最危险的敌人"的顾顺章!

这顾顺章叛变投敌后,一心想立功,以期受到重用,他也成了国民党中统组织豢养的一条疯狗,逮谁都要撕咬一番。顾顺章的记忆力特别好,一次,他在翻看国民党反动军警抓获的最新一批"政治犯"卷宗时,看到了蒋云的照片,他立即眼睛一亮:这人这么眼熟,应该在哪儿见过。

顾顺章苦思冥想了一阵,猛地一扑脑袋:对,他就是中共六大代表蒋云,不光在莫斯科召开的中共六大会议上见过,在江苏省委秘密召开的会议上也见过,这可是一条"大鱼"啊!顾顺章欣喜若狂,决定亲自审讯蒋云。

由于顾顺章的指认和介入，蒋云也就被押转至南京受审。

蒋云不知道情况，到了南京后，他没被投入监狱，而是被七拐八弯地带到了南京细柳巷四号的一处宅院里。这处宅院青砖小瓦，共有三进院落，前院很大，里面种植着许多花草。

蒋云被押至前院时，一个梳着小分头、穿着西装、打着领带的男人笑意吟吟地迎上前来，老远就跟他打招呼："哎呀，蒋云老弟啊，好久不见，这帮王八蛋真把你折腾得不轻啊，我现在才知道情况，这不，就把老弟当作贵宾给请过来了。"

蒋云一见此人，心里"咯噔"了下，此人正是声名狼藉的顾顺章！

在顾顺章面前，蒋云知道自己的身份再也隐瞒不下去了，他索性坦然地道："顾兄，你当年投身革命，口口声声跟我们讲革命的道理，言犹在耳啊！没想到，咱们却在这儿以这种敌对的方式见面了。"

顾顺章脸色羞愧地一红，他不愧是个高级特务，只一刹那的工夫，就将窘迫的神态掩饰下去了，他冲手下押解的特务说："这是我的客人，还不松绑？"

两个特务赶紧过来给蒋云松了绑。蒋云的手脚被捆麻了，趁着松绑，他活动了一下手脚，边转动着麻木的手腕边冷笑着问："顾兄，你准备把我关在哪里呢？"

"老弟，到了我这儿，当然是住在我家里。怎么能说关呢。"说着，他强扯硬拉着蒋云进了客厅，吩咐手下的特务上茶后，他诣笑着对蒋云说："怎么样，老哥家里还不错吧，你呀，别跟着共产党了，咱们一起干，保你吃香喝辣的。"

一提到"辣"字，蒋云想到了辣椒水，他条件反射地说："可别，你们的辣，我已经领教过了，要是你备了辣椒水，我已经不在乎再多喝两口了。"

蒋云的话中带刺，惹得顾顺章很不高兴："老弟，我可是为了你好，你别不识抬举啊。"

"不识抬举，我们之间谁不识抬举？党把你培养成高级领导人，你呢，叛变投敌，恩将仇报，你如果为了我好，就放我出去。"

"啪！"顾顺章终于压抑不住怒火，他猛地一拍茶几，他用力过猛，茶几上的杯子都跳了起来，杯里的水溢了出来，"蒋云，你真要我跟你撕破脸皮吗？共产党杀掉了我的家人，我跟共产党不共戴天，怎能说我恩将仇报！"

"恽代英同志是你指认的吧？蔡和森同志是你指认的吧？还有武汉、上海许多地下交通站的同志，因为你的叛变投敌，你的枪口下沾染了多少共产党人的鲜血，对你这样的叛徒，人人得而诛之，你还好意思与共产党不共戴天。没有共产党，能有你的地位，你今天所享受的一切，都是用共产党人的鲜血换来的，就拿你倒的这杯茶来说，这哪是茶水，这是喝的共产党人的鲜血啊！"

蒋云一番义正词严的训斥，让顾顺章脸上红一阵白一阵，他气急败坏地给手下的特务下令："快，给我将这冥顽不化的家伙关起来。"

两个特务应声而出，他们押着蒋云走进了后院。后院里有一个顾顺章私设的牢房，房间的窗子都被封死了，四处不见光，蒋云走进去了，但他毫不惧怕。

心向光明的人，何怕周遭的世界黑暗沉沉！

7. 罹难昭雪

蒋云被关押后，顾顺章又先后几次来劝说过蒋云，每一次，他都碰了一鼻子灰。

蒋云跟他说："你别再费心思了，要杀要剐，你快定夺。我既投了红旗，我绝不会再投白旗，想让我反叛党组织，你做梦去吧！"

有一段时间，顾顺章忙于其他事，不怎么回家。这倒让蒋云落了个清静，暂时未受到顾顺章的骚扰。他就利用这难得安静的时间，在房间练起了字。不想，他写过的字，却被看守他的特务别有用心地收了起来。

两个多月后的一天，久不打开的牢房的门终于打开了，一缕阳光从门外照进室内。

两个特务押了一个人进来,迎着强烈的阳光,蒋云未看清来人是谁,那人刚从阳光里走进阴暗的牢房,视线一时也模糊不清,待走得近前,他们才看清了对方,几乎同时失声地叫了起来:

"蒋云。"

"小姜。"

被押进来的人不是别人,正是姜辉麟!

他们正待说话,不想顾顺章狂笑着走进来道:"蒋云,我怕你在我这儿待着孤单寂寞啊,这不,我把你的亲密战友请来了。我给你们三天时间,你们好好想一想,只要答应与我合作,我保证你们俩享不尽的荣华富贵。"

"我们绝不叛党!"两人几乎不约而同地回答。

顾顺章料得他们有这一手,他慢悠悠地说:"蒋云,你对共产党忠心耿耿,可是共产党给了你什么? 你是中共六大代表,不照样被王明说贬就贬了吗? 共产党对你都这样了,还值得你去忠心追随吗?"

蒋云冷笑道:"顾顺章,你错了! 我告诉你,共产党是所有共产主义战士的政党,跟国民党蒋介石的独裁统治不一样,它不是哪一个人的政党。 我们的党从成立之日起就把共产主义确立为远大理想,尽管在前进的道路上,因右倾和'左'倾的错误,我们的党经历了一次又一次挫折,但这只是极个别人的错误,不是党的错误,我们的党会及时总结经验教训,变得更加成熟起来,在一次次挫折中奋起。 我坚信,总有一天,我们的党会取得最终的胜利,因为我们有着远大的理想和崇高的追求! 而你,一个可耻的叛徒,有什么资格对共产党指手画脚、说三道四,你的阴谋绝不会得逞!"

蒋云的话,让顾顺章无话可说。 他恶狠狠地说:"只给你们三天时间,你们再想想。"说罢,他灰溜溜地走出牢房。

牢门重新上锁,随着大门的关上,室内又一次灰暗下来。

蒋云握着姜辉麟的手,急切地说:"小姜,你怎么被捕了?"

"不是你给我写了一封信吗,让我到南京跟你接头?"姜辉麟看着蒋云道。

"信? 什么信?"蒋云莫名其妙地问。

"我收到了你写的一封信,说是你在南京已经脱离危险,有工作需要我来帮忙,我担忧着你的安危,随即就从上海出发,先到了镇江,准备从镇江转道南京时,不想在车站就被他们给抓来了。"

"这个可耻的叛徒!"蒋云明白了,这一定是顾顺章模仿他的笔迹写了一封信,将姜辉麟骗了过来,想以此来胁迫他就范。他咬牙切齿,一拳擂到了墙上,拳头上被砸出了血痕。

姜辉麟这才知道自己受骗,她难过地自责道:"我太轻信了,竟然没辨别笔迹的真伪。"

说到这儿,姜辉麟痛悔万分,她失声大哭。

蒋云心里一阵难过,他安慰姜辉麟:"小姜,你也不要自责了,既来之则安之吧。"

"这顾顺章曾是共产党员,人非草木,孰能无情,我们做他的思想工作,他应该能放我们出去吧?"姜辉麟想了想说。

"你啊,这不是与虎谋皮吗? 别想这个心思了,叛徒的心就如狼心狗肺,一旦叛变,就变成了乱撕乱咬的狼和狗,不,比狼狗还坏!"

姜辉麟轻叹了一口气,轻轻地拭去眼泪,道:"我不后悔我也搭进来了,我们都是为党工作,即使死,也值了!"说着,她自吟了一首秋瑾的诗以言志:

濡血便令骨节解,断头不俟锋刃交。
抽刀出鞘天为摇,日月星辰芒骤韬。

蒋云的心在微微颤动,一行热泪,顺颊而下。 男儿有泪不轻弹,因是未到伤心时啊! 这泪水的温热,直抵他的心灵深处,虽疼,却暖。

转眼间,三天期限到了。

两个特务打开牢门,将他们带到了前厅。前厅布置了一张小圆形的餐桌,上面摆满了菜肴,顾顺章笑容可掬地坐在中间的椅子上,蒋云与姜辉麟被押来后,他指了两张空椅说:"咱们坐下来谈,怎么样,想好了没有?"

"不用想,我早就回复过你了,我生是党的人,死也是党的人,无论你是威逼还是劝降,都不能夺我之志。"蒋云干脆利落地说。

顾顺章略一沉吟,又问姜辉麟:"你呢?"

"蒋云同志的话就是我想要说的。"姜辉麟冷冰冰地说。

顾顺章收敛了脸上的笑容,他脸色铁青地问:"你们就没有商量的余地?"

"没有!"

"你想也别想!"

"好。"顾顺章朝一个侍立一旁的一个特务说道,"上酒。"

特务拿着一个酒壶过来,给他们两人面前的空杯各斟了一杯酒,顾顺章面前的酒杯满满的,在他们来之前就斟满了。

倒好酒后,顾顺章端着酒杯站起身走到他们面前,假惺惺地道:"你们二位真是富贵不能淫,贫贱不能移,威武不能屈啊,我很佩服,我这个庙小,再也容不下二位大神,请满饮此杯,就算我为二位送行吧。"

喝就喝!蒋云心想,大不了再把我送回监狱接受审讯,有什么可怕的!

想着,他将杯中的酒一饮而尽。

姜辉麟也是豪气干云,一口饮尽杯中酒。

他们都没料到,这次,是顾顺章对他们最后的"礼遇"!

蒋云喝罢酒,顾顺章就一挥手,手下的特务如狼似虎地上来,将蒋云与姜辉麟捆得结结实实,扔进了黑房子。

特务关上了门,房间里黑了下来。

一切安静了下来,黑暗中,蒋云问姜辉麟:"小姜,你怕不怕?"

姜辉麟竟然笑出了声:"有你在身边,我什么都不害怕!"

蒋云听到了笑声,他被感染了。他故意问:"小姜,死到临头了,你还笑得出来。"

"太史公司马迁说过,人固有一死,或重于泰山,或轻于鸿毛。我们为革命牺牲,就是重于泰山,即使死,我也会笑着去死!"

蒋云喃喃地说道:"革命总是要付出代价的,我们要准备随时为共产主义事业献出一切,为党牺牲是光荣的,野火烧不尽,春风吹又生,记住,革命总是要胜利的!"

"我相信,革命一定会胜利的!"

沉寂了一阵,姜辉麟建议:"你有音乐天赋,歌唱得好,你就教我唱《国际歌》吧。"

"好。"蒋云轻轻哼唱起来。

起来,饥寒交迫的奴隶!
起来,全世界受苦的人!
满腔的热血已经沸腾,
要为真理而斗争!
把旧世界打个落花流水,
奴隶们起来,起来!
不要说我们一无所有,
我们要做天下的主人!
这是最后的斗争,
团结起来到明天,
英特纳雄耐尔就一定要实现!
这是最后的斗争,团结起来到明天,
英特纳雄耐尔就一定要实现!
……

歌声飞扬,房间里很暗,他们看不清对方,但他们能看清对方的眼睛。因为,他们的眸子,此刻都闪着光、生着火!

但是,这从牢房里传出的歌声,令顾顺章极为不安。他安排手下的特务,将蒋云与姜辉麟分开囚禁,蒋云被押到了前院,姜辉麟仍被关在后院。

这天,黑房子的门又被打开了。顾顺章带着几个特务走了进来。

顾顺章走到蒋云面前,盯着他看了一会儿,问道:"蒋云,念你我共事一场,我再给你一次机会,你到底与不与我合作?"

"做你的美梦吧,我绝不投降!"

"这可是你自找的!"顾顺章咬牙切齿地说。他一挥手,两名特务上前,撬开蒋云的嘴巴,将一杯毒酒灌进了蒋云嘴里。

看着酒被灌下去,顾顺章嘴边露出一丝阴笑。

蒋云开始腹痛难忍,豆大的汗水滚落而下。蒋云虚脱地说:"你……你下……毒。"

顾顺章脸上现出狰狞的笑容,就像一个食人的恶魔,正在分享着他的美味。蒋云失去了意识,顾顺章的身影渐渐在他眼里模糊了……

顾顺章怕蒋云不死,一使眼色,他手下的一名特务会意,拿出一根绳子套在蒋云的脖颈上,狠狠一勒,蒋云出于本能挣扎了一阵后,再无动静。

残害了蒋云后,顾顺章带着几名特务走进关押着姜辉麟的后院,他狞笑道:"蒋云太固执了,我已经送他去了另一个世界,只要你肯合作,你还有活命的机会。"

"呸!"姜辉麟吐了顾顺章一脸唾沫。

顾顺章用手帕仔细地擦去了脸上的唾沫,冷哼一声道:"我再给你一天时间,你好好反思反思,我明天再来审你。"说着,得意地大笑离开。

第二天,他再来审讯姜辉麟。姜辉麟哭了一夜,她的眼睛红肿,嗓子哭哑了。

顾顺章问她:"你想好了没有?"

"你别妄想!"姜辉麟掉过头去,不再理会顾顺章。

顾顺章一使眼色,手下特务会意,他们如同残害蒋云一样,将毒酒灌进了姜辉麟的嘴巴,在她中毒后,同样用绳子勒死了她。

姜辉麟,也遇害了! 有特务上去探了探她的鼻息,她已没有了呼吸。

特务告诉顾顺章:"她死了。"

顾顺章冷冷地看一眼似睡着了的蒋云与姜辉麟,他走到黑房子的阴暗处,将右手举起了一根食指道:"将他们埋了吧,对外不许说。"

之所以要秘密处死,是因为顾顺章不想把自己的无能,展示给他的上级。

特务们忙碌去了,他们就在细柳巷四号后院的一处墙根,挖了一个坑,将蒋云与姜辉麟秘密埋葬。

处理好后事,顾顺章并没有展颜,自从投敌后,他见过了太多的"硬骨头",而每碰到一个"硬骨头",他的心就纠结一次,这么多共产党人,不怕流血不怕牺牲,这样的政党,这样坚定的信仰,他预感到,共产党总会有胜利的一天。

天空飘起了漫天的冬雨,顾顺章感到了一丝丝凉意,他感觉他的命运就如这飘零四方的冬雨,寒冷、阴郁,等待着他的将是不可预测的命运。 果然,1935年5月,顾顺章被国民党反动当局指派的一个名叫顾建中的特务处决。

出卖自己的人,最终还是被别人所出卖;甘当奴才的人,最终还是被他的主子所抛弃了!

蒋云、姜辉麟双双罹难的这一年,正是1932年冬天,蒋云29岁,石行35岁!

为了坚定的革命信仰,为了党的事业,他们献出了一腔热血、青春芳华!

因姜辉麟被捕的消息被党组织获悉,组织上曾多方组织营救,却因顾顺章的严防死守未能成功。中华人民共和国成立后,姜辉麟被追认为革命烈士,上海松江建有她的烈士碑,碑文由陈云亲撰。

而蒋云被顾顺章秘密转移后,组织上多次打探未能得到有效情报,且生不见人死不见尸,故蒋云之死一时成为一桩悬案。20世纪80年代末,经多方努力探访,蒋云的尸骨被从南京细柳巷四号的墙脚下挖出,后经过多方调查,拨开了历史的迷雾,蒋云之死得以昭雪。在他牺牲59年后,1991年12月28日,江苏省民政厅郑重追认蒋云为革命烈士。

蒋云的尸骨被移葬至雨花台,雨花台纪念馆一楼的第二展区设立了蒋云烈士的专题展区,烈士的英雄事迹,供后人永远瞻仰。

1992年4月,江阴市暨周庄镇人民政府在周庄镇烈士陵园隆重树立了"蒋云烈士纪念碑",每到清明节,当地的学校等企事业单位都组织到他的纪念碑前扫墓。蒋云烈士的英雄形象在周庄人民心中长存,更在共和国的红色记忆里永远生辉!

有的人,生而可望到尽头,从年轻到年老,平淡到了庸碌的地步。

也有些人,生命短促如火花,却能让人永远铭记。

无疑,蒋云,就是这后一类人!

蒋云烈士,永垂不朽!

参考文献

1. 《建党以来重要文献选编·第五册》，中央文献出版社，2011年5月
2. 《中共江苏地方史·第一卷》，江苏人民出版社，1996年12月
3. 《江苏农民运动档案史料选编》，档案出版社，1983年10月
4. 《中共江阴历史大事记》，中共党史出版社，2011年
5. 张纯，《中共六大的特点及其国际影响》，《史学导刊》，2008年
6. 沈俊鸿，《戊寅重读钱振标遗嘱有感》，《江阴日报》，1998年
7. 郑文静，《孙逊群遭叛徒出卖头颅被挂在无锡光复门示众》，《现代快报》，2012年
8. 周道兴、沈振东、苏泓达、周亚、吴金霖，《徐海蚌地区创建中国工农红军第十五军始末》，《人民网》，2013年
9. 《组建红十七军始末》，张家港市《南沙志》，1986年
10. 《上海工人运动史料全编》，上海书店出版社，2016年